文春文庫

グランドシャトー

高殿 円

文藝春秋

目次

初出
プロローグ・第一幕　「産経新聞」大阪本社発行版二〇一八年四月六日～二〇一九年六月十六日、のち東京本社発行版にも掲載
第二幕　「別冊文藝春秋」二〇一九年九月号

単行本　二〇一九年十一月　文藝春秋刊

グランドシャトー

GRAND CHÂTEAU

イラスト　日菜乃
デザイン　木村弥世

プロローグ

かつて、すべての城は男のために建てられた――、そうねえさんは言った。

男が作って、男が奪って、また別の男が住む。どんな城だって女はただ住まわされとっただけ。昔から城っていうんはそういうもんなんや。

「あそこに見える大阪城も、淀のほうにあった城も、豊臣秀吉が淀の方のために建てたとかいわれるけど、そんなんぜんぶ建前や。男が自分の見栄と欲を目に見えるかたちにしたくて勝手に建てただけ。うちはそう思うんよ」

ねえさんの名前は真珠《しんじゅ》。その名の通り、キャバレー「グランドシャトー」のメインフロアにある、いつも口をぱかっとあけた二枚貝を模したステージ正面のソファに、ゆがみひとつ傷ひとつない南洋二十ミリ玉のごとく座っていた。彼女はこの城の女王。夜ごと色とりどりのドレスを身に着けたホステスたちの中でも特に目立つ、スリットの深い黒のベルベットロングドレスを身にまとい、アクセサリーは長い長いフェイクパールのネックレスだけ。まさに真珠の化身のごときその姿を、ルーは店で見ない日はなかった。

もちろん、〝真珠〟は源氏名である。彼女の本当の名は誰も知らない。

＊＊＊

「ここを閉めるやって、んなアホなこといいな！」

ルーはまだ化粧途中で、片目だけマスカラで縁どられた目を見開いて楽屋から飛び出した。かつて二百名ものホステスたちを雇っていた京橋随一のキャバレー「グランドシャトー」も、いまではどう見ても旬を過ぎた年代の四十名ほどが働くのみ。よってバックヤードの支度部屋は昔よりだいぶゆとりがある。ルーは以前からここの一角に陣取って、芸能人よろしくピンクのバスローブ姿でくつろぐようになっていた。その開店前の貴重な時間をだいなしにする男がやってきた。

「あんた、また来たんか、成島《なるしま》商事の若社長！　何度来られてもうちらはここは辞めへんで！」

「る、ルーさん」

突然、目の大きさが違うバスローブ姿のルーが飛び出してきたので、男はたいそう驚いたようだ。スーツの布がだぶついたもやしのような体が完全に硬直している。

「ここ『京橋キャバレー・グランドシャトー』はな、あんたみたいな若造のためにやっとるんやない。キャバレーには十年二十年通おて、話して、ようやくわかる味がある。お高くとまるんが商売の新地のクラブや、若さを切り売りしとるキャバクラにはないものが売りなんや」

開店前の午後四時、まだ出勤したばかりで一服していた支度部屋のホステスたちも、ルーの声にいったいなんの騒ぎかと、店のほうへぞろぞろ様子を見に来た。どの顔もルーと同じく支度前らしく、顔半分が別人のようなホステスまでいる。

「これなんの騒ぎ？」

「社長がまた来たんやって」

「ええ、じゃあお店、いよいよ畳むん？　どうしょう、私もうこんな歳やったら行くとこあらへんのに」

などと将来を悲観する声が背後から上がるなか、ルーはたっぷり液のついたままのマスカラブラシを成島に投げつけた。

「出ていきよし！　このルーの目の黒いうちはここは絶対、絶対絶対、死んでも閉めさせへんで!!」

「そんなこといいはったって、あんたらまだやるつもりなんですか」

「〝まだ〟ってどういうことや！」

手にしていたマスカラの容器も投げつける。成島は避《よ》ける。避けながら叫ぶ。

「だって、あんたらもうばあさんやないですか!!」

ちょっとミキ、奥から焼けてるコテもって来ぃ、ねえさんそれはあかんそれはあかんと騒ぎが大きくなる。

「誰がばあさんや！　うちはまだ七十二や！」

「十分ばあさんやないですか！」

「そのへんで日がなボケッとすわっとる婆《ばばあ》と一緒にすな。心はいつも、ここに来たときの十九のまんまや」

そらさすがに無理があるわねえさん、と声があがる。顎《あご》に大きなほくろのある、ミキと呼ばれたホステスだ。やかましわ、と外野に一喝して、ルーは改めて成島に向き直った。

「なあ若ボン、所詮あんたは今まで会長に外で好きなことさしてもろて、いきなり帰ってきて社長に納まっただけの素人や。ええとこ知っとるのはパチンコ程度、キャバレーのことなんてなぁんも知らんのやろ。ええやろ。そんなに言うなら、うちらがまだまだ現役でやれること、いまからここで見せたろやないかい」ルーは振り向いた。

「バンマスさーん、音楽やって！」

「ねえさん、バンドなんてもうとうにおらへんて」

「あ、そやったわ」

昔はこのフロアの一段下がったところにジャズバンドのピットがあったが、いまはもうテーブルとソファで埋められている。二階にはオペラを演《や》る劇場のようなＶＩＰ専用のボックス席がしつらえてあって（現在はただの物置になっている）、若いころルーはそこを毎日占拠しているお大尽に毎日指名を受けるのが夢だった。ボックス席から見下ろす一階は扇形をしていて、その半分くらいまでが客とホステスが踊るダンスフロアで、男と女が体を寄せ合って、不倫でもない、商売というにはもう少し夢のある、名前のない、あえて誰も名前を付けない奇妙で居心地のいい関係を作っていたのだ。

みんなここで毎夜踊った。外注で雇っているショー専属の踊り子に負けじとダンスを習い、経営悪化のためショーができなくなると、それをお客に知られないよう、店のホステスの中で踊れる子を募ってショーを続けた。だから、いまでもグランドシャトーのホステスは踊れるといわれる。生バンドがなくなっても、フロアがただ客の横についてしゃべるだけの席で埋まっても、この舞台にだけは椅子を上げさせない。もちろんカラオケをやることもある、野球の実況をやんややんやと見ることだってある。だがここはキャバレーだ。踊りと音楽がすべてなのだ。そうでなくてはキャバレーを名乗れない。

「みんな、上脱いで舞台にあがりぃ。いまから踊るで！」

ど派手なディオールのバスロープを脱ぎ捨てて、ルーはスリップ姿で舞台にあがった。ここの実質的なボスであるルーの呼びかけに、しわくちゃなホステスたちが次々にガウンを投げ捨てて舞台へやってくる。中にはすっぴんのままの子や頭にホットカーラーをつけたままのホステスもいて、みなルーと同じスリップ一枚だ。あまりのことに成島が目を白黒させている。

「ほらほら、目見開いてちゃんと見な。ばあさんの下着姿やったら、なぁんも恥ずかしないやろ。ちょっと隅田《すみだ》ちゃん。なんでもいいから音楽回して」

隅田、と呼ばれた六十近い支配人が困った顔をしてルーと社長を交互に見る。彼はグランドシャトーに来て二十五年。ボーイだった駆け出しのころから、いやその前からよく知っている。ここで銀盆片手にたたき上げで支配人になった、ルーのよき戦友だ。

「はよやってえや隅ちゃん。テープでもCDでも。そうやアレやって、いつものやつや！」

ルーがグランドシャトーへやってきてはや五十年が過ぎた。この間、あらゆるものが変革を迎え、壊されてあるいは切り捨てられて消えていったが、それでもしぶとくこの世にへばりついてなくならないものもある。それがキャバレーだ。

「ええか、キャバレーっちゅうのは大阪の生まれや。東京とちゃう。ここで生まれてここで成功して日本中の経営者がマネしたんや。名古屋でもない、福岡でもないで、大阪や！　楽しいことはみぃんな大阪から始まったんやで！」

ホールのあちこちに設置されたスピーカーから、耳に体になじんだいつもの曲が流れてくる。すると、ホステスたちは老いも若きもすぐに体が動いて、CMでおなじみの振りで踊りだした。

〝ここは京橋、
あなたとわたしの架け橋。
恋の船着き場のほとり、

グランドシャトーに、おいでまっせ
あなたのお城に、おいでませ――〟

第一幕　深海の真珠

一九六〇年、昭和でいうと三十五年、ルーが暮らしていた関西は、今でいう高度経済成長期のど真ん中にあってそれなりに活気づいていた。東京では有名な安保闘争まっただ中で国会は揺れに揺れ、多くの学生たちが勉学を投げ出してデモ行進に参加していたが、大阪はそれほど規模も大きくなく、ときおり御堂筋で大規模な集会やデモがあるくらいで、その熱も次第に冷めていったように記憶している。

いずれにせよそのころルーはまだ子供であった。父と専業主婦の母と弟ふたりの五人で、西宮の鳴尾《なるお》にある父の会社の寮という名のコンクリ長屋に住んでいた。

ルーにとって昭和三十五年は特に忘れ得ぬ年である。ルーの父は尼崎《あまがさき》の発動機を開発する会社に勤めるきまじめなサラリーマンで、どこにでもいるタイガースの熱心なファンだった。休みの日には子供たちに趣味のテニスを教えてくれた。その父が病で死んだ。がんと告げられ動けなくなってわずか半月、あっという間のことだった。

そこから、ルーの人生は一変した。

父の会社の寮を出て、母の親戚《しんせき》筋を頼って住める場所を探し、やっと飾磨《しかま》というところのモルタルアパートに落ち着き、六畳一間で家族四人、一家の新しい生活が始まった。母は朝から晩までクリーニング屋で働き必死で子供三人を養ってくれたが、女ひとりの稼ぎなど雀《すずめ》の涙で、一家の生活は苦しくなるばかりである。ルーはこのまま高校に通うのは難しいと悟った。当時は、女の自分よりすぐ下の弟たちの学歴のほうが重要だという風潮が当然のようにあったからだ。

ルーは高校を辞めて働きに出た。幸いにも姫路の浜のほうには小さな工場がいくつもあり、家を世話してくれた親戚のつてを頼って事務の仕事を得た。

ルーの母が、その何かと世話になっている親戚筋のすすめでろくに会ったこともない男と再婚を決めたのは、ルーが十七になったころのことである。そのころ母はクリーニングに使用する薬剤のせいで手が荒れに荒れ、ほとんど働けなくなっていた。そういえば、母に結婚をすすめたのはどういう〝親戚〟だったのか、ルーは覚えていない。ただ母が自分たちの生活のためにその親戚に多額の借金をしており、この縁談を断れなかったことはずいぶんあとになって、母が死んでから知った。

相手は母よりふたつ年下の、このあたりの地主の息子で、生来体が不自由な男だった。家族は食べていくのには不自由しなくなったが、実態は夫婦というより、母の新しい仕事が介護になっただけのことであった。

新しい家には舅《しゅうと》と姑《しゅうとめ》が同居しており、母は彼らから、一日も早く跡継ぎを産むように厳命されていたらしい。当時ルーの母は三十四歳くらいであったと思う。しかし、母が再婚して一年経っても妊娠しないのを見て、なんと舅らは十八歳のルーと義父を結婚させようとした。母は妊娠するまで籍を入れてもらえないことになっていたのだ。

ルーは逃げた。出勤するフリをして家を出て、二度とこの街へは戻らぬように母に何度も言い含められた。ルーが逃げたと知れば、怒り狂った舅らがルーを探し、無理やり義父と結婚させるだろうと母は言った。

「遠くへ逃げな。できるだけ遠くへ。帰ってこようなんて思たらあかんで……」

持たされた小さな巾着《きんちゃく》には父とよく初詣に行った住吉神社のお守りと現金五千円、それに母の結婚指輪が入っていた。

そのころ日本の景気はドンドンと上向きであったから、高校を辞めても近所に難なく就職のあてはあった。しかし、ひとたび実家を離れてしまえば、ルーはただの世間知らずの少女である。

学校の成績もとくによかったわけではなく、どちらかというと勉強は嫌いで物覚えもよくない。本当は家政科のある高校に行きたかったが電車賃がかかるので諦め、自転車で通える商業高校に入った。なのに簿記のこともろくに習わないまま辞めてしまったので、ルーには仕事になるような取りえがなかった。中身が空っぽのまま社会にほうり出された浮舟のようなものである。

ルーにとってさらに不幸であったのは、このひとを頼ったらええと教えてもらっていた母の友人と会えなかったことである。福島という梅田にほど近い街にいると聞いていたのに、住所を訪ねて行けば転居したあとらしく、まったく違う人間が住んでいた。

進退窮《きわ》まったとはまさにこのこと。母にもらった金もあっという間に半分使い果たし、さて、これ以上持ち金を削るわけにはいかぬと千日前の路上で一杯二十五円のかけそばを食べていると、『お嬢様のお仕事　寮アリ〼《ます》』の求人張り紙が目に入る。当時でいうアルサロ――素人の若い女性を集めたアルバイトサロンの求人である。素人を使っているためキャバレーより安くあがり、面倒くさいチップもいらないとあって、アルサロは爆発的な人気が出ていたのだ。旅行者のふりをするのも限界だったので、ルーは意を決して電話をかけた。

ルーが初めて入店したのは、「淑女《しゅくじょ》クラブ」という名のアルサロである。当時神戸で知らぬ者はいないと言われた大型の高級ナイトクラブ「ハリケーン」を経営していたキャバレー王、福本銀二朗が、大阪進出のために出した第一号店だった。福本は、「ハリケーン」のほかにも、洋酒喫茶やキャバレー「エデン」などを次々に成功させていて、この「淑女クラブ」がうまくいけば、次はいよいよ本場の東京へ殴り込みをかけるか、と言われていた。

ルーはこの店であまり人気が出なかった。見てくれこそ若く、愛嬌《あいきょう》のある丸顔で手足もそれなりに細く胸もあったが、いかんせん淑女というにはケンカっ早過ぎたのだ。

イヤなものはイヤだと言う、ちょっと触られただけで過剰反応するなど、もともとおしゃべりで声の大きいルーは、お客への態度ががさつすぎるとマネージャーから何度も注意を受けた。そのうち、本物の淑女の方々（女子学生や昼間は会社員といったごく普通の女性が、ちょっとした小遣い稼ぎにアルサロで働くことも多かった）から目をつけられて、ルーは素人のふりをしているがそうではない、実はプロのホステスだという噂を流された。

ちょうどこのころアルサロ界隈《かいわい》に、それまでキャバレーやスナックで働いていたいわゆるプロが流れ込んできていた。しかし本来アルサロの売りはアルバイトサロン——素人の〝純〟さを楽しめる店である。そこへプロが混じったせいでただのキャバレーと変わらなくなり、魅力が薄れてしまったのが問題視されていたのだ。

「ルーさんて、前は名古屋の栄《さかえ》ってところのスナックで働いてたんやって」

名古屋弁などしゃべれるわけがないと反論しても、次は堺のどこどこという店にいた、いやミナミのなんとかいうキャバレーにいたと、作り話に事欠かない。とうとう京橋の「グランドシャトー」という、大阪随一といわれるキャバレーのトップホステスに嫌われて追い出されたという話まで出てきてしまった。

「グランドシャトーなんて店、一回も行ったことない。このクソアマ、適当なことフイとったら承知せえへんで！」

今でいうメイクルームでルーはアルバイト社交員たちと髪の毛をぎゅうぎゅうにひっぱりあって取っ組み合いのケンカをし、部屋が半壊するまで暴れまくってビルのオーナーから弁償を求められ店はクビ。たった半年の出来事だった。

それからミナミを中心にいくつかの店で働いたが、やはり黙っているのが苦手な性分なことに変わりはない。ただ座って話を聞いているのに退屈して、お客を強引にダンスに誘ったり、大声で笑ったりして、すぐに目をつけられてしまう。さらに皮肉を上手に受け流せず、ケンカを売られればきっちり買う主義で、誰であろうと全力でたたき潰しに行くのが常であった。こうなるとあの「淑女クラブ」をクビになったトラブルメーカーということでさっさと〝縁切り〟を言い渡される。

ミナミ、特に千日前筋のサロンではほぼ出入り禁止になったルーは、次なる職場を探すため、大阪中の盛り場を歩き回った。

（女が働くとこって、ほんまにないねんなあ）

思い起こせば夜逃げ同然に家を飛び出して一年とすこし。父さえ生きていれば、今頃きれいな着物を着て、家族みんなで十九のお祝いをしてくれていただろう。高校を卒業して父と同じ会社で働き、母は家で父の帰りを待つ、ごくごく普通の家庭のように幸せに暮らせていたはずだ。

あれから弟の明広《あきひろ》と洋平《ようへい》は高校に行けただろうか。いまは母の嫁いだ家の名字を名乗らせてもらえているのだろうか。自分の息子の世話をすべて母に押し付けて家政婦扱いした、あの鬼のような義父の両親はどうしているだろう。あのまま地元にいれば、ルーは母の代わりにあの男の嫁にされていたかもしれなかったのだ。

絶対に帰ってきたらあかん。最後に交わした母との会話が耳に残っていた。連絡とろうとしてもあかん。できるだけ遠くの、ひとの多いところで暮らすんや。洋ちゃんもアキもすぐに働きに出る。そしたらもっとようなるから。いまは家のことは考えんと、自分で幸せになりなさい――。

（幸せになりなさい言われても、どうやったらええかわからんわ）

毎日かけそばばかり食べていても持ち金は減る。住み込みの寮をあてにしているホステス暮らしは、店をクビになればすぐに出ていかざるを得なくなるから、また旅行者のふりでホテル住まいをして一文なしになることだけは避けたかった。店で知り合った同じような境遇の女の子たちに、いざというときに使えるキタの安い宿は教えてもらっていたけれど、そういう場所は違法の連れ込み宿に使われていたりもするのでかえって身の危険もあった。

安宿の洗面所で髪を洗っていても、身ぎれいでいるには限界がある。化粧品もほとんどなくなり面接にもすっぴんで行った。一度一念発起して銭湯に行き、なけなしの化粧品を使ってきっちり化粧して新地へ赴いたが、どこも顔を見ただけで追い払われた。

ルーのような若い娘が盛り場近くをふらふらしていると、親切顔で近づいてくるヤクザまがいの男はたくさんいた。会社帰りの酔った中年の男にいきなり腕をつかまれ「いくらや」と顔を近づけられたときは、吐き気よりも先に恐怖で体中が凍り付いた。

元気を出そうと母のくれた結婚指輪を眺めれば、父を失ってからみるみるうちに回らなくなった実家のことを思い出し、この世の中はなんて何もかも男を中心に回っているのだろうと悔しくて涙がにじんだ。たとえごくごく普通の結婚をして家庭を持ったとしても、ひとたび夫を失えば女は母のようになる。妻というのは名目だけで、夫の家政婦か看護婦のような役割でしか生きていく方法はないのだ。

そして、いまルーはというと行く当てもなく、髪も洗えない。

（ああ、お風呂に入りたいなあ、なんや生きていくのも面倒くそうなってしもうた）

大川の橋の上からぼんやりと川を眺めていると、環状線のオレンジ色の国鉄がゆっくりと京橋駅を出ていくのが見えた。

京橋には昔、アジア一の軍需工場があって、それでB29にやられてあのへん一帯全部焼けてもうたんや――、死んだ父親がそんなことを言っていたのを思い出した。戦後、焼け野原になった大阪砲兵工廠《こうしょう》跡やその他の軍関係の土地は、一部が民間に払い下げられたりしたものの、大部分は不発弾や金属片の山が目立つ空き地が広がっていたらしい。六万人以上が働いていた工場が一度になくなったのだから、みな職を求めてちりぢりばらばらになったようである。ルーの父親の家族もそうして大阪を離れたのだと言っていた。

いまはもう、そのような戦争の面影はない。少し前に天神祭も再開し、一トン爆弾が落ちて跡形もなくなった駅もきれいに再建された。闇市から始まった娯楽産業が栄え、府庁や造幣局、自衛隊関連の官庁勤めの公務員、工場勤めの工員たちが一杯ひっかけていく飲み屋街でにぎわっている。

〃金のなる木があるじゃなし……ハイそれまでョ〃

植木等《うえきひとし》の『ハイそれまでョ』がシャンシャンいう鳴り物とともにどこぞの店のスピーカーからだか流れてきて、発売直後から爆発的にヒットしているザ・ピーナッツの『恋のバカンス』もそれに交じっている。両曲とも、ラジオをつけていれば一日耳に入らぬ日はない。

昭和三十八年の春。見ると日は暮れかけて、まるでおやきの上で箸でつついた玉子の黄身のようにビルとビルの間に染み出していた。五月だというのに、その日はじんわり額が汗ばむほどの陽気で、営業帰りのサラリーマンたちがシャツの腕をまくってジャケットを抱えていた。あと二時間もすれば、この駅は帰宅する男たちで埋まるのだろう。

大阪という街は、歩けばすぐ橋があり、またしばらくすると橋にかかる。橋の上から海を見ても見えるのは、やはり自分と同じようにせわしなく橋を渡る人々の影である。まだ千本松のほうでは渡しをしていると聞いたが、京橋のような都心では開発が進むにつれていくつも太い橋がかかり、いままで当たり前のようにあった風景はなくなって、代わりに必死に川を渡る人々の群れが、川の上を流れる新たな川となって駅やドヤ街に注がれている。

(いま、この川にドボンして死んだってええけど、どうせ生まれ変わっても、女やったらまた同じや)

死のうとしても、ジャンジャン耳にはいってくる『ハイそれまでョ』の歌詞が身に染みた。

ふと、ルーは川沿いを見た。ちょうど薄闇が訪れるころ、気の早い大阪人らしくもうネオンが点り始めている。目に入ったのは「サウナ」という文字だった。このすすぼけたドヤ街に似つかわしくない遊園地のようなファンシーな外観が、ルーにはまるでいま横づけされたばかりの外国の豪華客船に見えた。

「グランド、シャトー……」

ネオンが点り、ビル名がキラキラと輝きはじめる。絵本から飛び出たような非現実的な外観なので、あれが千日前でもたびたびライバル店としてお客やホステスたちの口の端に上っていた、関西随一の高級キャバレーの入っているビルだとは思いもつかなかった。

「サウナのお城か。ええなあ。きっとおっさんが女の子にエロいことしてもらう風呂なんやろうけど、なんでもええわ。なんでもええからお風呂に入りたいなあ」

そのとき、ルーの後ろを通り過ぎようとしていた女性が、ふと足をとめて彼女のほうを見た。ルーは気づかなかったが、その女性は少し離れたところで同じように川向こうを見つめ、知らずにふたり並んでビルを見ていた。

お城といえば、果たされなかった父との約束を思い出した。病気が治ったら少し贅沢《ぜいたく》をして、奈良にあるドリームランドというアメリカのディズニーランドそっくりの遊園地へ家族で行こうと言っていたのだ。そこには西洋風の巨大なお城も竜宮城も帆船もあって、日本にいながら外国のような街を散歩できるという。

お城はお城でも、あのグランドシャトーとはだいぶ違う。けれど、ルーにはあの城のようなビルが、皆が手にしているのに自分だけ手に入れそこなった幸せの欠片《かけら》、切り捨てられたパンの耳のように見えた。

とにかくおなかが空いていた。夢を食べておなかがいっぱいになると信じていたのはいつのころだっただろう。

「食べる？」

目の前にヌッと金色のせんべいの詰まった袋が現れた。驚いて横を見た。頭にスカーフを巻いた知らない女がこちらを見ている。

「食べる？　よかったら」

言って、女は袋の中に手を突っ込んで、分厚くて黄色いせんべいを引っ張り出した。女がくれたのは「満月ポン」というしょうゆせんべいで、ルーでも知っているこの辺の駄菓子だ。ルーは受け取って無言でかじりついた。

しゃく、しゃくとせんべいをかじる音がすぐ目の前の鉄橋を渡る電車の警笛に混じる。一枚食べきってしまうと、ルーはすぐに女の持っている袋に手を突っ込んだ。

川の上、女ふたり、橋の欄干にぶら下がって、ひたすらせんべいを無言で食べた。あの通りすがりの電車の車窓から自分たちを見た客は、一心不乱にせんべいを口にする女たちを見ていったい何を思っただろうか。

満月ポンを最後の一枚まで食べつくすと、今度は女は手提げからニンジンのような形の赤いビニールの包みを取り出した。

「食べる？」

中身がポンポン菓子であることはルーも知っていた。見てくれそのままに、このお菓子は「人参《にんじん》」というのである。

久しぶりに食べる駄菓子の甘さに口の中がじんわりとして、脳ミソまでしみこんでゆくようであった。さらに女は手提げの中から色とりどりの小粒のチョコや青い俵《たわら》型をしたハッカ飴《あめ》などを次々に差し出した。

「食べる？　これも食べる？」

ルーは出されたものは遠慮なく食べた。知らない女の差し出すそれらを、まるで家で母がどんどんよそってくれる白いごはんのように全部口に運んだ。こんなに菓子ばかり食べたのも、ただ出されるものを受け取って悪びれずに食べたのも、ずいぶん久しぶりのことだった。子供の時分に返ったかのようにそれらをむさぼり食べている間にも、環状線はサラリーマンたちをすし詰めに乗せて寝屋川を渡ってゆく。あのひとたちはあっちのトタン屋根のアーケード下にずっと伸びる立ち飲みに寄ったりしない、早く帰りたい家があるのだろう。

出されたものを食べつくし、最後にハッカ飴を口にほうり込んだ。

「どうもおおきに、おおきにな。ねえさん」

「ええのよ」

「このへんのひと？」

近所に住んでいるのかと訊いたのは、女があまり主婦のようには見えなかったからである。手提げに菓子ばかり詰め込んでいるわりには、買い物帰りに見えない。深い藍《あい》色のワンピースに白のカーディガンを着て、黒の革のポシェットを斜め掛けにしていた。お嬢さんというには少し落ち着きすぎていたし、奥さんというには雰囲気がない。

「そう。このへんのひとよ。ずっとこのへんにいるの」

スカーフの下のくせのない髪は外国のショーモデルのように短くカットされていてパーマをかけている感じもないし、耳たぶにもイヤリングのあとがない。爪もきれいなピンク色で安っぽいマニキュアのエナメルの匂いもなかった。

もしかして、これが世にいう〝淑女〟なのだろうか。アルバイトのクラブなどで売れているようなまがいものではなく、本物の。

（まさかなあ、京橋の橋の上でぽんせんをすすめてくる女やで）

けれど、ここから浜のほうに二十分ほど歩いたところに金持ちのお屋敷があると聞いたことがあるし、いくらドヤ街といったって水商売だけでなくいろんな種類の女がいるだろう。ルーは口の中でハッカ飴を転がしながら言った。

「ねえ。あそこのピンク色のお城って、ホテルやの？」

「レジャービルやね。一番上は中華料理店やし、その下はサウナ」

「サウナって、風俗風呂？」

「ううん、女の子が揉んでくれるのはたしかやけど、みんなただのマッサージ師やよ。服もちゃんと着とる」

「ふうん、そうなん」

女は手すりから身を離すと、これあげる、とハッカ飴の残りをルーに押し付けた。じゃあねと手を振り、駅のほうへ歩いていく。もしかしたら彼女は近くの飲み屋で働いているのかもしれない、とルーは思った。食べ物を扱う店なら化粧っ気もなく爪が短いのも頷《うなず》ける。

（どこかひとを探している店がないか、訊けばよかった）

追いかけようとしたときには、女はもう駅から吐き出された人混みに紛れて見えなくなっていた。

「うちもいこうか。ここにいてもしゃーないし」

せんべいと甘いモノを胃に入れたおかげで、ルーは自分でも驚くほどに元気になっていた。まずは職を探さなければならない。いままでアルバイトサロンかキャバレーしか頭になかったが、あの風変わりなぽんせん女の言う通り、サウナで働くという手もある。制服を貸してくれるだろうし、場所が場所だから髪を巻いたりアップにしたり、衣装や化粧代を気にしなくてもいい。「淑女クラブ」や「ララバイ」で働いていたときは、普通の事務仕事より手取りはあったが、結局ドレス代やお仕着せレンタル代、化粧品の持ち出しで生活は苦しかった。

「サウナ、働いてみよかな」

次の仕事がサウナというのはいいかもしれない。手に職をつけて金を稼ぎ、大阪に家を借りられれば、母や弟たちをあの鬼どもから引き取ってまた一緒に住めるようになるかも。そう思うと、足は自然とあのピンクの城へ向かった。

ところが、駅をまたいですぐのところにあるピンクの城の入り口は、立ち飲み屋が雑然と軒を連ねるドヤ街商店街のはざまにあって、どこから入ればよいのかよくわからない。遠目ではファンシーなピンク色のお城に見えても、近くで見ればいかにも歓楽街でございといわんばかり、電飾だらけの派手なビルだ。もっとも大阪の盛り場のビルはどこも似たような見てくれだけれど。

きょろきょろと看板を見上げると、「マッサージ師募集、未経験可教えます」の張り紙があったので、ルーは気をよくしてそこから入り、ビルの二階へと向かうエスカレーターに乗った。

すると、なにやら下の入り口のほうで尻尾付きの黒燕尾《えんび》を着たドアマンらしい男がしきりに、戻れ、戻れと叫んでいる。

「だからー、マッサージ師募集の張り紙を見たんですって。面接、め、ん、せ、つ!」

何度言っても、だめだ戻れの一点張り。しかしそのエスカレーターが思いのほか長く、あっという間に男の姿も小さくなってしまう。

（もしかして事務所の入り口って、ここやなくて裏なんかいな）

そんなこんなでエスカレーターの降り口をまたいで、ルーはぎょっとした。すぐ目の前にキャバレー「グランドシャトー」という看板がある。

「あかん。ここ、サウナと違うわ。キャバレーや」

しかも、グランドシャトー、知る人ぞ知る京橋の名物キャバレーではないか。

大阪で名のあるキャバレーといえばミナミの「ハリケーン」と千日前の「大上海《だいしゃんはい》」、そしてこのグランドシャトーの三店舗が格上で、広さも人数も規模も飛びぬけていた。客筋にこだわりが強い新地が中心のキタと、若い子がとにかく派手に遊ぶミナミとはまたちがう京橋の特徴は、とにかく「流動的」だということ。老いも若きも、社長も日雇いも同じ場所に集う大キャバレー。噂では聞いたことがあったけれど、まさかこんな城みたいなビルに入っていたとは驚きだった。

しばらくぽかんとしていると、ひとの気配を察知して店の奥から数名の黒服たちが出てきた。

「こんばんは、あのね、ここはね。お嬢さんの思ってるのとはちょっと違うお店ですよ」

どうやら下のドアマンから連絡が行ったらしい。さっきの男はここはキャバレー専用の入り口だから戻れと言っていたのだろう。

「あの、面接を受けたいんです」

「ああ、そうなの。じゃあこっち来て」

こういう事態に慣れているのか、ずいぶんと背の低い黒服がルーの肩を抱いてついてこいと言った。入り口ではなく、通常は鍵がかかっている非常口のほうに通される。

（あれ、このままやとうちは、キャバレーの面接に来たことになってしまうんやろうか）

あの橋の上でぽんせんをくれた女は、ここをレジャービルだと言っていたけれど、それも本当のところはどうなのかはわからない。千日前にいたときでも、サロンや店によっておさわりOKか禁止かは中で訊いてみないとわからないし、実際ピンクまがいの店も少なくなかった。

思った通り、従業員用の入り口はビルの裏手にあって、ルーは背の低いマネージャーらしき男とエレベーターに乗った。表の華やかさとは違って、バックヤードはむき出しのコンクリとテープのはがれた配線が壁を這《は》う、どこの店とも変わりない殺風景さが目に付いた。こういう商売の事務所はたいてい女の子たちの支度部屋とは離れている。あくまで雇用側と雇用されている側、距離を保たないとバランスがとれないからだ。そのような意味でも、大きな店の支配人はルーのようなホステスたちにとっては遠い存在だった。

でも、マネージャーがわざわざ忙しい開店時間近くに店の入り口を見て回っているのは悪くない。ルーは狭くて天井の低い部屋へ通された。出される酒や料理のメニューを刷りだした紙や、雇用時間のシフト表が山積みになって散らかっていても、向かい合って座るスペースだけはいつでも使えるように確保されている。毎日のように女の子の面接があるのだろう。

グランドシャトーの支配人、大路《おおじ》アキヒコはミルクを混ぜたコーヒーの表面のようなマーブルの縁をした太い眼鏡《めがね》をかけている男で、小柄すぎるからか、おおよそ夜の世界にいるような雰囲気ではなかった。歳は四十過ぎくらいだろうか、背が低く顔がおでんのはんぺんのように四角く、まぶたが重く目を押しつぶしていていつも眠そうに見える。髪をなでつけずにキャップ帽をかぶれば、いかにも中古車店で働いていそうな風貌だ。

「それで、本当にうちで働きたいの？」

大路はテーブルをはさんでルーと向き合い、膝《ひざ》の上で手を組んだ。じっと顔を見られるのは商品価値を値踏みされているからだが、不思議とルーが知っているほかの店のマネージャーたちのような不快なものではない。

ルーは頷き、ポーチから何度も提出して折り目がくっきりついた履歴書を取り出した。サウナに行っても断られる可能性もあったので、まずはここで勤められるか探ってみようと決心した。キャバレーには慣れている。

「これね、住所が書いていないけれど」

大路はそう言って、ルーが足元に置いた大きなボストンバッグを見た。こういう荷物を持って盛り場をうろうろしているのは家出娘と相場が決まっている。もっとも彼らはその家出娘も商品として仕事で扱うので、そのバッグは何だなどという野暮《やぼ》な質問はしない。

ピンクな店の場合、こちらが宿なしだと知ればうちには寮があるよと勧めてくるが、健全路線で売っている店は寮があるかと尋ねるとマネージャーは大抵いやな顔をする。ホテル代わりに使われてトンズラするホステス志望が少なくないからである。ルーはまだ若かったので、女の子をかき集めている新店の寮に潜り込めたこともあったが、そういった店の中には儲《もう》かるからとろくでもない輩《やから》がかかわっていることも多い。いままですんでのところで悪質な店をかわしたこともある。

「歳は本当に二十なのかな？　証明できるものはあるのかな」

「高校の学生手帳があります。中退しましたけど」

「ふうん、これどこの高校かな？」

「姫路です」

自分のような小娘相手でも、大路の態度は丁寧だった。言葉に大阪の訛《なま》りがないことにルーは気づいた。もっとも、この業界で働く人間は男も女も出どころはさまざまというのがごくあたりまえのことである。

「こういう仕事は、初めてじゃないのね」

「はい。前は淑女クラブとほかにもいろいろ」

「そうか……。グランドシャトーに来たのはどうしてかな？」

「働けるところを探してて」

そろそろつっこんだ理由を訊かれるころだと待ち構えていると、大路はうん、と眼鏡を持ち上げて目をすがめた。そういうふうにするともっと歳がいっているように見える。

「お金がいる理由はなにかかな？」

「それは、急に家を出なあかんかったんで、仕事も辞めてきました。見てのとおり住む場所もありません。いままでは店の寮に女の子たちと一緒に暮らしたり、知り合いになった子の家に泊めてもらったりしながら仕事を探してました」

まあ、うちにも寮はあるけど、と彼は言った。これくらいの大きな店ならあると踏んでいたのが当たった。内心、飛び上がって喜んだ。

「家を出なきゃいけなかったのは、どうしてかな」

「あの……、ええと、それは、その、義父と結婚させられそうに、なったんでぇ……」

そう言ってうつむくと、大路は驚いたように眼鏡の奥の目を見開いた。

「ハア、それは初めてのケースだわ」

「なにがでっか？」

「僕はね、この業界これでも三十年はいるのよね。だからいろんな事情を抱えた女の子も男の子もおばさんもおっさんもたくさん見てきたの。夫から逃げてきた主婦は珍しくないし、実家の借金背負わされてる子も多い。妙なヒモ付きも子持ちもね。だけど、フフッ」

義父と結婚させられそうになって逃げてきたのはルーが初めてだったらしい。

「そうか、お義父《とう》さんにねえ。そりゃあ逃げたくもなるね。まだ若いんだから」

「あのぅ、もしマネージャーさんがこのビルを見てはる人なんやったら、どこででもいいので働かしてください。サウナでもウエートレスでもなんでもやります。昼間も働けます！」

雇ってくれるのかどうなのか、ルーはハラハラしながら大路の次の言葉を待った。彼はたいして特筆すべきところもないルーの履歴書を何度も眼鏡を押し上げて見つめ、長考した。これはルーがこの店で働き始めたあとで知ったことだが、彼は面倒な客を前にすると驚くほど早く行動するのに、ここで？　という場面でじっくりじっくり粘るのである。そういうのは大抵彼のマニュアルにない事態が起きたときで、頭の中で細かく情報を書き加えているのだ。

「明日から入れるね」

ようやく大路が顔をあげた。ルーは声が弾んだ。やった。これで今日、お金を出さずに寝られるかもしれない。

「今日から入れます。衣装も持ってます！」

「まあ、まず風呂に入ってからやね。あんたさんちょっとにおうから」

もう帰っていいよというジェスチャーをされて焦った。明日来いと言われてもルーには今日泊まるところはない。ここで追い払われてたまるかとしぶとく食らいついた。

「シャワー貸してください。上のサウナで掃除したら借りられますか。すぐにお店に出たいんです」

大路はやっぱり眠そうに目を細めて、

「あいにくとサウナさんとうちは違う店なの。向こうで働きたいなら連れて行ってあげるけど、サウナさんもうちも営業は夕方から。どうする」

「ご縁があったグランドシャトーさんにします」

彼はうん、と言って立ち上がると、事務所の奥にあるへこんだスチール製のロッカーの中をあさり始めた。そして、茶色の大きな丸い缶を持ってきた。

ところどころへこんでいるし色もはげているが、たしかに風月堂《ふうげつどう》のゴーフルの缶だ。

「これ、店を辞めた子が置いていったり忘れていったりした化粧品。腐っているかもしれないから使う前に一回におい嗅ぎなさい」

「使っていいんですか？」

「腐っていても知らないよ」

フタをあけると、使い古しの化粧品がたくさん入っていた。ファンデーションの入ったコンパクトやお粉や、一番多いのは口紅だ。クラブのお粉や名香《メイコー》のファンデーションも十分まだ使えるし、なにより資生堂のアイシャドーがあったのがありがたかった。このころは、目の周りをくっきり縁どりして目を大きく見せる化粧がはやっていたのだ。

「ああ、それから」

化粧品を選ぶのに夢中になっていたルーに、大路がわざわざ戻ってきて念押しした。

「前の店、どうしてやめたのかな」

「えっ」

手に持っていた風月堂の缶を膝の上に落とした。中の使い古しの化粧品ががしゃんと音をたてる。

辞めた理由は、いつもケンカだ。前勤めていた店では上客がつきそうになると、そのことを妬《ねた》んだほかの社交員たちが、ルーを元風俗嬢だとあらぬ噂をたてた。化粧品を盗まれたので盗み返し、靴のヒールを折られたので、いやがらせをしてくるグループの女たちのドレスを全部引き裂いてライターで火をつけてやった。それがだんだんエスカレートして大げんかになり、取っ組み合いをしている間に楽屋のドアがぶっ壊れ、結局放火魔あつかいされて追い出された。向こうは集団だったので、店も一度にごっそり女の子に辞められたら困るのだ。だからいつも、ルーだけがクビになった。

どこまで正直に申告しようか迷っていると、だいたい表情で察したらしい大路が言った。

「まあ、それをね。うちではやらないこと」

これくらいの店の支配人をやっていれば、電話一本で過去のルーの所業など明らかになる。大路アキヒコは、この世界では「小さいけど大路」といわれるほどの有名支配人で、グランドシャトーのオーナー社長にほれ込まれてはるばる大阪へやってきた。ここで「グランドシャトー」をはじめる前は新橋や赤坂でボーイとして修業し、銀座の一流キャバレーを任されていたのだという。

この大阪の中の大阪、みんなが焼け野原から鉄くずを拾って闇市をつくり、あっという間にコンクリートで覆いつくした京橋の、働く男も商売人も芸人もヤクザも女もジャンジャン集うやかましいなかで、いまも毅然《きぜん》と標準語を話して悪びれない男。それが粋《いき》だと認められている実力をもつ、小さいけれど大路という男が、じつは顔に似合わず東京で女を泣かせすぎて都落ちしたということを知ったのは、ルーがこの店の看板を張り出してからのことである。

＊＊＊

店が開くのは決まって午後五時だ。キャバレーの客のほとんどは会社員で、仕事帰りに一杯ひっかけ、まだ飲み足りないとき、あるいは家に帰る前に日頃たまったうっぷんをガス抜きしたいとき、ネオン街のさらに奥へと足を向ける。さらに法律上、キャバレーはダンスが踊れるような広さがあることが前提だったから、開放的な広い空間は会社のつきあい、接待場所などにもってこいで幅広く利用された。

グランドシャトーほどの大きな店になると、入り口には常にボーイが立ち、どのような客が来たかをトランシーバーでキャップに知らせる。キャップとは、支配人のすぐ下の役職で、アルバイトのボーイや黒服たちのリーダー役だ。酔うとタチの悪い客がホステスたちに手をあげることのないように、力自慢のボーイをすぐ近くに置く、あるいは女の子が付かずにひとりで酒を飲まされているテーブルがないよう常に気を配る。ほかにも予定通りホステスたちが出勤しているか、ナンバーワンはうまく客のテーブルを回れているか、待機の女の子たちがトイレでサボっていないか目を光らせ、テーブルの空いたグラスのたまり具合、厨房《ちゅうぼう》は手が足りているかどうかなど、あらゆる仕事を差配する。キャップの腕が店のレベルを決めると言われるほど重要なポジションなのだ。

大路から今夜店に出てもいいと許可をとりつけたルーは、すぐさま身支度にかかった。ロッカールームを出るとすぐに支度部屋があり、収納式の鏡のついた机が並んでいる。タオルを借りて全身を丁寧に拭いたあと、もう一度タオルを濡《ぬ》らして髪を濡らし、ブラシで毛先をうまくカールさせる。あとはサイドからの編みこみをヘアピンで留め、飾りのついたコームでうまく隠しておわり。ここにはコテもカーラーもないので美容院でセットしたようにとまではいかないが、前の店でお客さんに買ってもらったヘアコームを挿すとそれなりに見える頭にはなった。

（なんでもええ。出ればこっちのもん、若さで勝負や。客はバッチリセットアップしたばあさんより、場慣れしてなさそうな若い女が好きやねんから）

キャバレーではドレスは膝より長いものと決まっているので、プロのホステスたちはできるだけ深めにスリットの入ったものを着ているが、ルーはわざと膝下丈のワンピースを着る。ネックレスも指輪もつけない。わざとらしく胸元が開いた服も着ない。いかにもお金のなさそうな若い娘を演じるほうが、客のウケがいいことは前の店で覚えた。

ワンピースはダリアの花柄。前に船場《せんば》の安売りセールで買ったものだ。客にはこれが一番似合っていると言われた。それから少しかかとの削れた赤いエナメルのパンプス。安物だけれど気に入っている。

さて化粧だ。大路からもらった風月堂の缶の中に、申し訳程度に残っていた資生堂のドルックスの瓶を発見した。何度かにおってみたものの香料がきついので腐っているかどうかよくわからない。思い切ってうす紫色の化粧水を手のひらにとり、肌に押し付けた。パシパシとたたき込んでいると、五十代くらいの前掛けをした女性が中に入ってきた。ホステスたちがサボっていたり、支度部屋で何かトラブルが起きていないか定期的に見て回るのはたいてい、ホステス上がりの事務スタッフだ。

「あんた、大路さんが言ってはった子やね。今日から入るん?」

「アッ、ハイ」

何を言われるかと身構えたが、女はそれきり何も言わず、前掛けで手を拭きながらどこかへ行ってしまった。

ファンデーションをさっと塗り、目が大きく見えるように周りをシャドウで縁取って、最後に眉を描く。口紅は指で伸ばしてきっちり輪郭は描かない。わざとプロの女に見えないように隙を作るのだ。

　要は、「なんやその化粧は。仕事なんやからもっとちゃんときれいにせな！」と、客につっこまれるのがルーの仕事なのだ。こうしておけば、本職のホステスの顔もたつし、「そんならお客さんが買《こ》うてくださいよ」と自然におねだりできる。まだルーは十九歳だから許されるのだが、とはいえ、どこでもやれることではない。以前相手を選ばず同じ返しをしていたら、指名の本職に裏でこっぴどく叱られたことがある。自分の客に勝手にものをねだるなと神経をとがらせるホステスもいるのだ。だから、今はまず「すんません、お金がなくってぇ」と返すことにしている。

　今日の仕事はどこかのテーブルのツナギになるだろう。店内のボックスは城、指名の入ったホステスがそこの主だ。まずは、テーブルの〝ねえさん〟の顔を立てながらお客にお酒をすすめるのがツナギの役割である。テーブルで稼いでくれる娘には本職も一目置くし、なにより黒服がキャップに報告してくれる。「あの子、なかなかうまいですよ」と。そうなれば、ルーの立場もぐっと楽になるというものだ。

（試用期間くらいはおとなしくせななあ。まあ、そう思てもいっつもうまくいかへんねんけど）

　歯ブラシがなかったので、指で磨いてうがいをした。口臭が気になったがどうしようもない。そういえばあの橋で出会ったぽんせん女がくれた飴があったことを思い出した。

（ハッカ飴をなめときゃええやろ）

支度部屋からは事務所を通らないと店へは出られない。男性事務員に「今日から入ります。ルーです」と挨拶《あいさつ》すると、大路さんから聞いているからと言われそっけなくドアを指さされた。このドアの向こうは店だ。

「今日は女の子少ないから、アナウンスが入ったらキャップの言う通りテーブルについて」

「ハイ」

我ながらしおらしい声だ。出させてくれと懇願した初っぱなから騒動を起こすわけにはいかないので、ゆるゆると頭を下げつつそばを通る。

廊下には、先月の売り上げ一覧が張り出されていた。まるで選挙のときのようにナンバーワンからナンバースリーまでの名前の横に紙で作った花が付いている。

（ナンバーワンの売り上げ、七十万もあるんや。ごっついな）

大学卒の初任給が一万九千円というご時世である。七十万がどれほど桁外《けた》れか。夜の仕事でなければ、女ひとりで稼ぎ出せる額ではない。この店のナンバーワンは、国会議員よりも、お医者よりも給料をもらっているのだ。

先月のナンバーワンの名は〝真珠〟というらしい。その名を筆頭に、ずらっと張り出されたホステスの源氏名、約百五十名。今月からここにルーの名前が入る。

（まずは店を見て、京橋の客を知ってからやな）

すぐ近くで、バタバタと足音が聞こえる。事務所の壁の向こうは厨房に続く通路になっていて、食事ものを頼んだ客のためにボーイがひっきりなしに出入りする。ビールやウイスキーはカウンターから出すのでここは通らない。いままで数だけは渡り歩いてきたから、店の作りは一目みればだいたいわかるし、カウンターに並んでいるビールジョッキの数で客の入りも把握できる。

（ははあ、今日は給料日前か。京橋は公務員が多いて聞いてたけど、二十三日じゃそりゃあ入りも悪なるなあ）

よって、女の子の数も初めから少なく入れている。こういうときほどナンバーワンの客が頼りになるものだ。お金のないときにわざわざ足を運んでくれる客が、どれだけホステスについているか。ホステスの地力が試されるのがこの月末なのである。

ドアの前に立っている黒服に挨拶をした。いかにも大学生のアルバイトですというふうの背の高いひょろっとしたボーイだ。特別なお客がいるらしく、キャップは会計場所についている。なるほど、今日こそは払わせたいツケ客がいるのだろう。

「今日からの新人のルーです。よろしくお願いします」

係の黒服はうなずくと、すぐにトランシーバーで各所に連絡した。

「あの辺で待っていればいいですか？」

待機のホステスは、たいてい店の入り口からまっすぐ続いている、いわゆる花道と呼ばれる通路より後方の席に座る。指名がかかればよいが、それがない場合は新規の客につくか、ほかのホステスのツナギに回るかだ。

「いや、すぐV1席に行ってください」

黒服が言うには、最前列のステージ正面のボックスがVIP席になっており、その中でも真ん中の席がV1と呼ばれているのだという。

「真珠さんのテーブルですので、覚えてください」

「わかりました」

なんといきなりナンバーワンのツナギである。百人以上が所属する大型のキャバレーでは、末端のツナギと上位クラスの常勤ホステスが交わる機会はあまりない。ツナギでも慣れていて使いやすい子はたくさんいるので、売れっ子ホステスの周りにはいわゆるお取り巻きが自然と形成される。

今日入ったばかりで、まだ誰とも顔を合わせていないルーが、まさかナンバーワンのテーブルに呼ばれるとは思いもよらなかった。

(うちでええんかいな。そんなに女の子がいぃへんようには見えへんけど)

花道から店全体を見渡すと、この店の色調が深い青で統一されていることがよくわかる。シートはすべて藍色のベルベット張り、テーブルは光沢のある白でビールのグラスがクリスタルのようにきらめいてよく映える。天井は高く、二階席はまるでオペラ座のボックス席ばりに張り出している。扇形のフロアの最前にはバンドボックスがあり、品のいいクールジャズを演奏している。

（あ、この曲。『バードランドの子守唄』だ）

ルーはこの曲がかかると、いつもお客さんを強引に誘ってダンスを踊っていた。純粋に曲を気に入っている上にテーブルでのおしゃべりより踊ることが好きだったからなのだが、それが「客にさりげなくおさわりをさせるためだ」と濡れ衣《ぎぬ》を着せられ風俗嬢扱いされたのが、前の店を追われるきっかけになった。

それにしても、落ち着いたジャズが似合う店だ。キャバレーは赤や金を基本にデザインされている店が多いが、このように深いブルー系統の色合いで統一された内装は見たことがない。カーペットも光沢のあるブルー、シートは紺。中央のステージは二枚貝のかたちをしていて、そこだけが強烈な白さを放っている。

照明もただゴージャスなシャンデリアが中央にどーんと設置されているわけではなく、天井から形の違うクリスタルの玉が一列になって連なり垂れ下がっている。それが、まるで海の底で吐き出された、ひとつひとつ海面に向かっていく魚たちのため息の粒のようで、なんとも不思議な光景だった。

なるほど、ここは深海なのだ。グランドシャトーとは男たちのためにある海の底の竜宮城。そしてナンバーワンは真珠という名の乙姫《おとひめ》様というわけ。

ぼうっと花道でステージを見ていると、通りすがりのボーイが早く行けと肩を押してきた。慌てて指定されたテーブルへ向かう。このＶＩＰの部分だけ、シートの色が違っていて派手なホワイトシルバーだ。ソファの縁のゴールドのパイピングと背もたれのデザインから貝を模していることがわかる。ここへナンバーワンを呼んで接待を受けることがステイタスだと、後ろの通常料金を払って飲んでいる客に一目でわかるようになっているのだ。

（こういう店だと、やたら派手なだけやとおもてた黄色やオレンジのドレスが、安っぽく見えへんなあ。ひらひらしてるフリルが熱帯魚の尾っぽみたいや）

さて、足元に気を付けて階段をゆっくり降りていく。お呼びのかかったナンバーワンのテーブルには、中年の男性ひとりと若いのがひとり、それとスーツを着慣れていないのが一目でわかる若い男性が座っていた。

「こんばんはー。お邪魔します。ルーです」

テーブルについていたホステスが怪訝《けげん》そうにルーを見た。ぽってりとした唇を少し酸化した牛肉のような色に塗りたくった女で、これがこの店のナンバーワン、真珠なのかと、正直な感想が顔に出た。女のほうもあからさまにルーを不快そうに見上げた。聞いていない、という顔だ。

（なんやねん、この女）

そうは思ったが、顔に出さないよう頬にぎゅっと力を込めた。

（うちのせいやない。黒服がここに座れゆうたんやもん）

間違っていれば、いまごろ黒服が連れ戻しに来ているはずだから、ここで間違っていないのだ。

「新人です。よろしくお願いします。お横、いいですか？」

席を詰《つ》めるふりをして、わざと膝を男の膝にあてる。男からするボディータッチは絶対許さないが、女のほうから偶然を装ってするボディータッチはサービスのひとつだ。

「ルーちゃんていうの。変わった源氏名やなあ」

役員らしき頭髪の寂しげな男が言った。この三人の中でいちばん高そうなスーツを着ている。もの知らずなルーでも、ポケットにチーフを挟んでいる男は格好つけか社会的地位が高いかのどちらかだということは知っている。

「グランドシャトーは、ほかの店にはあんまりない名前の子が多いねんわ」

「そうなんですか」

ふっと唇の色の悪い女の胸を見ると、名前が「ナギサ」とある。

（アレ、真珠やないんか）

内心ほっとした。こんな女がナンバーワンなんてさすがに興ざめもいいところだ。けれど、そうだとしたら、この城の主である〝真珠〟は自分の客をほっぽってどこへ行ったんだろう。

「会社はこのお近くですか？」

「そやそや、都島《みやこじま》な」

「ボクらちっちゃい工場やってるねん。子供が好きなもの作ってますねん」

「そやけど、うちは酒は作ってへんから、ここに飲みにきてんの、免許もあらへんし！」

　三人が顔を見合わせてドッと笑う。ということは、このお客さんたちは食べ物や飲み物を扱う会社に勤めているようだ。

「みなさんでいらしてくださったんですね。社長さんがいつも店を贔屓《ひいき》にしてくれはって？」

「社長やないねん。ボクはただのヒラ」

「そんな、専務！　専務がおらへんかったらうちは全然やってけへんスよ」

　わかりやすいおべっかで持ち上げるのは、たぶん二年目くらいの先輩社員だ。今日は真ん中で紺色のスーツを着てちんまり座っている新人社員の景気づけといったところだろう。

「社長は、いまきれいどころと踊ってはるわ。ホラ。あっちゃ」

　専務が指さした先を見た。

　キャバレーの、クラブやスナックとの違いはなんといってもステージの広さだ。客とホステスが踊るステージがなければキャバレーとは名乗れない。その大きさや仕様は、ある程度風営法で決まっているのだという。

（なるほど、わざと給料日前にチークタイムのある日を作って、ホステスと踊れるようにしてるんか。この会社の社長さんも、この日やったらナンバーワンと踊れるから来たんやな。つまりこのひとらは常連なんや）

ダンスフロアになっている舞台は、床のところどころにライトが仕込まれていて、足元から青やピンクに照らされている反面、上からの光はほとんどない。頭上にはダンスホールにつきもののミラーボールこそあったが、それもゆっくりと回るのみでギラギラした刺すような光を放ってはいなかった。ただ、水面の光のようにきらきらと降り注ぐだけ。

それよりも、足元からぼんやり浮かび上がる七色の光の上でゆらゆらと揺れる男女のシルエットが、ふたりの表情を完璧に隠していてとても絵になる。

顔が映らないというのはとてもいい。ルーはしばらく、その秘密の恋でもしているような男女のシルエットに見入っていた。ビール注《つ》いでえや、と言われ慌ててグラスに瓶を傾ける。そんなルーを見て先輩ホステスは舌打ちしそうな顔をしていたが、客たちは笑うだけだ。

「ほんまに今日が初めてなんやなぁ」

やがてふっとライトが消え、『バードランドの子守唄』の最後の音が余韻を残して誰の耳からも消えたとき、フロアからさざ波のような拍手が起こった。

ルーの座っているソファのほうにまっすぐ歩いてくる男女がいる。中央で踊っていたカップルだ。

「やあやあ、社長！　いやどうもどうも、いやーよかった！」

それだけ聞くと意味のない賛辞を重ねて社員たちがボスを迎え入れる。ルーは男に寄り添うようにして現れた女に目がくぎ付けになった。

つやのある黒のベルベットロングドレス。ほかの色ならまだしも黒を着るホステスはきわめて少ないのに、それが辛気臭く見えないのは、底冷えする冬の吐息をまぶしたような白い肌に映える真っ赤な口紅があまりにもあでやかだからだ。後年、「雪に落ちた山茶花《さざんか》を拾って生けるより、そのまま見ておきたくなるような美しさ」とその女を称したのは、関西では有名なタレントだったが、まさにその通りの印象だった。

そして、首から下げた長い長いフェイクパールのネックレス。ゆっくりと鎖骨《さこつ》を通り、胸のふくらみの上をなで、へそよりもっと下でカーブを描いて首に戻ってくる。昔も今も大して変わりなく繰り返される因果の輪のように。

この店のナンバーワンにしては質素な装いだった。髪はまっ黒で染めた様子もなく、しかも短い。指にはひとつの指輪もない。耳にイヤリングもない。

なのにこの女が真珠だ、と直感した。この女とこの店は同じ匂いがする。

「真珠ちゃん、先にこの子飲ましてんで」

ルーが膝を当てた専務がルーの肩をポンポンとたたいた。この店ではおさわりは禁止だと大路には聞かされたが、実際どの程度なのかは席についてみなければわからない。

ぺこり、と頭を下げると真珠は目を細め、

「石崎さん、その子新人なんよ。今日が新造出《しんぞう》しやから、よろしく」

すると、専務の手がぱっとルーから離れた。

（あ、言うてくれはったんや）

離されたとたん、張っていた肩ひじからふっと力が抜けるのがわかった。と同時に、真珠というホステスのことをひとつ知った気がした。少なくとも彼女のテーブルについた女の子は、客から肩を抱くふりをして胸をもまれたり、膝を触られながらビールを注がなくていいのだ。

良心的な店だ。あるいは、この真珠のテーブルだけの法律かもしれない。だが、それでもよかった。この業界にはツナギの若い子を触らせるだけ触らせてお客をキープするホステスもいる。

（へえ、こんな教師みたいな女が、この店のナンバーワンか。そんな女の子に甘いこってどうやってやっていけてんのやろう。ほんまに月に七十万も稼いでるんやろうか）

観察すればするほど、真珠は奇妙なナンバーワンだった。テーブルについていても、特に話がおもしろいというわけではない。社長の岩田や専務の石崎が若手社員に話す武勇伝にもにっこりほほ笑みながら相づちを打っているだけだ。相手を持ちあげて場を盛り上げたり、新聞に書いてあるようなことを持ち出したり、景気について語ることもない。かといって、おっさん相手にありがちな卑猥《ひわい》な話をするわけでもない。

ただ、話が進むにつれ思ったように業績が伸びない愚痴《ぐち》のほうに話題が傾いて、会社や仕事、働き続けることへの疲れを吐露するようなことを社長がぽろりと言うと、

「そうやね社長さん。水槽の中の金魚も、同じ位置におるように見えても、ほんまはず

っと泳ぎ続けとるんやもんねえ」と言う。

「おんなじところにいるって、そういうことなんやと思う。みなさんは、本当に大変なことをしてはるんよ」

その言葉に、うつむき加減だった四人の顔がふっと持ち上がった。ルーは驚いて真珠をまじまじと見た。先ほどからナギサという先輩ホステスがどれだけ持ち上げても、「でも……」と暗い雰囲気になりがちだったテーブルが、真珠のその言葉でがらりと変わったのだ。

「そうか、金魚か」

「あんなちっこいやつもがんばっとるんやったら、わしらも泣きごと言うてる場合ちゃうな」

「ほんまやな」

会話が前向きになりはじめたところで、ルーが「もっと飲んでいってくださいよ」と声をかけて、ウイスキーの追加注文が入った。こういう場では、下っ端客はビールを重ねるだけですむが、役職付きはいつまでもビールというわけにはいかない。そうやってホステスたちは自分のついているテーブルの会計を増やすのである。

それからルーはナギサが適当に盛り上げる会話に相づちを打ったり、人生相談をしているフリをして話を聞いたり、子供との会話がないという専務に、いまどきの若者が考えていそうなことをあれこれ話しながら三時間ほどを過ごした。なんといってもマネージャーに頼み込んで入れてもらったわけだから、いい子にしていないと試用期間内でも容赦なくクビにされる。しかも、この場はナンバーワンのテーブルである。月末の客足が伸びないときにわざわざ足を運んでくれる地元企業は、ナンバーワンだけではなく店にとっても大事な客だ。絶対に粗相をするわけにはいかない、そう思うと、たった三時間でストッキングが湿るくらい汗をかいた。

その間、何度かチークタイムが繰り返され、やいのやいのと役員たちに押し切られ、新入社員とナギサがホールへ踊りに行く。真珠と踊る絶好の機会だというのになぜかほかの面子《めんつ》は席を立たず、ただ百円で仕入れられ百二十円で外で売られ、この店では二百五十円で冷やされ出てくるビール瓶が、真珠が何か言葉を発するたびに魔法のようにテーブルに運ばれてきた。

(やっぱりふつーの、女や。美人やけど)

一体、この女のどこがそんなにいいのだろう。ルーにはよくわからない。千日前からミナミの店を渡り歩き、それなりに店のカンバンはこの眼で見てきたつもりだが、真珠というホステスの凄《すご》みは、同じテーブルについても特に感じられないのだ。

(やけど、あの売り上げの張り出し。ナンバーツーの倍はあった。あれだけ二番手が水をあけられてる店ははじめてや。しかも七十万)

バンドがコール・ポーターの『ナイト・アンド・デイ』を演奏し始めた。すると、どのテーブルでも客たちがふっと顔をあげたので、なるほどこの店では終電が近くなると

『ナイト・アンド・デイ』がかかるのだな、洒落《しゃれ》た知らせ方やなとすぐわかった。

それに、ずいぶん親切だ。終電がなくなれば閉店までもうちょっといてくれる客も出てくるだろうに、わざわざ知らせてあげるのだから。

それに気付いた岩田社長がお開きにしよかと言った。

「また、すぐに来てくださいね。社長は私の初めてのお客さんやから」

〝初めて〟を強調して言うと、ナギサがあからさまに横を向いて舌打ちをした。

（お客さんなんてみんな〝初めて〟って言われるんが好きなのに、いちいちこの女は）

なんなんやろう、自分も所詮ツナギのくせに。残念ながらこの女とは今後も仲良くなれそうにない。

『ナイト・アンド・デイ』がかかっても、フロアのあちこちでホステスがマッチをする音、新しいグラスがぶつけられる音が聞こえる。お茶を挽いている女の子もいないし、キャップの差配もいいのだろう。

店の下まで岩田社長たちを見送った。

（はあ、やっとや。このお客さんらお見送りしたら、なんとかデビュー初日終了やなあ）

入店早々に姉ホステスに目をつけられてしまった。だが、百五十人も女がいればいざこざ、いじめ、ケンカなど日常茶飯事だ。ナギサのようなすぐカッとなる〝瞬間湯沸かし器〟のような女は、ないことないこと黒服やキャップに吹き込む。それもやはりどこにでもある話である。

(ま、おさわりさせへんナンバーワンの店や。なるようになるやろ)

タクシーがいくつか店前に付けていた。岩田社長たちは歩いて京橋駅まで向かうようだった。

「社長さん、いつもおおきに」

三人並んで挨拶をすると、少し赤らんだ頬をにこにこさせて岩田社長が、

「おっさん金魚もきばるから、新造さんもおきばりや」

「ハイ」

「そやそや、初めてやからな。お駄賃やるわ」

てっきりお小遣いでも握らせてくれるのかと思ったら、飴の入った見覚えのある袋をくれた。なんと、驚いたことにあの京橋の橋の上で変なほっかむりの女に恵んでもらった飴である。

「これ、社長さんの会社で作ってるんですか?」

「そうや。イワタヤゆうてな。ボクは三代目」

「うわあ、うちここのハッカ飴メッチャ好きやねん。ありがとう! うれしい」

「ホンマか、そりゃよかった。またようけもってきたるわ」

「やったあ。待ってるネ!」

われながら別れ際のホステスと客にありそうな寸劇だと思っていると、隣でナギサが

客に聞こえないようにボソッと余計なことを言った。

「わざとらし。ホンマにハッカ飴とか食べとるわけないやん」

これには、初日だからと全力で踏んでいたブレーキもゆるんだ。思わずカッとなって言い返す。

「嘘やない。ちょっと前も食べたばっかりや」

「なにチョーシええことゆうてんねん。嘘やあ」

「嘘とちゃう！」

突然始まったホステスたちの言い合いに思わず顔を見合わせた一同だったが、

「ほんなら証明したげるわ。ねえ、社長はんこっち向いて」

ぐいっと両手で岩田社長の顔をこっちに向けると、ルーはその顔面にハーと息を吹きかけた。

「ほうら、ちょっとハッカの匂いするやろ？　イワタヤのハッカは味がしっかりしとるから、ムナクソ悪いときに食べてもスーッとすんねん。いまみたいにな！」

言って、もう一度、顔を近づけてハーと吐いた。岩田社長は目を白黒させている。

ルーはにっこり笑って見送った。

「まいど。社長。また、飴もって来てや！」

一行が駅へ向かう角を曲がると、すぐにナギサがつっかかってきた。

「あほらし。ようやるわ、新人のくせに」

どうにもむかっ腹が立ってしかたがなかったので、なんと言い返してやろうか頭を巡らせていると、視線の先に白い顔が割り込んできた。真珠である。

慌てて仁王《におう》のごとき憤怒の表情を引っ込めた。

「真珠さん、テーブルに呼んでいただいてありがとうございました」

一にも二にも挨拶は母の教えだ。父を亡くし、引っ越しに明け暮れた身には「頭下げるに銭はいらぬ」はしみ込んでいる。

「いいええ」

ふんわり、パフで頰にお粉をはたくように真珠は言って、店のほうへ歩いていく。慌ててあとを追いかける。

「あんたほんまに……」

「ハイ?」

「ほんまに、あのハッカ飴好きやってんねえ」

「えっ」

早足で真珠を追い越し、まじまじと顔をのぞき込んだ。なぜか見覚えがある。向かい合ったときの目線と、イヤリングのあとのない耳たぶと、マニキュアのない爪。小料理屋のおかみにしては色気がなさ過ぎて、所帯じみたカコイモン（囲い者）かと思っていた、あの女……。

「は、橋でぽんせんくれた、あの、ほっ、ほっかむりの……」

口の端をわずかにクッとあげて、首をかしげるその笑い方がソックリであった。

「ウソー!!」

思わずかぶっていた猫も投げ捨てて指をさして叫んでしまった。

――せやろ。せっかくそのときまでうまくやっていたのにナア、店中の客がひっくり返るほどの大声を出してもうたせいで、その日ひとりだけ居残りさせられて、たっぷりキャップからお小言をくらってしもうてん。マア、しゃーないわ。うちはいっつもそんなんやったから……。

それから半世紀、グランドシャトーが長い歴史を終える日までステージで踊っていた伝説のキャバレーホステス〝ルー〟の初日は、そんなふうに始まった。

＊＊＊

端的に言うと、ルーはグランドシャトーの女子寮をたったひと月たらずで追い出された。まりんという名のふたり子連れのホステスが寮で幅を利かせていたからというのもあるが、一番の原因は部屋数が足りないせいで、あのナギサと同じ部屋に寝泊まりせざるをえなかったからである。

グランドシャトーの女子寮は、京橋からそう離れていない桜ノ宮の大川沿いにある古い建物を借り上げていて、これが戦中の空襲にもしぶとく耐えた二階建てのボロ長屋だった。もともとは旅館だったものをそのまま利用しているのだが、炊事場や風呂のある母屋は大家一家が使っていて、離れの客室の棟にはトイレと流ししかない。宿なしのホステスたちにはそこの六畳一間だけがあてがわれ、風呂に入るにも銭湯に行くしかなかった。

それでも十室ある部屋はたいてい埋まっていて、大阪のキャバレーが従業員にあてがう部屋としてはずいぶんましなほうだとほかのホステス仲間から聞いた。

まりんの子供はふたりともいい子だったが、やはり七歳と二歳の子供なので、遊び疲れうとうとしていても、夜中に母親が帰宅するとはしゃいで起きてくる。オヤジどもの相手をしてクタクタに疲れている女たちには、子供の発する金切り声のような高い声が耳障りでしかたがないらしく、まりんと激しい言い争いを始める者もいた。ナギサの部屋はまりんの隣で、薄い壁の向こうから、子供が帰ってきた母親にまとわりついたり、泣き出したりするのが毎夜毎夜聞こえてくる。

「うるっさい。ええかげんにせんと叩きだすど!」

しかし、怒鳴ったところでどうにもできないのが子供というものだ。すると今度は、ナギサの癇癪《かんしゃく》は新米のルーへぶつけられるようになった。

「アンタ、新人のくせに真珠さんからイワタヤの社長の指名を盗んだやろ。あの社長は真珠さんにぞっこんやったから、アンタは専務と寝たんや」

「前はアオセンにいたって聞いたで」

「堂山《どうやま》の連れ込みホテルであんたを見たってボーイが」

「同伴一晩三千円ってホンマなん？」

あまりにも下世話ないいがかりでうんざりしたが、かといって癇癪を起こすわけにはいかない。ここではナギサが先輩で、まだ大した客もついていない自分は新入りだ。宿なしの辛さは身に染みている。なけなしの給料で買った化粧品を勝手に使われても、新品のストッキングを盗まれても、屋根のある場所で横になって寝るためにはしかたがない。

そう我慢し続けたある日、起きると母が持たせてくれた結婚指輪がなくなっていた。

ここにきて、とうとうルー爆弾は爆発した。

「この泥棒猫が。ケーサツつきだしたるど!!」

カーラーを巻いて寝ていたナギサの背中を蹴り飛ばした。

「返せ、おかあちゃんの指輪、うちの指輪返せ!!　もう質屋に売り飛ばしたんか！　どこや!!　どこへやったんや！」

「いいがかりや！」

ナギサの頭はほどけたカーラーが伸びきったうどんのようにからまりついて大変なことになっていたが、そんなことは今はどうでもいい。

「あんた、うちの財布開けたんか！　あんたのほうが泥棒やないか!!」

「お前の財布一銭も入ってないのに財布いうんか。ああ？　このぼろぼろの巾着がそうか」

「勝手に開けたんか！　触ったんかアアア」

「ナギサ、おまえしか盗るやつおらへんやろ！」

「うちは盗ってへんわ！　あんたのほうが泥棒や！　ケーサツじゃ！」

「殺してやる！」

「おまえこそ死ね！」

「大川に沈めたるー!!」

ふすまどころか土壁にかかとをぶつけてふたつ穴をあけ、まりんの部屋から驚いた子供が覗き込んできた。

当然ながら、大家は大激怒。ふたりそろって長屋を追い出された。ルーがグランドシャトーで働き始めてからまだ一ヶ月経たないころの話である。

ホステス同士のいざこざには慣れっこの支配人大路も、たった一ヶ月弱で寮の壁に穴をあけたホステスは初めてだったようで、ややあきれ顔だった。

「まあ、事情はわからないでもないけどねえ」

紛失した母の結婚指輪は、ルーにとって二度と会えないかもしれない家族とのただひとつのつながりである。

「うちは、家に電話もでけへんのです……」

サイズが合わずに、それでも肌身離さずお守りに入れて首から下げていた大事な指輪だった。ドレスを着るため店に出ている間は外さなければならなかったが、仕事が終わると真っ先に身に付けていた。

「おかあちゃんが帰ってきてもあかん、手紙も書くなって。再婚したから死んだお父ちゃんのものなんか全部のうなって、あの指輪だけなんや。あれだけおかあちゃんが持たせてくれたのに……盗んだやつ、絶対許さへん。袋叩きにして大川に放りこんだるねんから……うえっ……うえええ……ちくしょう!!」

顔をぐっしゃぐしゃにしてべそをかくルーを前に大路もやれやれと肩をすくめるしかなかった。泣く子供は苦手なんだわ、とボソッと言って、何かを書いたメモをくれた。

「まあ、とにかく寮には戻れないから、今晩からそこで寝泊まりさせてもらいなさい。そっちも会社が借り上げてる家だから」

大路にもらったメモには中崎町《なかざきちょう》四丁目とあった。あまり土地勘がないのでどの辺りかと確認すると、阪急梅田駅近くだという。はて、あの騒がしい阪急の繁華街近くにそんな場所があったかいなと他の客に訊けば、ちょうど天六（天神橋筋六丁目）と梅田の間、大川を渡って扇町を越えた辺りらしい。京橋から少し離れているが通えない距離ではないと言われ、少ない所持品だけをまとめていそいそと出かけた。

時間はちょうど正午をまわったころだった。大路から教えられたとおり、都島本通《みやこじまほんどおり》三丁目のバス駅からトロリーバスに乗った。バスは埃で薄茶色に汚れていて時々運転手が見えにくそうに目をすがめている。どこの道でも工事をしているせいだ。

途中、川を埋め立てている工事現場や、なくなってしまった橋を見た。大阪といえば細くて溝のような川がいくつもいくつも、まるで雨の日にガラス窓をなぞっていく水のように海へ注ぐ風景を思い描いていたが、それもここ近年でずいぶんと変わってきている。

「また、埋め立てやて」

「大阪駅前のダイヤモンド地区にはでっかいビルがいくつも建つそうや」

「消防署の物見やぐらものうなってしまうんかねえ」

なんて声も、ホステスの支度部屋で聞いたことはある。オリンピックが決まった東京ほどではないが、大阪の街はどこもトンカントンカン工事の音が響いていて、駅前にあったという広大な闇市もいつのまにかなくなり、どこもかしこもあっという間にコンクリートに埋め立てられてしまった。もうすぐ新しい地下鉄の路線が開業になるので、そう遠くないうちに市電もなくなると聞いた。

バスに揺られながら、果たして自分はこれからどうなってしまうんだろうと不安でたまらなかった。いつもいつも真剣に働こう、ホステスたちに嫌なことを言われても我慢して聞き流そうと思うのに、気が付いたらもめ事を起こしてしまっている。

(なんでやろ。お客さんにならば何言われても、どってことないのに)

客の中には助平なおっさんもいるし、わざと嫌がることを言ってくる者もいる。キャバレーで働いていることを親は知ってるのかとか、下着どんなんつけてんのとか、もっと卑猥なことを訊いてくる客もいたが、ルーは不思議とそこでは腹は立たなかった。これが仕事だ、と開き直っているのもあるし、なにしろそこにいるのは〝ルー〟だ。しかし、一歩外の世界に出ればルーではない。親からもらった大事な名前がある。どんな大企業の社長だろうが常連だろうが、店の外では彼らは関係ない。そのための源氏名なのだと、ルーはどこかの店のマネージャーに教わった。

きっと客のおっちゃんたちは会社や家では澄ました顔で厳しい上司、よき父を演じているのだろう。ルーが仕事でホステスを演じるように、彼らは職場でサラリーマンを演じながら、互いに蹴落とし合いの出世戦争に明け暮れている。場所が変われば人も変わる。ただそれだけのことだ。だが、家族をけなされたり、わずかなつながりを絶たれることだけはどうしても耐えられなかった。家族との思い出はルーの唯一の聖域だ。自分の布団を泥のついた靴で踏まれれば、誰だって頭に血が上る。

とにかく、なくなってしまった指輪のことが頭から離れず、バスに乗っていても涙目になってしまった。帰りたい。母と弟たちと暮らしたい。けれどあの家には鬼がいて、ルーはその鬼に歯向かうだけの力を持たないのだ。

(絶対グランドシャトーのナンバーワンになって、おかあちゃんと洋ちゃんとアキを大阪に呼び寄せるんや。それまでへこたれたらあかん)

天神橋筋五丁目で降りて、そこからは徒歩になった。ナントカという一流企業ばかりが入ったピカピカの高層ビルが立ち並ぶ梅田新道や御堂筋に比べれば、天神橋筋はまだまだ視界がうんと開けている。バスが走るような大きな道路沿いこそサイコロの六の目のようなビルが並ぶが、ひとつ脇道に入れば昔ながらの長屋が軒を連ね、子供たちが地面に水で絵を描いたり、ベーゴマやめんこ遊びに興じていた。

五月下旬になると、どこの町屋の軒下でも、関西では梅雨入りがどうだとか、いやいや今年の夏は暑くなりそうだとか、人々が毎日挨拶代わりに話しているものだ。その辺の家も玄関は開けっぱなしだし、戸口の軒下に丸椅子を出して涼んでいる老人を多く見かける。彼らは特に何をするでもなく、ただ座ってぼんやりしているだけだ。そのそばを、まるでレコードを倍速で早回ししているような早口で子供たちが駆けていく。彼らがどこかへ行ってしまったあとの道端にはまた静寂が戻り、やれやれと言わんばかりの猫がひょっこり顔を出す。

「こんにちはー」

座っている老人に会釈すると、見たことのない顔だったからか一瞬不審そうな目で見られた。かまわず長屋の奥に進んでいく。

(中崎町四丁目二の四ゆうたらたしか、この辺やと思うねんけど)

今日も夜から店に出る予定だから、さっさと荷物を置いて居場所を確保しなければ落ち着かない。

子供が遊んだケンケンパの跡を踏んで、ルーはひたすらグランドシャトーの寮を探した。表札は「望田《もちだ》」と出ているはず。望田というのは、グランドシャトーのオーナーの名字である。

ラジオ関西の『ランチタイムミュージック』がどこの家からか漏れ聞こえてくる。ということは十二時を過ぎたのだ。

「なつかしいなあ。昔は朝会社に行く前、お父ちゃんが毎日ラジオつけてたなあ」

普段この時間は、文明堂のカステラやナショナルの魔法瓶のCMが聞こえてくる。その印象的なメロディーを聴くたびに、ルーはいつも家族みんなで朝にラジオドラマを、夜にはテレビでアメリカの映画を観ていたことを思い出した。

〝甘いお菓子の、お国のたより。おとぎの国の、ロシアの……〟

「パルナース、パルナース、モスクワの味～♪」

当時さかんにテレビで流れていた神戸の洋菓子店のCMを口ずさむと、なあんと猫が鳴いて祠《ほこら》の後ろにするりとすべりこむ。猫は不思議な生き物だ。日暮れ時にできる影のように、どんな細い隙間にも吸い込まれてしまう。だから、小さいころは猫の消えたブロック塀と地蔵の祠の隙間は、もしかしたらここではない世界へ通じているのではないか、とルーは思っていた。

猫のいなくなった路地はどこまでも続いていくかに見えた。炊飯のにおいにふんわりと潮風が混ざっている。こんなところまで海の匂いが届いている。

（あ、おうどんゆがいてはる）

ルーの目の前を、さっき祠の隙間に消えたのとは別の三毛《みけ》猫がタタッと駆けた。なんとなくルーはそのあとをついていく。うどんの匂いは遠ざかり、別の家の水を使う音が響く。ここは京橋とは目と鼻の先なのに、京橋では聞こえてこないごくごく平凡な生活の音であふれていた。

電信柱に地番が案内されていた。中崎町四、ここで間違いない。

「あ、あった」

望田、という少し墨のにじんだ表札がかかった家をやっと見つけた。なんの変哲もない長屋の一軒だ。

「ごめんくださーい!」

大きな声で呼んだが返事はない。仕方なし、引き戸を開け、一歩土間に踏み込んで、目の前の急な階段の上に向かって声を張り上げた。

「ごめんくださあああああい、モチダさんのお宅はこちらですかあー」

とはいえ、ここにオーナーがいるはずもなく、住んでいるのはグランドシャトーのホステスのはず。夜が遅い仕事だから、まだ寝ているのだろうか。にしては格子付きの窓は開いていて誰かが風を通すためにそうしたことがわかる。

少し待ったが返事はない。奥にひとの気配もなかった。誰もいないようだ。

「困ったなあ」

荷物を持ったまま、玄関を出て途方にくれていると、どこからか線香の匂いが流れてきた。タタッと三毛猫が歩いて、別の家の軒下の植木鉢に上がって丸くなった。その植木鉢のすぐそばに、よく見ると道がある。匂いはこの奥から流れてきているようだ。

近づいてみると、人ひとりが歩くので精いっぱいの路地で、ずうっと先に地蔵の祠が見えた。ついさっきも地蔵の祠があったのに、このあたりはずいぶん多いんやと思った。

（おかあちゃんの指輪が返ってくるように、お願いしてみよか）

少し気が早く満開になったあじさいがわずかに濡れて、昨夜遅く降った雨のなごりを残していた。花壇ともいえない土の盛り上がった家と路との隙間に夏の草が茂り、金瘡小草《きらんそう》やキキョウの仲間が針山のような野薊《のあざみ》の花にまじって、ひとけのない細い小路に彩りを添えている。青い花の並んだ参道。どこの道端にでも生えている雑草だが、この季節、青い花が多いのは、春の終わりを告げるサインのようだ。このあとにすぐ梅雨の季節がやってくる。

祠の後ろからひょっこりひとが現れた。

藍染をうんと薄めたようなあじさい色のワンピースに白いカーディガンが映えていた。ルーにはそのワンピースの色があじさいと同化して見えていて、しばらくはそれがひとだとは気づかなかった。

頭にスカーフのほっかむりをした女は手にバケツとたわしを持っていた。どこにでもいる地蔵を掃除するひとだ。町内で持ち回りの番がある地域もあれば、お参りついでにいつも同じ老人がきれいにしていることもある。彼女はそばに掃除用具を置いてお参りすると、またすぐにバケツを持ち上げてこちらに歩いてきた。その顔に見覚えがある。

「ああ、来たん」

驚きのあまり口をぱくぱくさせているルーのそばをすいっと通り過ぎて、そのほっかむりの女――真珠は望田の表札がかかった家へ入っていった。慌ててルーはあとを追いかける。

「待って、真珠さん！」

いつのまにかあの三毛猫は鉢の上からいなくなっていた。今度はどこの隙間に消えたのだろう。同じように真珠がどこかへ行ってしまいそうで、ルーは走った。

「あのう、寮やって聞いたんですけど」

「寮やよ、昔はそうやったけど、いまはわたしがひとりで住んどるだけ」

「真珠さんの家やないんですか？」

「わたしは住んどるだけ。ええから、はよう上がったら？」

真珠は白いつっかけをするりと脱いで、家の奥へ行ってしまった。ルーは遠慮なく上がりこんだ。玄関で待っていてもしかたがない。今日からここに住むのだ。

真珠が住んでいる家は、ルーもよく知るごくいっぺん通りの長屋だった。座敷は六畳一間で、三畳ほどの板の間が台所。トイレはおそらく二階のベランダの横で風呂はない。昔住んでいた家と同じつくりなので大体わかるのだ。

座敷にはちゃぶ台がひとつぽつんと置かれていて、その上に大きな柿の形をした木製の菓子箱がある。そうっと蓋を開けてみると、満月ポンの袋が入っていた。それから大量の飴。

（イワタヤの飴ばっかしや）

　申し訳程度の床の間の横には昆虫の顔のように角が二本生えたテレビが置かれている。階段の下は物入れになっていて、窓は台所と、路地側にひとつずつ。どちらも雪の結晶のような花模様の曇りガラスで木の格子がはまっていた。

　一段低い板の間の台所でブンブン音をたてているのは真っ白でぴかぴかのナショナル製の冷蔵庫だった。温度調節機能と霜《しも》とりがついているので、冷凍庫の中が霜でだんだん狭くなるということがないという。

（ひえっ、おかあちゃんが欲しがってたナショナルの冷蔵庫やあ）

ルーは「ナショナル電気冷蔵庫は、お台所のスーパーマーケットです」なんていうキャッチコピーを道端のテレビから聞いたことがあった。しかし、六万円もする超高級家電は大企業の鉄筋コンクリート社宅にこそあっても、こんな下町のさえない長屋にあること自体が目を疑う。

　そういえば、玄関からずうっと壁を這っている電線は電話線だ。この家にはなんと黒電話があるのだ。この家自体は運よく空襲を免れた戦前のボロだというのに、奇妙なことに、中においてあるものは『暮しの手帖』に載っているような最新式のものばかりなのである。

　すべて、真珠の稼ぎでそろえたものだろう。そういえば、彼女の稼ぎはその辺のサラリーマンの十倍ではきかない。なのになぜ、好きこのんでこんな長屋に住んでいるのかルーには不思議だった。真珠なら、ちょっと働けば風呂付きの団地に家を買えるはずだ。

きっと、金がいるんや。ルーは思った。田舎にようさん送金せなあかんとか、子供がいるとかヒモの借金があるとか、つぶした店の弁償が残ってるとか、キャバレー界隈では珍しい話ではない。

「ルーちゃん」

名前を呼ばれて、思わずはいっと、学校でする挨拶のように大声を出してしまった。うすぼんやりした昼間の、家の中の陰から真珠が現れると、ぱっと大きなあじさいが家の中に咲いたように見えた。

ふわ、と小さな風をたてて真珠が座る。傷だらけで年季の入った丸いちゃぶ台は、頬づえをつくとカタリと揺れた。

「大路さんから、聞きました」

ほっかむりを取った真珠の顔は、化粧気のないすっぴんで、色は抜けるように白いけれどもただそれだけが特徴の、ごくごくふつうの女だった。アーモンド形の目は取り立てて外国人のように大きくはないし、鼻もそこまで高くない。あごはとがり気味でいま流行のふっくらした健康美からは大きくかけ離れているし、唇の肉厚感にも欠ける。ぺらぺらの花びらが張り付いているようなのだ。そこまで美人ではない。ただ、見つめられていると思わず息を止めている自分がいた。よどみない黒い目が、それを縁取る長いまつげの影が、どんな高級なおしろいより、外国製の口紅よりも他人を惹きつける。ルーはその日に、猫が消えた路地の隙間をのぞき込んだときの得体《えたい》の知れない闇を思い出した。

「上にふたつ、部屋があるから半分こしようか」

「ハイ」

「ここね、おトイレは上にあるから、夏はそんなに臭わんのよ」

この時代、トイレはほとんど汲《く》み取り式で、長屋では臭い対策のために外についていることが多かった。さらに臭突《しゅうとつ》と呼ばれる傘の付いたトイレの排気口が高い場所にあると臭いがより薄れるのと、低い土地のような水はけの悪い地域では大雨などが続いて汚物があふれる事態を考慮してトイレが二階にある長屋もあった。

「それから、お風呂は銭湯。葉村温泉ゆうてすぐ近くにあるんよ。ここは天六のほうに向かって商店街があるから、買い物もなぁんでもさっとすむん」

どうやら真珠は、季節のいい時期はここから歩いて京橋まで行くらしい。アーケードをずーっと辿《たど》っていくと確かに京橋のすぐ手前まで来られるから、雨の日の通勤も楽だ。

「しんどいときは天六からバスに乗るんよ。そしたら、すぐ京橋やから。バスの時間は電話のところに貼ってある。今日もそうやってきたんやろ？」

「ハイ」

ところで、と真珠は頬づえを崩して真剣な面持ちでルーを見た。ルーはどきりとした。

何を言われるのだろう。半月おいてやるから出ていけとか、家賃をいれろとか、そういう話かと思って身構えた。すると、

「おなか、すかへん？」

とてもとても困っている、という顔で訊かれた。

「あ、ハイ。めっちゃすいてます」

「で、ものは相談なんやけど。うち、お昼にずうっと食べよと思おてたものがあるん。ルーちゃんが嫌いやなかったら、それにせえへん？」

お金の話とか、同居するにあたっての決まり事だとか、そういう話をするのかと思ったら昼飯の話である。

「ええですけど、何にするんですか」

「あのね、最高の栄養と美味を誇る完全食なんやて」

「そんなにごっつお（ごちそう）？」

「その上、体力もつくって、袋に書いてあったわ」

真珠は水屋の上の棚からオレンジ色の小袋をひとつ取り出して持ってきた。

「これこれ」

「即席、チキンラーメン……」

確かにごちそうである。安いかけそば一杯二十五円の時代、この日清チキンラーメンはひとつ三十五円で売られていたのだ。反射的に胃が叫んだ。

「食べたい！」

「食べよ！」

どんぶり茶碗《ちゃわん》に中身のフライ麺を入れて、ガスで沸かしたやかんの熱湯をかけて、一個十四円もする玉子を落としてすぐ蓋をする。ふたりで三分、きっちり一八〇数えようと言ったのに、真珠は硬めが好きだからと一三〇数えてさっさと蓋をはずした。

「ねえさん、まだ早いわ」

「ええのん。めんたまが白くなってたら、もう食べられるねんよ」

グランドシャトーの店では決して見せない子供のような顔に、あきれつつもルーはきっちり一八〇を数えた。ふわふわの白身が破れて箸に絡まった金色の麵とチキンスープが食欲を刺激する。

へんなねえさん。せっかちねえさん。真珠さん。店でひと月七十万円も稼いでいるのに、チキンラーメンが好きなんや。

「おいしいわあ」

少し斜めになるちゃぶ台で食べたチキンラーメンは、ルーと真珠の長い同居生活において記念すべき初日の飯になった。

ラーメンをすする音にまじって、どこかの猫がなあん、と鳴いた。

＊＊＊

思いもかけぬ真珠との同居は、ルーの人生に大きな転換をもたらした。

真珠の暮らす家のある長屋は、東西を地蔵と地蔵に挟まれているので、地元では『地蔵長屋』と呼ばれている。

朝は真珠のつけたラジオから流れてくるキユーピーマヨネーズのCMで起きる。朝といっても遅い朝で八時だが、夜遅くまで店に出て帰宅するのが午前様のホステスにとってはこれでもまだ早いほうである。

ルーが起きると、真珠はたいてい家にはいない。玄関に置いてあるバケツとたわしがなくなっているので、ああ、近くの地蔵さんを掃除に行ったのだとわかる。台所の流しで顔を洗い、キシキシする皮膚にヘチマ水をたたきつけて目を覚ます。そうこうしているうちにベランダでごうんごうんと揺れる洗濯機が止まるので、ルーはYの字の棒で物干しざおを下ろし、洗濯物を干していく。

「むかしは洗濯機は下に置いてたんやけど、ある日帰ってきたらなくなってん、盗まれたんよ。だから電気屋さんに無理言って二階に置いてもらったん」

当時洗濯機や冷蔵庫はとても高価で、サラリーマンの給料の半年分はしたから、ルーは真珠の家で新しい電気製品を見るたびにこれを母に送ってやりたいと思った。

「ねえさん、いまはやりの脱水機は買いはらへんのん?」

「変に絞って皺が付くより、ぬれてるまま干したらええのんよ。そのほうがアイロンかけるの楽なん」

洗濯すればするほど、真珠のあじさい色のワンピースからはゆっくりと色が抜けていく。まるで季節が進むごとに枯れていく道端のあじさいのようだ。彼女の服はいつもぱりっとしたコットンのワンピースで、ルーの真っ赤な安物の化繊製スカートと一緒に洗うことは躊躇《ためら》われた。

(ねえさんの服からは線香の匂いがする)

長屋の裏は一棟分ぬけていて、空にふたり分のおんなものの洗濯物がよく映える。下の台所から真珠が何かをつくっている匂いがしてくる。あ、これはいつものマヨネーズおやきだな、と思いながら階段を下りると、なじみのしょうゆ屋が「おしょうゆにお酢どうでっかー」と玄関にやってきて、いい匂いですねえと言いながら帰った。

「小麦粉を水で溶いて、かつお節を混ぜて平べったく焼いたものの上に、なんでもいいからあるものを載せて食べるん」

今日は煮崩れた鰯《いわし》の甘煮が載せられている。一昨日、鰯の振売りがやってきて、真珠が飛んで買いに行った。この季節になると「てて(手)噛む鰯、新鮮な鰯ぃ、いらんかあー」と言いながら売り歩く魚屋をよく見かける。手を噛むような活きのいい鰯だよ、という意味で、あそこの鰯は堺のもので、市場で買うより絶対においしいから、と真珠は言うのだった。

小麦粉の生地の上に鍋底に残った甘辛い鰯のくずを盛り、平鍋で一緒に焼く。焼きあがったおやきをお皿の上に載せ、マヨネーズをちょいと載せて箸で混ぜながら食べる。たくさんお砂糖を使って炊いた煮汁を最後まで使おうと、炊き立てのご飯にぶっかけて食べることもある。この魚屋からは、ワタリガニもよく買った。大阪の漁師はこのワタリガニを「ガニ」と呼んで、卵から何からよく食べた。このころ出回り始めた固形のコンソメスープを、カニを炊いたあとのゆがき汁にほうり込むだけでびっくりするほどおいしかった。

『ランチタイムミュージック』がかかるころには、すっかり「モチダ」の家の昼時は終わっていて、真珠とルーは並んで中崎の商店街へ出かけた。いつもの鶏肉屋で卵を買い、青菜の店で桶《おけ》の中に縄のように広がるジュンサイと少し早い時期の青瓜を買った。女手ふたつもあれば買い物は大した苦ではなく、今日は少し先の黒崎商店街まで足をのばして、加藤屋のアイスクリンを買おうとか、べにや化粧品店のポーラ化粧品にふたりで見入ってしまったりとか、コロッケの揚がる香ばしい香りにつられてフラフラ歩き、最後の最後に入り口にあるパン屋でアンパンを買うかコッペパンを買うか、たっぷり十分は談義した。

「珠子《たまこ》ちゃんたち、今日は市場で鱧《はも》が安かったで」

ルーたちがわいのわいのやっていると、近所のおばさんたちが声をかけてくれる。長屋での真珠の名前は「望田珠子」、むろん本名ではないのだろう。中崎地蔵長屋の住人は、真珠の仕事がどういうものか知っているが、夜の女だと差別することもなく、迎え入れてくれている。それは、ひとえに真珠が毎日のようにお地蔵さんの掃除をしているからだとわかってからは、ルーは自分から申し出て、少し朝早く起きて掃除に行くようになった。

道端の朝顔は、いつのまにか色が抜けて枯れ落ちていた。路地にたまった空気がじんわりと暑い。この辺りをうろうろしているはずの猫も見かけなくなった。いまごろもっと居心地のいいひんやりした石の上にいるのだろう。

長い時代を経て、すっかり顔のなくなったお地蔵様。前掛けと帽子を外しきれいに水拭きして、赤ん坊にするように乾いたタオルでふいて前掛けを戻した。最後に線香をたいて手を合わせる。

（おかあちゃんたちが元気でいますように）

最近、「真珠と同じ匂いがする」と客に言われて、ルーはなんだかうれしかった。

居場所ができると、どんどん物が増えてくる。化粧品に、服に靴。真珠におさがりにもらった朱色のスカートは、持っている服がどれもあわなくて、結局白地にりんご柄のブラウスももらってしまった。黒いエナメルの太いベルトを締めて出かければ、自分がいっぱしのビジネス・ガールになったようで気持ちが華やいだ。

夏場になるとたくさん汗をかくので、風呂には毎日出かけた。出勤前の三時、ルーと真珠はふたりして手ぬぐいとタオルだけ持って銭湯用のビーズバッグで近所の葉村温泉に行く。愛用の牛乳石鹼《せっけん》をかわるがわる使い、袋入りの花王のフェザーシャンプーは、一回分をふたりで分けて使った。「かおう、かおう、フェザーシャンプー」はこのころの子供なら誰でも一度は口ずさんだことのあるCMの曲だ。

番台には小学校から帰ってきたばかりの風呂屋の息子が座っていて、真珠は時々その子にもぽんせんを渡していた。

（ねえさんて、ほんまにお腹すいてそうな子供には誰にでもお菓子を配るんや）

あの京橋の橋の上で路頭に迷っていたルーに声をかけたのも、真珠にとっては道端の猫に鰯の尻尾を分け与えるのと同じだったのかもしれない。けれどいいのだ、猫は地蔵を掃除しないし、シャンプーを分け合って使ったりできない。

（うちは、このまま店でもずっとねえさんと一緒やもん）

グランドシャトーでの仕事にも本腰を入れ始めた。最初にテーブルについたイワタヤの専務は時々ルーを指名してくれるようになり、そこからいろいろなご縁ができて、指名の客も少しずつつくようになった。

キャップが初めて店に来た客をつけてくれたときは、お酒と会話で心をほぐしてから、積極的にダンスに誘った。手をからめて、目を見つめあってゆっくりと動くだけで、不思議と客はルーのような小娘にも心を開いてくれるようになる。

「なんでそないにダンスを踊りたがるんや。横についてしゃべるんが社交員の仕事やないか」

そう面倒くさがる客には、

「だって、木原さんとうちは夫婦でも愛人でもないやん。エロいことする相手やないと体に触れられへん」

「ほんならエロいことしょうか」

「ハハハッ、うちは古い女やから、ケッコンする人としかそういうことはせーへんて決めてるねん。でも、うちは話もそんなにうまないしな。ええ歳した男やって、誰かに優しく触ってもらったらほっとするもんや」

男と女は面倒くそうてしゃあない。なにか理由があったり、契約があったり、どっちかが命令しない限り相手に触ることもできない。ダンスは例外だ。曲が流れている間、ルーは男たちの体を触って心を癒す。触られるのではない。ルーが、触るのだ。

「うちな、弟がふたりおんねん。こう見えて男の世話なんて慣れてるねんで」

地位が高くなればなるほど、会社では毅然とした立派さを求められ、家へ帰れば妻は子供のことに血眼《ちまなこ》になっている。それが社会の当たり前とされる姿であったから、誰もしんどいとも辛いとも言えない。そういう男がキャバレーに居場所を求めてやってくることは珍しくなかった。

「ルーが触ってあげるで」

一曲終わるたびに背もあまり高くないルーが、いい歳した関西の名のある会社の重役や、タレントらの頭を抱えてやる姿は、いつの間にやら店の語り草になっていた。

グランドシャトーでは、毎日、開店前の四時半からマネージャーの大路による昨日の売り上げ報告がある。ここはアルバイトサロンではないから、狭い廊下に沿ってずらり居並んだ百五十名近い女たちはすべて店の常勤だ。

名マネージャーの大路はホステスたちの扱いを心得ていて、この場で特に新規にトップ10入りしたホステスを褒めた。昨日の営業でよかったこと、悪かったこと、実質の売り上げと注意すべき客のこと。フロアからバンドが音を出すのが聞こえてくるなか、大路は時間ギリギリまで、できるだけたくさんのホステスの名前をあげて激励してからルーたちを戦場に送り出す。

午後五時。百五十名のホステスが並ぶ廊下に、銅鑼《どら》の音が響き渡る。店の入り口に立つキャップから無線で大路に今日最初に訪れた客の名前が告げられる。続いて、客が指名したホステスも。

「真珠さん、お願いします」

ため息とも感嘆ともつかぬホステスたちの心の声を割って、一番遠く奥深い場所からコツコツとヒールの音もどこかおごそかに、速足で真珠が歩いてくる。続いて、指名されたホステスの名前が次々に告げられ、開店どきの嵐のような騒がしさが去ったあと、指名のない女たちが廊下に取り残される。

バンドが一曲演奏を終え、店の看板を張るホステスたちがそれぞれの客を出迎えたあと、いわゆるツナギの女たちがキャップの指示通りに店に散らばっていく。ツナギにも選ばれない女たちは、店の後ろで待機するか、電話帳を片手に自分のなじみに片っ端から電話をかけまくる。不思議なことに、店ではぱっとしなくても、電話が上手な女の子もいるのだ。大路は、電話で客を呼んだホステスも念入りに称賛した。待機の常連だったホステスがあっという間に磨かれて頻繁にトップ10に入るのは、こうした大路の目が隅々まで行き届いていたからだろう。

（うちは、まだまだや）

　大路に名前を呼ばれたホステスがキャリアや年齢にかかわらず背筋をしゃんとするところや、呼ばれなかったホステスたちが悔しそうにうつむく顔を、ルーは毎日見つめては、あれは自分の顔だ、あれは明日の自分の顔だと言い聞かせた。

　ここにいるすべての女が、いつかの自分だ。三百六十五日休みなく店は開店し、ひとは回る。だったらルーにもさまざまな日があるはずである。ルーは店のどのようなホステスでも、それがたとえ大路にクビを言い渡される寸前の、次はピンクにいくしかないと陰口をたたかれている年増であっても、自分とは関係のないことだとは思えなかった。どんな女を見ても母のことを思い出した。お世辞とおあいそに疲れたホステスたちの横顔には、母と同じ、いまから石を飲み込もうとしているかのような表情が混じっていた。いつの世も、なんで女が石を飲まねばならんのだろうとルーはふつふつと怒りのようなものを覚えた。中崎の地蔵長屋は一部屋七千円と聞いた。ルーの日給は千円。トップ10の常連になっていまよりもっと稼げるようになれば、母と弟ふたりをあの檻《おり》地獄から救い出せる。

もう母に石を飲ませはしない。あの日真珠が食べさせてくれたチキンラーメンを、ルーは本当は母と食べたかったのだ。

それからルーの指名はどんどん増えてツナギの仕事が少なくなり、日々の売り上げ報告に名前が出るようになった。初めてルーの名前が出たときは、まだ試用期間中だったので、ほかのホステスたちからざわりとどよめきが起きた。

「あの子、稼いだゆうたって、キャップの目盗んでダンスフロアでおさわりさせてるからやん」

〝おさわりルー〟。そういった声が上がるのは予測できないことではなかったが、ルーにはここでうまくやっていける自信があった。三ヶ月のお試し期間を無事終えて、いわゆる下位ランクのホステスとして本採用されることになったからである。このころの常勤ホステスの日給は約二千円からで、プラス指名料がつく。新地の高級クラブでも一日三千円がいいところといった相場であった。

大路に言わせると、ルーはとにかく新規の客を常連にするのが上手かったようである。一度ルーと踊った者はみな、小娘のルーに母親のように触れてもらいたがった。

あるとき、ルーは予定していた歌手がなかなか店へ現れず、バンドが時間を持て余しているのを見て、キャップに了解も得ないまま勝手に客の好きな曲を演奏させ、客と歌いだした。それが当時流行していたザ・ピーナッツの『恋のバカンス』。カラオケというものが始まるずっと前のことである。

歌詞を覚えていない客のために、手のひらサイズのメモにワンフレーズずつ歌詞を書いて曲に合わせてめくってやるサービスは、のちに専用のカラオケ機材ができるまで、他のホステスもよくまねをした。

「おまえはおもろいやつやな、ルー」

ある夜のこと、いつものようにお初天神の飲み屋でひっかけたあと、ふらっとやってきた歌手のやぐらソージが、テーブルに遅れてついたルーにそんなことを言った。やぐらはいつも二階席の端っこでホステスをつけずに飲んでいる少し変わった客だ。やぐらが来るとキャップが直々に二階へ上がって、酒を運ぶたびに「誰か呼びましょうか」と声をかける。

「ほな、あいつ呼んでえや」

船場の老舗大企業、メンショーの会長を相手にルーがステージで好き勝手に歌っているのが見えたらしい。メンショーは西大阪を中心に展開するスーパーチェーンで、衣料品が安いことで当時人気があった。

「なんやい、あの『安うしすぎて、ごメンショー』ってのは」

「いやあ、だって会長さんが、CM流したいけど上がってきた企画がどれもおもろくないてゆうから」

ハッハッハーと笑いながら座ると、やぐらがルーにビールを注いでくれる。場末のホステスがしゃしゃり出るとこやない」

「あんな、CMなんてのはお偉い広告代理店がやるこっちゃ。場末のホステスがしゃしゃり出るとこやない」

「でも、会長さんも専務さんも大喜びしてはったで」

「どうだか」

「ほんならやぐらさんがCMに出て歌いはったらええやん。そういうのお得意やろ」

半年後、スーパーメンショーのCMでメンショーの法被《はっぴ》を着て歌い踊りまくるやぐらの姿が関西圏のお茶の間で人気を博する。きちんとした曲に仕立てられていたが、人気のフレーズはルーが思い付きでステージで叫んだ「安うしすぎて、ごメンショー」であった。

「おまえはほんまにおもろいやっちゃわ」

ルーのおかげで歌手というより芸人としてすっかり人気が定着したやぐらは、今日もここへ来るまで色々な店やステージで、自分の歌よりメンショーのCM曲を歌わされたとぼやいた。

「メンショーの一件で、おまえもだいぶ格が上がったやろ、すっかり売れっ子やな、え、どうや?」

「さあ、どうかなあ、それは」

やぐらに冷やかされはしたが、実際ルーはこの半年で、ツナギの仕事はほぼなくなった。夏になるまでは張り出しの紙にすら名前が載っていなかったのに、いまはトップ10に入る日もある。

それでも、真珠の人気には到底かなわない。地蔵長屋に戻れば仲の良い同居の〝ねえさん〟だが、一歩店に入れば支度部屋も出入口も違う。

楽屋には毎日のように、ランキング上位の売れっ子のドレスを洗濯して持ってくる洗濯屋の外交員や、ホステス目当ての化粧品の販売員がやってくる。週に一度やってくるのはドレスの仕立屋やお直し屋。オーダーメイドで大体一万円以上するが、見栄えが違うので、トップ10に入ったお祝いに、客にオーダーをねだる者も多かった。

真珠は、いつも決まって黒のベルベットロングドレスだ。同じものを何着も持っていて変えるつもりはないらしい。ドレス屋がいつも彼女を素通りして、ナンバーツーの常連であるヘレンやミミの所へ通うのも、真珠の意思を知っているからだろう。

(ねえさんは本当に変わってる。ホステスらしいともいえるし、ホステスらしくないところもある。うちみたいに出しゃばって目立つことは絶対にない。ダンスもあまり誘わないしおっぱいがあるわけでも、触らせもしない)

ナンバーワンらしい特別なことをしているわけではないことは、真珠のテーブルに何度かついてわかった。酒を勧め過ぎず、動き過ぎず。やたらと客に質問して会話を続けさせることもなく、むやみに自分語りをするわけでもない。どこが素晴らしいというわけでもない、普通の女だ。確かに容姿は悪くないし、飛びぬけて色が白く、肩から背中まで大きく開いた漆黒のドレスは恐ろしいくらいに似合っている。この女をそばに置きたいという男の独占欲をそそるだろう。だが、正直なところこれくらいの美人なら新地にも、ミナミのサロンにだっている。

それとも新地にいそうな上品な女を、キャバレー料金で隣につかせることができるというのが真珠の売りなのだろうか。だとしたら、すぐにそんな思惑は通用しなくなるだろう。小細工でナンバーワンを張れるのも今だけだ。夜の世界に入ってくる女はごまんといるのだから。

「真珠がこの店のナンバーワンになって何年目か知っとるか?」

やぐらがビールを傾けながら言った。

「知らん」

「八年や」

その間、グランドシャトーは大きく変わった。真っ赤だったシートは深い藍色に張り替えられ、ステージは二枚貝を模したデザインになり、VIP席のシートはホワイトシルバーになった。店の名物である常連だけが使える金のジョッキを作ったのも、真珠がマネージャーの大路にかけあったのがきっかけだと聞く。

「店はな、ナンバーワンの色に染まっていくもんや。それがあの真珠の場合八年もトップなもんやから、内装まで真珠にあわせて変えたちゅうわけや」

「ほんなら初めっから、竜宮城やなかったんですか」

「ちゃうちゃう。わしはここのオープン時からよう知っとるけど、初めは大上海やクラブ・クイーンみたいなギラギラした店やったで」

それが今ではすっかり、どこか高級感を醸《かも》し出す海の色に落ち着いた。ボーイやキャップの蝶ネクタイの色も紺色だし、ホステスたちもいつのまにか、ここが深海の竜宮城だということを意識して身なりを整えるようになったという。

トップの真珠が我《が》の強いタイプではないので、自然と客もインテリ風になる。ホステスの中にはグランドシャトーが陰気だと言って辞める者もいるが、不思議とあとからまた戻りたいと言ってくる者も少なくない。「あんな湿っぽい女がナンバーワン張る店になんか、うちが合うわけないいんや！」と啖呵《たんか》をきって辞めていったホステスほど、あとで驚くほど角がとれて、叱られた犬のような体《てい》で店に現れる。

「真珠ねえさんのすごみっていうのは、正直うちもまだようわからん」

「そらそうや。あいつはその〝ようわからん〟で男を捕まえて離さへんねんからな」とやぐらソージ。

「でも、真珠ねえさんのように上手いこと返されへんのは知ってる。うちには、あんなふうにさらっと一言だけで、大企業のえらいさんたちを納得させられへん」

以前、真珠のテーブルにツナギでついたとき、女の子が足りないというのでそのまま次の指名が来るまでいるようキャップに言われた。その客は会社での悩みを真珠に打ち明けていた。出世のためには、仲の良かった部下や同僚を裏切らなくてはならない時もある。しかもその扉はわずかなタイミングでしか開かれていないので、迷う暇はない。いままでそうして上がってきたが、正直自分が周りからどう思われているかと思うと気鬱になる、と……。

真珠はいつもの客からのひやかしを受け流すときと同じ顔で、その客の悩みを聞いていたが、男の言葉が完全に止まると一言こう言った。

「やさしいひと」

顔を上げた客の目は、心の傷を埋めるためにさらなる真珠の言葉を欲していた。真珠はその表情を完璧に見極めたあと、こう重ねた。

「やさしいひとのことは、やさしいひとにしかわからへんもんよ」

この返答を聞いたとき、ルーは体の内側に弱い電流のようなしびれが走るのを感じた。はたして自分はこんな返しをできるだろうか。会社の業績が伸びないと悩む社長に、同じ場所にいるだけでも金魚は全身で泳いでいるものだと、とっさにそんな返事が出るだろうか。

こんなこともあった。別の日に真珠を指名した客は難しい問題を抱えていた。どうやら、会社の金を横領しているようだった。それだけではなく高利貸からも借り入れていて、誰も彼もから逃げるように店を訪れていた。聞けば家族に迷惑をかけられないと家を出て、故郷とも縁を切ったという。男の話を黙って聞いたあと、真珠は男に言った。

「何もかも捨てたら、最後に自分を棄てることになる。捨てるものがあるうちに、自分を大事にしてや」

男は次の日、曾根崎《そねざき》警察に出頭したと、大路が真珠に話しているところを聞いた。

ルーには学がない。高校すら満足に通っていない。普段から本も読まないし、好きなことといえば、給料が入った次の日の昼に七十円券で見る映画くらいで、インテリの客の話している経済だの証券だのはさっぱりわからない。しかし、真珠の言葉は教養や学とは違うずしりとした重さがあって、それが客の心に響くのだ、とわかる。

キャバレーは不思議なところだ。大企業の役員も犯罪者も、ドヤ街で暮らす日雇いの男も求めているのはまったく同じで、それを一緒くたにして同じように受け入れる。ダンスフロアがあるためにとにかく広いので、ひとりくらい身なりが汚いのが混じっていようが変人がいようが気にならないのである。

「それが本物のキャバレーってもんよ」

やぐらは鼻で息をして、何年も通いつくした業界人らしいせりふを吐いた。

クラブほどママを中心とした売りと色がはっきりしているわけではないし、最近増え始めたヌード喫茶などのピンクな店ほどエロを売りにしていない。美人もいればおかめもいるし、ぽっちゃりも痩せも話し上手も口下手もいる。一見取りえなど全然なさそうな、さえないホステスがその月の上位に入っていたりする。

「竜宮城とは言い得て妙やで。まさにキャバレーは海や。タイもおればタコもおる。なあ、ルー。おまえはどんな魚になるやろな」

「ハッハー、おあいにくさまやで。少なくとも真珠ねえさんみたいに、ちんと座って金払ってもらえるタマやないて、自分でもようわかっとるねん」

ルーを指名する客は、大抵若い女を相手に楽をしたい男だ。何を言っても自分に敵わない相手を侍らせて安心したい男。しかし、世の中には真珠のような女相手に真剣に悩みを相談したい男もいれば、ナンバーツー常連のミミ母さん（と呼ばれている）のように、ひたすら客が説教されたくて列をなすホステスもいて、一筋縄ではいかない世の中は、と日々感じるルーである。

（けど、どんな種類の人間でもいいってわけやない。ホステスは稼がなきゃいかん。キャップに新規の客をもらえるのも、うちがまだ若いほうで、若い女が好きな客が多いからや。若いゆうても二十を過ぎればどんどん価値が下がる。いつまでも若いルーではいられへん）

その証拠に、メンショーのＣＭはあれだけ有名になったというのに、ルーはまだ指名客そのものは多くない。あのメンショーの子呼んで、と言われてお呼ばれすることが多いから最近の売り上げはいいが、これもいつまで続くかわからない。

それでも、毎夜これでもかといわんばかりに京橋の竜宮城で繰り広げられる乱痴《らんち》気《き》騒ぎは、景気がぐんぐんと上り調子であることの裏付けのように思われた。あとになって、五輪景気と言われたこの狂騒が札びらの舞い散る蜃気《しんき》楼《ろう》に過ぎなかったことが明らかになるのだけれど、このときは皆がみな、日本がオリンピックを迎え、これをきっかけに何もかも新しく生まれ変わってゆくのだと信じていたのだ。

信じていたからこそ、金を使う。金を稼ぎ、また使い、驚くほどあっけなく手放す。彼らの指にはそれが洒落たアクセサリーであるかのように、オリンピック寄付金つきのたばこ「オリンピアス」がひっかかり、絶えず煙を吐き続ける。火葬場の煙突のようだ、とルーは思った。

なんといってもここには夢がある。ルーがここから離れないのは、金というものが生み出す希望に目がくらんでいるからである。

（まだまだや、まだやれる。〝おさわりルー〟なんていわせへん。来月は正々堂々とトップ10に入ってみせる）

夢と金が同じものだった時代。月に数回、ぱっとまき散らされ紙くずになった宝くじを、京橋駅に集う人々の雑踏が踏みにじっていく。数日前まで確かに誰かの夢であったものだ。それはあっという間に消え去って、すぐ新たに生み出される。人々は酔いどれるために京橋へやってくる。血管に流れる血がビールになるほど飲みながら、彼らはかつてここが戦火に焼かれた灰の街であったことを忘れようとしていたのかもしれなかった。

＊＊＊

昭和三十八年の暮れは、オリンピックを翌年に控えていたこともあり、さまざまな業界の期待が東京へ向かった。ルーはメンショーのCMのおかげで、やぐらをはじめ関西芸能界のプロデューサーや芸能事務所とつきあいができ、彼らが景気よくテーブルの上を回してくれるものだから、連日トップ10に入るようになっていた。

このころ、ビールの仕入れ値は一本百十円となり、店ではそれを二百七十円で出していた。おでんや串カツなどの一品料理は三百円から、最初の料金は午後八時までのサービスタイムが一時間八百円、八時から十一時半までのナイトタイムが千二百円。これにビール一本とつまみがついたのもあり、安く上げたい近場の会社員などは千二百円だけ払ってビールを飲み、さっと一時間で帰っていった。

ホステスの指名料もさまざまである。予約してから来る本指名は五百円、そのほとんどがホステスに入った。来店してから指名する場合は三百円。保障された日給は二、三千円が相場だったから、いかにテーブルで飲み食いさせるかがホステスの収入に大きく影響した。千二百円の客ばかりを三人こなしても大した稼ぎにはならず、そういう客は〝じゃり銭〟と呼ばれあまりありがたがられなかったが、それでも連日指名を入れてくれるのならホステスもメンツがたつ。京橋は公務員にこの手のじゃり銭客が多かったようだ。

ルーの客はどちらかというと部下を引き連れた社用族と、少数で仕事ついでに呑《の》みに来る芸能人が多かった。会社の接待ならじゃんじゃん飲み食いしてくれる。会社が大きいほど接待経費も上がり、何かと仕事の振りをして呑みに来る男たちはホステスにもいい顔をしたがる。自分の財布ではないから、ビールやカクテルも飛ぶように売れた。

毎夜八時半からはショーの時間と決まっていて、ダンスフロアではそれなりに名の売れた芸能人や若手歌手が次々にやってきて、歌謡ショーやダンスショーを精力的に行った。総勢七名のバンドによる生演奏は大層迫力があり、歌も踊りもテレビで見るより見栄えがする。キャバレーで歌い始めた新人が、いつしかテレビで歌うような大御所になっていることも珍しくなく、この下積み中の歌手が間違って支度部屋に入ってくることもあった。しかし、バンドメンバーやショーの出演者とホステスにはきっちりと線引きがあり、ルーも彼らとあまり交流はなかった。

キャバレー業界が徐々に変わっていったのはオリンピックに要因がある。このころオリンピックを見るために大勢がテレビを購入した。すると男たちが自然とキャバレーやスナックへ立ち寄らなくなったのである。家に帰り定価で安いビールを飲みながらでも、歌謡ショーやおもしろい娯楽番組は楽しめる。キャバレーに行けば千二百円。家で飲めば百三十円だ。この差は大きかった。

結果として日本中の社交業界人が期待したオリンピックバブルは、ただの幻で終わった。大阪のキャバレー業界でも客入りの不振が顕著だったが、それでも東京ほど過剰な期待をかけていたわけではなかったから、致命傷でないだけマシというものである。

（あっという間に終わってもうたなぁ、オリンピック）

思い返せば昭和三十八年と、三十九年のクリスマスでは売り上げに天と地ほどの差があった。ルーがグランドシャトーに勤め始めた三十八年の暮れは、二十三日から二十五日はオールナイト。ホステスが華やかさを競うクリスマスパーティに、シャンパンとケーキとチキンをセットで売るという特別感もあって、連日年末の挨拶がわりの常連客でごったがえし、どんどんテーブルが回ってにぎわったが、三十九年のクリスマスは一年前と比べて寂しい客入りになり、急きょ二十三日のパーティの予定がなくなるほどだった。

キャバレーという大きな海が、その容積を次第に持て余すようになっていったことに、ルーはまだ気づいていなかった。もちろん、店を切り盛りしている大路やキャップやオーナーは、悲壮な危機感を持って事態に対応していただろう。

オリンピックの余韻もとうに過ぎた昭和四十年の夏の終わり、ルーと真珠の住む中崎町の地蔵長屋に珍しい訪問者があった。

そのころ、ルーはグランドシャトーに勤め始めてはや二年半。常連客が両手に余るようになり、トップスリーもねらえるほどになった。月の収入はゆうに十万を超え、その辺で働く大卒の男よりもいい稼ぎを得ている。使う化粧品はすべて資生堂になり、ドレスも靴も毎月のように新調したが、それでもルーは長屋を出ていかなかった。真珠との同居生活が、ルーが十代の後半に得られるはずであったものへの飢餓感を完璧に埋めてくれていたからである。

いつものように朝起きて、中崎町を取り囲むようにまつられているお地蔵さんを巡りながら、一斤の食パンを六枚に切ってもらい、待っている間に牛乳を飲み干す。ルーの爪は生まれつき短く、伸ばしても牛乳の紙のフタがうまく取れないので、専用のピックを刺してから取る。空いた瓶はそのまま置いて帰る。牛乳を飲み終わるころに、おばちゃんが切り終わったパンをヘタつきでくれる。一斤四十円也。

パンを買って帰ると、真珠が上に載せる具を用意していて、ふたりであれがおいしかった、これはいまいちだ、と言いあいながら遅い朝食をとる。そうこうしていると、玄関の呼び鈴がカンカン鳴っている。酒屋さんが米を運んできたにしては早いなと思って玄関に出ると、普段着姿の大路が立っていた。

「ごめんなさいね、こんな朝早くに来ちゃって」と渡したのは、高麗橋にある菊壽堂《きくじゆどう》の「甘香梅《かんこうばい》」（その後「梅干し」に改名した）という菓子の手土産である。時間からいって、昨日のうちに用意していたのだろう。梅干しの形をした羊羹《ようかん》菓子で、その甘みとシソの風味がなんともいえない上品なおいしさである。真珠はこれをいつもの満面の笑みで受け取り、大路を中へ招き入れた。

「浮かぶ船あれば沈む船ありということだねえ、どの業界も」

大路の話というのは、当時大阪の社交業界が直面していた数々の難題についてである。オリンピックを前に、日本ではさまざまな法律が整備された。風営法が改正になり、社交員によるサービスを主とした酒類を提供する飲食店の営業、届け出をしていない風俗店、および深夜営業そのものが規制を受けた。ほかにも料飲税の撤廃運動に参加したり暴力団がバックについている店が営業できなくなり、不当客引きが禁止されるなど、これを境に業界全体が引き締められたといってもいい。

大阪では、次々にキャバレーやサロン、ナイトクラブがオープン、昭和三十九年の商業統計調査では百七十店舗を数えた。売り上げは約八十八億円に達し、数字だけみれば順調に拡大しているかに見えたが、大路のように業界を長くみてきた者たちは危機感をもっていた。

「この前の台風の影響で、売り上げもだいぶ落ち込んでしまっていてね。このままだとホステスの首を切らざるを得ない」

九月十日からわずか一週間で二十三、二十四、二十五号と三つの台風が関西を襲い、暴風と豪雨で大変な被害が出た。多くの工場が被災し、立て直しを断念し廃業せざるを得なくなったところもいくつも出て、関西の不景気に一層拍車がかかり娯楽産業は一時的に落ち込んだという。

もともとこのころは高度経済成長期の反動として、大企業の公害訴訟や事故が相次ぎ、景気が下降していた。接待にキャバレーなどを頻繁に利用した企業も、経費使用に厳しくなり足が遠のき始めた。

いままでショーの華やかさを求めて来ていた客はすっかりテレビにとられ、羽振りが良かった社用族までいなくなったとあってはキャバレーにとっては死活問題である。

「うちの会社はキャバレー以外にも商売してるし、そっちのほうが順調なのはいいんだけれど、こうもキャバレーがガタガタ来てはねえ。東京の余波が来る前に立て直さないと、という話になってるんです」

いつもルーと真珠がご飯を食べるちゃぶ台を挟み、大路と真珠がぼそぼそと会話を続けている。ルーは棚から森永のインスタントコーヒーの大瓶を取り出した。輸入解禁にともないインスタントコーヒーは流行し、とくに森永製菓のストロングは国産品で大瓶ひとつ二百二十円もしたのに、ＣＭも盛んに流れて人気だった。

水屋にあった客用のコーヒー用だか紅茶用だかわからない皿付きカップにインスタントコーヒーの粉末を入れる。

(なんや、えらい難しそうで深刻な話してはるけど、真珠ねえさんほどのナンバーワンには、大路さんでも相談するんやな)

大路は店の支配人だが、グランドシャトービルを経営する望田興産の社員でもある。真珠とはだいぶ立場が違うはずだ。だが月に七十万円稼ぐナンバーワンともなれば社員より影響力がある。大路が相談に来たのは、ホステスの首を切りたくはないが、どうしても難しくなってきた、ついてはこれからの運営について意見を聞きたいということだった。

真珠は客に対応するときと同じようにうん、うんと相づちは返すものの、基本的には黙って聞いているだけだ。

ルーがちゃぶ台にコーヒーを運ぶと、大路が礼をしてからしみじみと言った。

「いやあ、ルーがここまで育つとはね。初めて会ったときから良いものを持っているとは思っていたけれど」

昨日の売り上げがトップスリーに入ったことを言っているのだろう。ルーの客はテレビマンが多かったから、社用族をお客に持つ他のホステスほど売り上げが落ちなかった。ルーが上がったというよりは、大路の言う通り全体的な売り上げが下がったのだ。

「まだここに住み続けるつもりなの？」

「ねえさんがいいって言うなら、そのつもり」

ちらっと真珠の様子をうかがう。彼女はただ、にこにこ笑うだけだ。

「〝ねえさん〟ねえ。随分懐《なつ》かれたねえ、真珠さん。ま、仲が悪いより、良いほうがいい。僕からはとやかく言わないよ」

キャバレーにかぎらず女が集まる水商売ならどこでもありがちだが、とかく支度部屋ではケンカが多い。すぐ群れて派閥を作りたがるし、足の引っ張り合い、良くない噂の流しあいなどは日常茶飯事。客を取った取らないの罵《のの》り合いや暴力沙汰もある。かつてはほかでもないルーがその騒動の中心だったわけだが、幸いなことに桜ノ宮の寮で壁を蹴破《けやぶ》ってからは大きな問題を起こすことはなかった。

一言でいうと、グランドシャトーの水が合った、ということに尽きる。あとは早々に居場所を確保できたというのが大きかったかもしれない。

（地蔵さんに毎日お参りしてるもん。このままお金が貯《た》まりますように。お客さんがおらんなって、お茶挽くことになりませんようにって）

家を出てもう三年半になる。地蔵長屋の住人になって二年、こつこつ貯めている金も増えてきた。部屋に空きが出たら大路に頼んで会社に保証人になってもらい、家族を呼び寄せる段取りも考えている。なのに、彼から業界が右肩下がりなどと聞いては不安なことこの上ない。ルーにはホステス以外に手に職はないのだ。自分に新地で店を持つような器量があるとも思えない。一国一城の主になるためには、客や資金だけではなく従業員を切り盛りする経営者としての手腕がいる。ルーには無理だ。そもそも気概がない。

（まあ、真珠ねえさんが店やるなら、付いていってもええけどなー）

大路の真珠詣ではいまに始まったことではない。彼はやり手だ。真珠の客が、彼女に店を持たせ独立させようとしているかどうか探っているのだ。店内は目が届くが、それ以外はさすがに知りようがない。彼が急にルーに対して態度を和らげたのも、ルーから真珠の状況を（例えば男がいるかどうかなど）聞き出すためなのだろう。

真珠はもう十年、あの店でナンバーワンを張っている。いままでにも彼女を囲いたがった男は山のようにいただろうし、結婚を申し込まれたことも数えきれないという。半《なか》ば店の伝説になっている話が、某ゼネコンの御曹司が真珠に滅法入れ込み、新地に店を持たせてやると口説いた。それでも首を縦に振らないので熱海に別荘を、銀座に店をとだんだん話が大きくなり、ついには妻と離婚すると言い出し、双方署名入りの離婚届を持ち込み口説いたが袖にされたという一件である。当時は、真珠と御曹司のやり取りを見たいだけのやじ馬から、御曹司が来ているかどうか問い合わせる電話が毎日店に鳴り響いたそうだ。

ゼネコンの御曹司は業界の笑い物だったが、真珠の株はうなぎのぼりだった。彼女に会うために毎週京橋にやってくる田舎の地主まで現れた。誰もが最初に真珠を口説き落とせるのは誰か競うように来店した。真珠に惚《ほ》れているというより、他の男より自分が優れていることをはっきりさせるため、真珠の男という称号を欲しがっているようにルーには見えたものだ。

そのうち、誰かが「あの黒いドレスは喪服なのではないか」と言い出した。死んだ亭主に操《みさお》を立てているという噂、すでに関西財界の大御所がパトロンにいるが、先に別の愛人に店を持たせたため、その女が幅を利かせて真珠が店を持てないという噂。問題を起こして東京にいられなくなったなどの島流し説はどのホステスにもついて回るが、真珠は特に秘して身の上を語らないので、噂に尾ひれがついて広がる。

さすがに大路は、大体の真珠の身の上を把握しているようだが、彼の関心はそこにはないようで、男を作り店を辞めることをこれほどまでに警戒している。ということは、真珠には地方に送金しなければならない家族や義理はないということだ。世間話を小一時間ほどし、大路は帰った。

「大路さん、なんや難しい話してはったけど、何なん？」

ふたりで買い出しに、中崎商店街へ買い物かごを持って出かける。季節は冬の入り口にさしかかり、気の早い店がクリスマスの飾りつけを始めていた。

「簡単なお話やよ。お昼も店やらへんか、ていう」

「昼間⁉ 店開けんのん⁉」

ルーが思わず声をあげると、八百屋で青いざるの中でとぐろを巻いた大根を見ていたおばちゃんが、驚いてこちらを見た。

「不景気やからね。しゃあないてね。あ、その守口《もりぐち》大根くださいな」

ハリハリ漬け（酢漬け）にするとええよ、と店主がいう。真珠はいつも大根やかぶの酢漬けに縮緬雑魚《ちりめんじゃこ》をまぶしておかずにしてくれる。

「どこかの会社が創業何周年てパーティをするのに、ホテルでは高《たこ》うつくけど、キャバレーではどうもというときにね、『勝しま』でどうかというお話やったわ」

勝しまは、望田興産が経営する飲食店のうち、堂島にある高級料亭を指す。会社は他にも鶏めし屋を営み、そこの看板メニューのかやくたっぷりの握り飯は、梅田や上本町《うえほんまち》など大きな乗換駅で立ち食いするサラリーマンが多くいた。

大阪人は特に、飯に何か混ざっているのが好きである。その上しょうゆで甘く味が付いているとなお良い。グランドシャトーのメニューでもこのかやくの握り飯は人気で、大阪のキャバレーの中でも食事がうまいと評判だったのは、この鶏めし屋で作らせたものを運んでいたからだった。

大路は、この鶏めし屋ではなく勝しまで開かれる土日の日中の宴会に、ホステスを呼びたいと提案したという。

「なるほど。芸者さん呼ぶと高うつきまっからなあ」

「昼入れる子は、夜指名がなくてもクビにせんでおれるていいはって」

真珠は魚屋でうーんといいながら前屈みになり、もはや目の合わない魚の顔をのぞき込もうとする。

「昼の仕事を増やすのに、協力してほしいいて話やったわ」

つまり、その昼間のパーティへ真珠に入ってほしいのだ。ナンバーワンが入れば、参加する価値があると若くてきれいなホステスも考えるだろう。夜の指名が入らないホステスの救済を謳《うた》いつつも、そのレベルばかりを店の名前で出すわけにはいかない。ナンバーワンを出さねばならないという支配人の苦慮の結果が、あの梅干し菓子だったというわけ。

(昼か。お金になるならええかな。三千円も付けば夜だけの日の倍や。大路さんの言うように客が減ってるなら、いまのうちに稼がんと。毎日やないし、うちならやる)

大路の言う通りなら、グランドシャトーという夢の城に通い詰めた男は、いずれそこに夢を求めなくなる。実際、オリンピックを契機に人々はテレビに夢中になり、そこで放送されるものを素直に吸収した。クリスマスは家で過ごすもの、家族の団欒《だんらん》こそ正しい姿、という意識がどんどん浸透したのだ。団欒が頻繁に描かれるドラマの流行が、真綿《まわた》で首を絞めるようにキャバレーを苦しめた。同様にして死んでいった商売はいくつもあったが、その断末魔さえ人々には届かなかった。それもひとえにテレビの功罪である。いままでにもそうやって消えた物はたくさんあったのだ。ルーが知らないだけで。

（ねえさんは、いつまでグランドシャトーにおるつもりやろ）

真珠の横顔をじっと見た。どれだけ見つめても、彼女の考えをうかがい知ることは困難だ。

真珠はもう三十を超えている。本当ならキャバレーを卒業し店を持つか、所帯に入るか。考えられる幸福とはそんなところだろう。ヒモに稼ぎを取られる女や、蒸発した亭主の借金で昼夜なく働く女はそばから見ても不幸である。誰も多くを語らず、そもそも周囲に本当の身の上話をしているホステスのほうが少ない上に、他人の事情をあれこれ訊かないのがこの業界の暗黙のルールだったから、飛んでしまう（無断で店を辞める）ホステスもあとを絶たなかった。「親が倒れたからクニへ帰る」は、何かの事情で辞めるときの常套句《じょうとうく》だった。

（ねえさんはどこかに送金してる素振りもなく、親しい友達がいるようにも見えない。

一緒にいればわかる。男の気配もない。休みにデパートへ行っても、手に取る物は自分用。他の誰かがいるとは思えない）

一年以上共に暮らせば相手のことはだいぶわかる。わかるはずなのに、ルーは真珠のことが何もわからない。

「今日はかやくご飯にしようか、ルーちゃん」

のんびりと真珠が笑う。

「でも今日は、サワラやゆうてはったやん」

「そうやねえ。ガッチョやのうて、そろそろマナガツオかサワラが食べたいねえ」

魚屋でそう言っていたのに、揚げたてのかき揚げが並べられたのを見つけてしまい、ふたりして頭の中がかき揚げでいっぱいになってしまった。魚屋さんに謝り、かき揚げを買い、おかずはそれと高山牛蒡《ごぼう》のきんぴら。汁物は豆腐のおすまし。

風呂屋から戻っても朝干した洗濯物が乾いていない。水がだんだん冷たくなり、ルーと真珠ももう店まで歩いていくのを諦めてトロリーバスに乗る。

昭和四十年の暮れ。コーヒーもインスタントで飲める、ショーもテレビで見られる時代。ここからがキャバレーにとって、その城で働くルーにとっても正念場であった。

＊＊＊

ホステスにとって己の誕生日を店でどう迎えるかは試金石である。どれだけ多くの客がルーのため足を運ぶか、金を落としてくれるかを店に知らしめる試験のようなものだ。だから、ホステスは誕生日を積極的に客に教え、人気ホステスと同じ日ならわざと変えたりもした。

ルーの二十二歳の誕生日には、多くの常連客が花を持って駆け付けた。イワタヤの専務やメンショーの会長が大勢の役員をともない来店し、店はほぼルーの客で埋まった。この日ばかりはキャップも、すべての段取りをルーの誕生日を祝うための仕込みに許したので、百人分のバースデーケーキ代はメンショー、シャンパン代はイワタヤが分かちあった。

その後の来店客も播州テレビ、神戸ナイトバー倶楽部の役員、オーサカ歌謡ショーの制作スタッフたち、付き合いの深い宝塚歌劇団のスターや関西洋酒協会のお偉方などさまざまであった。どれだけ貢献した客も、この日ばかりはルーを独り占めできず、逆にルーはすべてのテーブルに酒やツマミが行き渡るよう手配する。ルーがグランドシャトーに入って初めての大規模な誕生パーティは、『母のためのララバイ』がヒット中の歌手の柳本ゆかりがステージに立ち、司会は『かんさいワイドナショー』の名物アナウンサー、菅さとしが務めた。

風営法改正が重ねられ、当時すでにオールナイト営業は違反だとされていたが、巡回の警察官のお目こぼしか、今夜ばかりは真夜中を回っても次々にビールの栓が抜かれて一度も注がれぬまま伝票に追加され、ルーはすべての客とステージで踊り、バンドを従えて好きなジャズバラードを歌った。夢のような乱痴気騒ぎが終わったあと、抜け殻のようになった店は、カラーテープとたばこの灰で汚れた皿とグラスが散乱し、後片付けのボーイが眠たそうにしながらキッチンとフロアを往復する。さすがのルーもクタクタで、ケーキの残りだけつつんで中崎町の家までタクシーで戻った。たっぷりと酔いを残しながら、ひとつ階段を上がったと感じたのはこのときだ。

たまま家に戻ると、真珠がまだ起きていて、ぐでぐでのルーの足からパンプスを脱がせ、ドレスのファスナーを下げて布団まで運んでくれる。

「ほら、ルーちゃん上向いて」

「んあーねえさん、すんません」

「ええから、ほら、化粧とらな」

温かいタオルが顔に押し付けられたので、ごしごしとこすった。疲労と眠気でもう立つ気力がなかったから、真珠の気遣いがありがたかった。そのタオルを動かすのもおっくうになって顔にぬれタオルを載せたまま寝そうになり、慌てた真珠が顔を拭いてくれた。

「ねえさん、おおきに」

「いいええ。よう、がんばったねえ」

「起きててくれたん」

「今日はゆっくりさせてもらったから」

「うちな、うち、ほんまはねえさんと、食べたかったんやけどなあ。ケーキ……」

ピンク色のバタークリームをたっぷり塗って、クリームのバラとシロップを吸ったチェリーで飾り付けられたケーキ。店でも出たけれど、しこたまウイスキーを飲んだあとだったので何の味もしなかった。

「ほんなら、明日食べよか」

うん、とルーは顔を拭かれながらうなずく。ルーは真珠の「食べよか」という言葉の響きが好きだ。初めて大川の橋の上で真珠に会ったとき食べたぽんせんも、この家で食べた最初のチキンラーメンも全部好きになった。明日食べるケーキのクリームがどんなに脂っぽくて、包丁が入らないほどスポンジが堅くても、きっとルーは好きだろう。

（明日起きたら二日酔いにならんとええなあ。お地蔵さんにちゃんとお礼に行かな。一日だけやけど、ナンバーワンになれたお礼に……）

また、この長屋にも夏がくる。夏の入り口には、ねえさんのあじさい色のワンピース姿が見られる。今度こそ色が落ちないよう洗濯しなければ。そんなことを思いながら眠りに落ちた。

ルーの誕生日は真珠が出勤していなかったこともあり、ルーは入店後初めて売り上げのトップに立った。週の売り上げも真珠を抜き、京橋の竜宮城グランドシャトーもついに乙姫の世代交代かと客もホステスも噂した。

「二十二歳おめでとうさん」

誕生日から四日もたった金曜の晩、やぐらソージが高島屋の包み紙でラッピングされた箱を持ってやってきた。

マリークワントの真っ赤なジャージー生地のドレス。マリークワントといえばミニスカート、これも膝上丈で当然店では着られない。

「意味深やなあ」

「そのままの意味や」

「何度言われても外では会わへん」

一度外で会ってしまうと、男というものはなぜか女が自分のものになったと思うようである。服や化粧品を買ってほしさに客と外で会うホステスは多いが、ルーはどんなに誘われてもデートをしようとは思わなかった。

「顔に似合わずお堅いやっちゃなあ。いっぺんくらいええやん」

「知っとう? いっぺんくらいって口にした分だけ、自分が薄っぺらくなるねんで」

「おお、おお、小娘がいっちょまえにオッサンに説教しよって」

「その小娘のことが、オッサンは好きで好きでしゃーないねんよなあ」

「お堅いなあ」

そんなとこまで真珠に似なくてもええやんか、とやぐらは肩をすくめた。

「真珠とお前は全然違うねんで」

「知っとうわ」

「どうするんや、あいつみたいに三十過ぎてもキャバレーで働くんか」

目下悩んでいたところをぐっさりやられて、いつもの減らず口も砂の中の貝。

「それやねん」

「結婚せえへんのか」

「やぐらさんみたいに何人も愛人囲う人生選べるんならそうしてる」

ＣＭ曲がヒットしたやぐらは、歌手業を続けながら大阪のテレビ局やラジオ番組のプロデューサー業にも進出、後に自らタレント会社を作り、新人歌手のプロデュースや作詞作曲とひっぱりだこの売れっ子となった。噂では新地に何人も愛人がいて、愛人の店に売れなくなった歌手やアイドルを斡旋《あっせん》したりしているという。ヒット曲一曲で十年はキャバレーで食っていける、そんなふうにいわれた時代であった。

「やぐらさんの愛人の店に売り飛ばされるのも勘弁」

「ハハハハ、アホかいな。何を聞いたか知らんけど、あれは女の子のためや。金がいる子が多いんや」

「だから新地で働かせんのん？」

「芸能界辞めてすぐなら客寄せにぴったりやろ。店にはラジオで歌ってた子や、と客がどんどん来る。ほんまやったらホステスは日給制やけど、そういう子が入った最初の一ヶ月は総取りなんや」

　芸能界でうまく咲けなかったアイドルや歌手が故郷で肩身の狭い思いをしなくてもいいように、一ヶ月稼げるだけ稼がせてから家に帰すのだという。

「いつまでいてもええよ、いうてもみな一ヶ月やそこらで帰りよる。まあ夢破れて山河ありや。それもええやろ」

　いつも三箱は持ち歩くというラッキーストライクの封を切り、やぐらは自分で火をつけた。彼はたばこの火を女につけてもらうことを嫌がる珍しい男だった。お酌も特にしなくていいと、いつも手酌で飲んだ。

　歳はルーよりひと回りほど上で、妻子がいると聞いたが、それも別れただのそうでないだの、実は愛人だのと所詮は噂止まり。得体の知れない芸能人。ルーにとってやぐらはそれ以上でもそれ以下でもない。

　それでもやぐらは長い付き合いだ。ルーはやぐらが自分のどこを気に入りいつも指名してくれるのかよくわからない。ルーでなくても誰でもいいような感じさえする。

　ふっと会話が途切れ、なんとはなしにフロアのほうに視線を落とした。

　相変わらずバンドがどこかで何度も聞いたメロディーを繰り返し演奏している。特に繰り返されるのは来日中のザ・ビートルズのヒット曲『イエスタデイ』だ。

「あの武道館でコンサートなんてなあ。時代は変わったわ」

　やぐらがしみじみ言う。武道館コンサートを行ったのはビートルズが初めてであり、当初は神聖な武道の場を冒瀆《ぼうとく》するなという反対の声も随分あったそうである。

「ルーはビートルズ、どう思う？」

「いい曲ばっかりやと思うけど」

「けど？」

「なにゆうとるかわからん」

やぐらは鼻からたばこの煙を噴出した。その後随分長い間咳《せ》き込んでいた。

「そりゃあ英語や」

「やけど、何ゆうとるかわかるほうがええやん。うち、ここに入ったときにかかってたフォークソングとかジャズとか聞いても、何ゆうとるかわからんの、もったいないってずーっと思ってた」

「日本語になっとるんもようさんあるやろ。『ルイジアナ・ママ』とか『ロコモーションョン』とか」

「やけど、もっと気軽な感じの歌詞がええと思うわ」

ルーは覚えている洋楽で、『ユード・ビー・ソー・ナイス・トゥ・カム・ホーム・トゥ』の冒頭を歌った。歌手であるやぐらも当然知っている顔で、ふん、それがどうした、と言った。

「これ、何ていってるかわからんくてさ」

「大橋巨泉は、帰ってくれたらうれしいわ、っていうとったけどな」

「そやから、勝手に日本語にして歌ってたん」

「ふん、どんなんや」

〝お、な、か、すーいたでしょう、お食べなさい。

おうどんも、てんぷらも、ぜんぶ、ぜんぶ、ぜんぶー〟

歌うと、やぐらは今度は飲みかけのビールを盛大に噴いた。

「うっわ、ちょ、きったな。オッサン何するん」

「お前、アホか。なんちゅう歌詞にすんねん!! ヘレン・メリルの代表作やぞ!?」

「せやから、知らんねんて」

誰でも冒頭を聴けば「ああ」というジャズの名曲。『ロコモーション』のように日本語の歌詞は付けられなかったから、メロディーは有名なのに原題ままのタイトルを知らないひとも多い。

戦場の兵士が恋人の待つ家に帰りたい、という切ない心情をつづった歌だ。それをルーはあろうことか、「おなかすいたでしょ、うどん食べなさい」などと歌ったものだから、やぐらが爆笑するはずである。

「へえ、そんな歌詞やったんや。知らんと、おうどんとてんぷら食べる歌にしてもうた」

「それ、全部歌詞あるんか」

「あるで、全部作ったモン」

〝おなか、すいたでしょう。
お食べなさい。
おうどんも、てんぷらも、
ぜんぶ、ぜんぶ、ぜんぶ。
おなかがすきすぎたら、立てなくなるから
明日、笑えるように、叫べるように〟

「なんや、思ったよりええ歌詞やないか」

やぐらがろくに吸っていないたばこを灰皿に押し付ける。話したいときの彼の癖で、火をつけなければいいのにとルーは思う。

「おもろいから、あそこで歌えや」

「いややそんなん。お笑いやんか」

「そやけど、それくらいおもろいことやらんと、これからキャバレーは生きていかれへんど」

以前家に来た大路と同じようなことを言うのでどきりとした。

「この前も音楽著作権協会が大阪の店を相手にレコードの使用料未払いを地裁に訴えたんや」

「それってどういうことなん」

「つまり、無断で曲を演奏すると、著作権法にひっかかるから使用料払えちゅうわけや。その上、ウチで管理する曲はキャバレーで流すないうとるんや」

裏方でそんなすったもんだがあったとは露《つゆ》知らず、ルーは驚いた。そういえば大路がレコードの使用料が高くてかなわんとこぼしたことがあったが、キャバレー業界が訴えられたことまでは知らなかった。やぐらに言わせると、関西のホテル、飲食店、風俗などの業界が団結して連合を作り、これらの圧力に対抗しようとしたが、難儀しているという。

「これからは何をいうてもテレビや。テレビで稼いでる者がいうのもなんやけどな。誰もテレビには勝てん。お前も早《はよ》う若いうちに身の振り方を決めんと、十年後にはキャバレーなんぞなくなっとるかもしれんぞ」

「なくなるなんて……」

「ほんの数年前までアカセンがあったやないか。その前は遊郭て名前やった。けど今はない。ちょっと前まであって今はもうない物なんてぎょうさんある」

それはそうと、今度本気でステージやろうや、やぐらはそんなふうにルーをたきつけた。いつものように見送りはいいという彼は、いつもと違う仕事人の顔になっていた。

それからである。ルーは毎日早い時間にステージで歌うようになった。店のオープニングを任されたのだが、その理由が、関西の気まぐれ無頼《ぶらい》歌手ことやぐらソージがこれまた気まぐれにグランドシャトーのテーマを作ったからである。

〝ここは京橋、
あなたとわたしの架け橋。
恋の船着き場のほとり、
グランドシャトーに、おいでまっせ
あなたのお城に、おいでませ――〟

新しく歌手を雇えばいいのにやぐらが強引にルーを推すものだから、よくわからぬうちにバンドと歌うはめになった。それでも開店時なら客もそう多くはないとタカをくくっていたが、このショーがおもしろいという口コミが回り、やじ馬客が押しかける。ルーのステージはあっという間にメインの出し物になった。

いままでショーは外注の歌手がやるもので、ホステスは客とともに席についてただ眺めたり拍手するだけだった。もっと景気の良かったころは、大阪中のキャバレーも、ストリップすれすれが売り物のカフェーも、名だたる大御所をかき集めド派手なショーを繰り広げたものだが、最近は経費削減のためか、週に何回かの決まった時間にしか出し物をしなくなった。だがショーをしないとなると、ひとの少ない開店すぐの時間のてこ入れが必要になる。

「やぐらさんが曲を書いてくださるなら宣伝になる。何でもやってみたら」

大路の許可もあっさり出た。当時流行《はや》ったフォークソングともグループサウンズとも違う、どこか民族的なもの悲しさを感じるメロディーは耳によくなじみ、客はこの歌をホステスとデュエットしたがった。

気を良くしたやぐらが、第二弾の『恋の竜宮城』を書き下ろしたのは昭和四十二年の一月。ひとの入りの悪い正月用のニューパフォーマンスだった。グランドシャトーに初めてやってきたとき、ルーが感じた「深海」の城のことを書いた歌詞で、サビの「玉手箱はあけないで」がキャッチフレーズになった。

〝玉手箱はあけないで
玉手箱はあけないで
ほんとうのことは知らないで
こっちをむいて、息をするのをやめて
わたしだけ　見つめていて〟

二曲が話題になったとき、やぐらや大路の元にレコードにしたいというオファーが殺到したらしい。しかしふたりは曲や歌手を売り出すために作ったわけではなく、ルーの歌手デビューはご破算になった。

「キャバレーでしか聴けんのがええんや。聴きたいなら店に来ればええ。テレビにかじりついとらんでな」

やぐらが言うには、大阪には大阪に合う歌があり、下手に大阪弁にしたらせっかくのいいメロディー（と、自分で言った）が局地的な曲になる。それより東京でも受けそうな歌をあえて大阪の地域限定にし、客だけが聴けるとなれば口コミで広がるということだった。

「アメリカの夫婦デュオ、ソニーとシェールの『リトルマン』って曲が、自国よりヨーロッパでえろうウケてん。俺はアレをやりたい」

「何ゆうてんのかようわからん」

「わからんでええ。ルー、お前の書く詞は頭悪い奴でもわかりやすいからな」

ショーの人気が高まってきたので、『ユード・ビー・ソー・ナイス・トゥ・カム・ホーム・トゥ』をアレンジした『ぜんぶたべたい』も披露された。初めルーは、すぐに空腹ではないか聞き、やたらご飯を作りたがる真珠を思い浮かべて歌詞を書いたのだが、新しい歌詞はやぐらに「おなかが空いたら、私を食べて」とエロティックに改稿されていた。

ルーがやぐらたちによって即席のショー歌手に仕立て上げられている間も、真珠はなにも口を出さなかった。相変わらず売り上げトップは彼女だったし、客はまるで太陽の周りを同じ周期で回る惑星のように定期的に彼女の元に通った。ルーは歌う。真珠はうなずく。ルーは踊り騒ぐ。真珠は黙ってほほえむ。そしてふたりして十二時のシンデレラの鐘が鳴ると客を見送り、ボーイが片づけに奔走するなかをかき分け、楽屋で真っ先にパンプスを脱ぐ。

廊下ではルーよりもっと若いか、ランクが低いホステスたちが立って待っている。昔はルーも上位のホステスが楽屋を出るまで、廊下で待たされたものだ。だから真珠もルーも長居しない。ドレスを脱ぎ、かぶるだけのワンピースを着てすぐに出る。

「ねえさん。今日はタクシーで帰ろや」

「そうねえ」

新入りが、上位二名のホステスが連れ立って帰るのを奇妙な目で見る。ルーは自分がまだ店に入りたてのころ、あの位置で真珠を見ていたことを思い出した。そして壁に張り出されたひと月ごとの売上表。不動の地位の真珠と、張り出しのどこにもない自分の名前のことも。

(ねえさんは、うちのやってることどう思うてはんのやろう)

売り上げが伸びるならいい、大路が許可するならそれでいい。おおかたそんなところだろう。真珠の、他のホステスへの無関心はいまに始まったことではない。

（嫉妬とか、妬みとか、そういう汚い感情にねえさんは縁がなさそうやもんな。ほんま菩薩様みたいや）

思えば真珠と暮らす三年半、ルーは彼女とほとんどケンカをしたことがない。まれにルーの客が真珠にくら替えしたり、その逆があったりして一方的にルーが気まずくなることはあったが、お互いこの世界も長い。そんなことを言い出せばきりがないことぐらいわかる。言い争いになるといえば、ルーが深酒をし過ぎたりして不摂生をするときくらい。一度などは虫歯を放置して店に出られないほど顔を腫らしてしまい、真珠はルーのために、毎日店から氷を持ち帰ってくれた。そして枕元で泣かれたときは、なぜこんな優しいひとを泣かせるのだろうと、たかだか虫歯で寝込む己が猛烈にばからしくなったものだ。

ベランダでルーがたばこを吸うときも、なぜか本数まで察知して三本を超えたあたりで「ルーちゃん、もうやめとき」と真珠から声がかかる。彼女は酒は飲むがたばこはやらない。浴びるほどある金がどこに消えるのか見当がつかない。

時間があればいつも、『暮しの手帖』をちゃぶ台に広げ、あのメーカーの化繊は皺がよりやすいとか、なんとかという食べ物に含まれる保存料は体に悪いとか、そんなことをよく話す。けれど真珠がルーのように百貨店でブランドのドレスを買い求める姿を見たことはない。三着あるブラックベルベットのドレスは毎日店に洗濯屋が引き取りに来るから家には置かない。フェイクパールのロングネックレスも衣装屋の特注で、いくつか珠を変えているようだが大きな変更はない。

そういえば真珠はいくつになったのだろう。ルーより一回り年上だと聞いたから、もう三十五歳になったか。

いつまで、こんなふうに一緒に暮らせるだろう。ルーは初めて見たときから変わらない真珠の、立て爪のダイヤモンドリングを思わせる鋭利な横顔をそっとうかがった。

(ねえさんは、幸せなんかな?)

タクシーがだんだん街中を離れ、ぽつぽつとしか灯のない方向へ突き進む。まるで闇に飲み込まれようとしているかのようだ。

(やけど、そもそもねえさんの幸せって、一体何やろう)

ルーの幸せは単純だ。いつか母と弟たちを呼び寄せること。地蔵長屋での真珠とルーのように、同じ家で暮らすこと。いまがどんなに楽しくてもやはり家族、と思ってしまうのは、かつて大路が語ったテレビの功罪——家族団欒があたかも正義かのように強調したドラマやCMのせいだろう。ほほえむ家族がブラウン管に映し出されるたび、ルーたちは少しずつ否定される。パンにマーガリンを塗りあう親子、家族で出かけるレジャーランド。石鹼を風呂で分け合う兄弟。母という存在が必ず待つ家。ご飯、笑い声、祝い事……エトセトラ、エトセトラ。

お前たちは間違っている。正しくあるために家族を持て。家族がない人生など欠陥品だ。テレビは商品の広告を繰り返し流し、理想で固めたきらきらした家族神話を押し付けてくる。

あれがキャバレーを殺す。私たちの大事な仕事を奪う。わかるからこそ、ルーはやぐらたちと悪あがきをしている。みなテレビが好きなのは仕方がない。ルーだって決してテレビが嫌いなわけではない。むしろ好きだ。けれどあれがある限り、このままではキャバレーは死ぬ。在籍する百名以上のホステスはすぐに路頭に迷うだろう。そして、つぶれるのはきっとグランドシャトーだけではない。千日前の淑女クラブも大上海も十三《じゅうそう》のミス・リリーも同様だ。

けれど新地で店を持てるのは、ほんの一握り。そしてそこで働けるのは若くて容姿に恵まれ、機知に富んだ会話ができる学のある女だけである。毎日のように上位の顔ぶれが入れ替わるキャバレーとは全く違う城だ。ママが絶対であり、何をするにも品格を求められる。支払われる席代もキャバレーの比ではない。何年も前、冗談めかして真珠に尋ねたことがある。

「ねえさん、新地で店持てばええのに。あれだけ売り上げあるならパトロンおらんでもやれるやん」

実際、真珠がナンバーワンになってもこんなしみったれた長屋に住み続けるのは、パトロンなしで店を開くつもりだからではないか、とルーは思っていた。

(そろそろ、ねえさんは辞めるかもしれない。店を)

もし、クラブを開いたら、ねえさんは一緒においでと言ってくれるだろうか。誘ってくれさえすれば、ルーはどこまでも真珠のそばにいるつもりだった。

もちろん、ナンバーワンとツーが同時に店を辞めるわけにはいかないから、先に真珠が辞め、しばらくたってから、大路と相談し店を離れることになるだろう。真珠もルーも、店が嫌なわけではない。ふたりとも腐っても稼ぎ頭、いまでも相当な扱いを受けている。大路はギリギリまで残るよう交渉するはずだ。それでも真珠が出ていくとしたら……。

（そろそろおかあちゃんに、連絡を取ってみようか）

家を出て五年。弟たちは学校を出ただろう。いまのルーなら、男に負けない経済力がある。地蔵長屋にはなかなか空きが出ないが、黒崎町のほうで部屋が空いたと聞いた。そして、連絡を取りたいと思いつつできなかったのは、家の電話番号を知らなかったから。そして、ホステスであることを義父の両親に知られたくなかったからだ。

もう一度空き部屋を確認し、まだ空いていたら連絡してしまおう。ルーは決心した。テレビが洗脳してくる家族神話を苦々しく思うくせに、いまだ心のよりどころを家族に求めてしまう。

（だって、そうやないと、何のために働くのかわからん。何のために、生きとるんかわからん！）

大川の橋の上で野良犬のように飢えていたころは、食べ物と横になって眠る場所がほしかった。中崎町に落ち着いてからは、一日でも早く店のトップ10に、そしてトップスリーに入れるよう努力した。金がほしかった。だから這い上がった。百人以上いるホステスを押しのけ、いまではそのほとんどがルーが化粧台を使う間、廊下に立たされている。あんな女がなんで、ちょっとしゃべりがうまいだけの女がなんで、そんな顔を張り付け壁にずらっと並ぶ女を、通り過ぎる一瞬、チラリと見るのはなかなか壮観だ。そこから抜け出さない限り、いつまでもただの壁の一部なのだと彼女たちは気づいていて、なのに何もできないでいる。ルーはあの壁から自分をひっぺがすことができた。幸運だった。

大勢の中から、個として認識されるのはとても難しい。真珠とは違うやり方だが、ルーは上り詰めた。京橋の夜の世界で、グランドシャトーのルーの名を知らない者はいない。自分のやり方が間違っていないことは、大路が何も言わないことからもよくわかる。ただひとつ心配なのが、ルーがホステスをしていることを母が恥と思い、店を辞めてくれと言うかもしれないことだった。

（アキも洋ちゃんもええ歳や。きちんとした会社で働いているかもしれん。身内が水商売をしていることを知られたくなかったら、うちは店を辞めなあかん）

けれど、もう二十三歳のルーにいまさら普通の仕事が見つかるのか。この普通の、という言葉がルーの背中に重くのしかかる。特に母が住む田舎では、キャバレーのホステスなど体を売るのも同然に思われるだろう。

（仕事、他に探したほうがええんかな）

朝いつものように地蔵さんの掃除をしていても、真珠と銭湯へ向かうときもどこか、らしくなく上の空だった。例年通り参道にはあじさいが花をつけ、青い小路の先に朱色の鳥居が異空間への入り口のように立っている。真珠のお気に入りのあじさい色のワンピースは少し色が抜け、すっかり夏空色になっていた。

（仕事が見つかったとして、ねえさんと離れられるやろか）

そんなことを本気で心配するぐらい、ルーは真珠と離れることなど考えられなかった。あの大川の橋の上で、ぽんせんではないもっと別のものを食べさせられたような、得体の知れない惹かれ方をしている。

（だって、うちはまだ、ねえさんが何者なのか、知らない）

昭和四十二年、業界はますます暗雲が垂れこめ、閉塞《へいそく》感に苦しむようになった。ついにホステスの給料も課税対象となる。大阪でもカフェーサロンの開店が続き一見景気が良さそうでも、実際は女の子が少ない小規模店ばかりで、グランドシャトーのような大きなキャバレーは、その規模の維持が難しくなりつつあった。

「なんとかしなければ、と社交協会のひととも話し合っているんだ。悪質な引き抜きを禁止する条例について掛け合ってもらったり、警察にもね。だけどまるでイタチごっこだよ」

大路ら経営陣の努力もあり、グランドシャトーは急に傾きはしなかったが、社用族離れに拍車がかかるキタの太融寺《たいゆうじ》辺りではキャバレーが消えていった。古くから大衆が集う道頓堀に近いミナミと違い、もとは旦那衆の遊び場だったキタでは、金を持つオーナー族はキャバレーよりクラブを好む。

余波はじわじわと京橋にもやってきた。度重なる値段改定があだとなって、客が離れる店があとを絶たない。引き抜き合戦が加速し、大路が神経をとがらせているのがわかった。若い子が入っても、大きな店ではナンバーワンになかなかなれない。上位ホステスの地力は長年の信頼関係の積み重ねだからだ。そこにスカウトは巧みにつけ込む。うちならナンバーワン待遇、と甘言で引き抜くので、店に新規のホステスが居つかなくなる。

どこもやはり若い子が最大の売りで、年季の入ったホステスだけでは客は他店へ流れる。やっていけない大箱は次々に経営者が替わり、その都度ホステスも入れ替わるので客がつかず、結局閉店。そういうことを繰り返し業界の景気の悪さを露呈してしまった。

キャバレーは確実にゆっくりと悪くなっていたが、それなりに客が入るから、このままではいけないと思いながら問題を先送りにしてしまう。けれど何もしないのだから状況は変わらず、何の能力も持たない、持たせてもらえない女が働く場所はここ、水のどんづまりしかない。

そのころのルーはといえば、トップスリーに入ったり出たりしつつ総合的にはナンバーツーの成績を維持していた。不思議なものでルーの人気は、ショーで歌うおもろいホステスというイメージが先行し、歳を重ねても客の離れない真珠のような客のつき方とはだんだんと乖離《かいり》していった。席についても、何かおもろいことやってや、とステージに上げられる。

「へへー、皆さん、お早い時間から遊びに来てくださりどうも。以上のショーは、〇〇社さんのご提供でお送りいたしましたァ」

とテレビを皮肉れば大ウケで、次はうちであれをやってほしい、商品名を出し、良さをアピールしてほしいと依頼が舞い込む。

「シャッチョさんに頼まれて使ってみましてん、このヘアトニック」

「どう?」

「ぶっちゃけイヌ用やな」

客がどっと笑う。紹介を頼んだ会社の客まで笑う。

「名前も、ワントニックとかにしたらよろしいわ」

「人間さまにも使えまんの?」

「人間さまもお使いになれるてここに……書いてへんやん! 印刷ミスや、ハイ返品」

「そやけどあんたはんみたいな母ちゃんのイヌにはぴったり」

「家庭円満で」

「そう、よろしおす」

商品をいじったあと、正直な感想も言う。

「男にモテたいか、女にモテたいかわからん匂いってことやね」

「どうしたらええ？」

「決まっとる。できる男用と、モテる男用とふたつ作ればよろしいやん」

ルーの言葉がきっかけで、本当に「一度でキマる、男のワントニック」が発売。できる男用とモテる男用で香りを変え、年間十万本のセールスを記録したのである。

ルーには不思議と幸運がついてまわった。商品を出すときはグランドシャトーのルーにお伺いをたてませい、と冗談とも本気ともつかない噂が流れ、新商品の企画書を持って真剣に詣でる営業マンまで現れた。

「やめてえや、うちはそういう商売やないねん！」

「そういわんと、まあ聞いてや」

「知らん知らん、何もわからん、高校も満足に出てへんねんで！」

そんな客とのやりとりが毎晩のように続く。ふらっとやってきていつもの二階席に陣取ったやぐらソージが、ルーたちを面白そうに手酌で眺めている。ふっと見上げるとやぐらがいるのが見え、ルーは席をツナギの子に任せて逃げ込んだ。

「やぐらさん、来てるんやったら呼んでえや」

「俺がひとりで飲むのが好きなん知っとるやろ」

ルーが本気で迷惑しているのを知り、やぐらがクックッと鳩のように笑う。

「どうせ俺も仕事の話しかせんぞ」

「やぐらさんは適当やからええねん。真面目やないから」

「テレビの仕事なんか真面目にやっとれるかいな。テレビマンなんか素面《しらふ》でいたほうがマケやで」

「せやけど、最近、お客さんみんなうちに仕事の話ばっかりしたがるねん。ほんまにわからんのに」

「福の神ならぬ福娘みたいに思われとるからなあ、お前は」

ルーにはそれが面白くない。CMもトニックのヒットも何もかも偶然に過ぎないことは、学歴も教養もない自分が一番わかっている。それをやたらとありがたがられ期待されても応えられず、いずれガッカリされることは目に見えている。これほど辛いことはない。そういうと、やぐらは何を青臭いと鼻で笑った。

「ヒットメーカーなんてこの世にはおらん。偶然が重なっとるだけや。いわせとけ。お前はただその波に乗っかって儲けたらええ」

それにな、と続けた。

「ルー、おまえは〝持っとる〟と思うで」

その言葉を決定的に意識したのは、やぐらとの次のショーの打ち合わせのときである。

「日本人は何でもランキングが好きなんよなあ」というやぐらの言葉がきっかけだった。彼はテレビ局のプロデューサーに、レコードの売り上げトップ10を毎週どうやって出すかという相談を持ち掛けられていた。全国統計を出すには手間がかかりすぎ、かといって数字を波に乗せるならある程度正確さが求められる。特に大阪は、東京や世界で売れるものに敏感で、売れている根拠を出すことが成功の秘訣《ひけつ》だ、とやぐらは熱弁をふるった。

「そういうの、お金かかるんやろうなあ」

「そらな。統計調査とか色々あるけど」

「でもうちらは毎日やっとるで」

たばこの煙をふっと一階のほうに吐いて、重ねた灰皿の間に素早く吸殻をねじ込む。吸殻がいつまでもテーブルの上に見えるのは、座を管理するホステスの恥である。ホステスたちは客と話しながらさりげなくグラスや皿をテーブルの脇に寄せ、汚れた灰皿の上に新しい灰皿を重ねて、目配せでボーイを呼ぶのだ。この業界に入ったばかりのころはなかなか身につかなかったことが、いまでは息を吸うようにできる。

「やっとるって、何を」

「トップ10。毎日店始まる前にマネから説教くらって、ハッパかけられて、売り上げ公表されて。大抵褒められるのは真ん中辺りのコで、説教くらうのは上五人て決まっとるけど」

「ごっついデキたマネージャーやな」

「ランキングが見世物《みせもの》になるなら、うちでもやろかな」

「ショーでか」

「せやで。早い時間は入りが悪いのは変わらんから、出し物でもやらんと。最近じゃ売れっ子歌手なんてめったに来てくれへん。かといってシロウトのうちが歌うのもちゃうやろ」

ルーの提案は、楽屋裏の細長い廊下で、開店前にひっそり行っていた成績発表を、ステージでやるという、ホステスにとってはさらし者のような試みである。嫌がるホステスもいたが、飲み食い指名料の成績ではなく、毎週土曜の夜にだけ行うテーマを決めたミスコンで、「話し上手賞」「ニューフェイス賞」「おもろいで賞」とバリエーションに富むランキングを作ったら大いに客に受けた。なかでも、一番ひとの入りの悪い月末の給料日前には、本物のナンバーワンが決まる売り上げランキングを発表するので、ホステスたちは月末が近づくと、選挙前の候補者のように源氏名入りのたすきを着けアピールしたのである。

「これなら、歌ったり踊ったりするのが苦手なコのメンツも立つやろ」

ナンバースリーまでは除外扱いだったのと、月間MVPにはボーナスが出た。これもルーの提案で、いつもなら黙って聞くだけの真珠もこれには珍しく大賛成した。

「いつまでももつイベントやないけど、やらんよりましや」

「ほうよ。企画なんてそういう、〝やらんよりまし成分〟でできとることばかりやで。定番と言われるようになるころには、みな忘れとるだけや」

舞台でジャズに身を任せて踊る時代は、あっけなく彼岸《ひがん》へ行ってしまった。たった五年。ルーがキャバレーへ足を踏み入れたころとは何もかも変わった。演奏するのはテレビの流行歌。和製フォークソングにグループサウンズ、同じ衣装と簡単な振りつけで踊るアイドルの歌が、ＣＭの文句のようにいつまでも耳に残る。（漫才も、手品も奇術も、全部テレビに取られてしもた。寄り添いにこにこする若い女ってことしか、キャバレーに勝てる要素がないなら、もうすぐうちの居場所はなくなる）

ルーはもう若くはない。東京オリンピックが決まったころからあれだけ働く女性を持ち上げてきたのに、終われば元の木阿弥《もくあみ》、相変わらず女の働く職場は電話番か教師、またはは昔と同じ男性社員の結婚相手要員だけだ。店をクビになったら、ルーの行き場はない。大川の橋の上で野良犬同然だった十九のときよりもっと状況は悪くなる。客の中には求婚してくれるひともいる。ルーの身持ちの堅さも常連客は知っており、かえってそれが良いというひともいる。いつまでここにいるのか、うちの会社の社員でよければ引き合わせようかと、親のようにルーの将来を心配する客もいた。

「なあルー、お前、東京へ出んか」

いつもの日曜の夜、一番客が少ない日の二階席で、やぐらはやはりいつものようにビールを手酌で注ぎながら言った。

「またその話、飽きたわ」

「デビューしろゆうとんちゃう。東京へ来いゆうてんねん」

実際、ルーを買うテレビマンは彼だけではなく、メンショーのＣＭが有名になってからは、歌手やアイドルとしてのデビュー話が山ほどあった。それをすべて袖にしたのは、甘言にホイホイのせられて店を辞め、結果鳴かず飛ばずどころかデビューもできず、テレビ局の御用聞きのそのまた下請けのプロデューサーもどきの愛人のまま、やがていなくなった子を何人も知っているからだ。

「嫌やよ。消えとうない」

「消えへんて」

「消えるよ。ひとなんてすぐ消える」

この世界に踏ん張り、どこかに杭《くい》を打ち込みしがみつかないと、大都市では人ひとりの熱量などあっけなく消える。誰の記憶にも残らず、気に掛けるひとすらおらず、初めからいなかったように何も残らない。実家でのルーも同じ、消えたひとなのだろう。

「故郷に錦《にしき》飾れるで」

さすが人心を弄ぶプロは、小娘の心の観音扉も言葉だけで巧みにねじ開ける。たばこに火をつけようとするルーの手が一瞬止まったのを彼は見逃さなかった。

「お母ちゃん、迎えに行きたいやろ」

「……せやけど」

「いままで大阪のテレビ、蹴ってきた意味がある思うで、東京なら。金も企画も動く量がケタ違いや。いまならおもろくてしゃべれてそこそこ顔のいい若い女の仕事がある」

「ジゴロかヤクザがいいそうなこと、まんまやな」

「あのなあ、一応顔出ししてる身や。イメージもある。風呂に沈めるために借金もない女、東京に連れて行くかいな」

実際、やぐらは冗談のつもりではないらしい。彼がかつて所属していた大手プロダクションが東京進出し、タレントを探している。ルーの知らないところでスカウトが来店し、ショーや女の子をチェックしていた。その男は普段は若い子をスカウトしに関西へ来て、他にも店を回り声をかけたが、グランドシャトーで一番興味を持ったのはルーだったという。ルーが舞台上で客の会社の商品をいじるのを見てピンと来たらしい。

「支度金百万と会社所有の住居、三年は給料制で。マネージャーもつける」

男の条件が破格なのはルーにもわかった。ルーはもう若くない。いいのかと訊くと、アイドルで売る気はないという。

「しゃべれる女のポジションが空いている。大勢の我の強いタレントを切り盛りし、トークを時間内にまとめ上げる。番組として成立させるには、関西のツッコミの女が一番向いている」

具体的な仕事内容までその場で詳しく説明された。生のテレビ番組の間に、やはり生で提供会社の商品を面白おかしく紹介する仕事で、インスタント食品や、家電製品などを予定しているという。

「歌をやりたいなら、かけあってもいい」

やぐらはいつもよりやや真面目な顔で耳打ちした。

「ホンマ、悪い話やないと思う」

「……ほうかな」

「真珠のこと考えとるんならやめとけ」

驚き思わず灰を落としかけ、やぐらをまじまじと見る。

「なんでねえさんが関係あんの」

「あいつみたいになりたい思ても無駄や」

「なんでよ。ねえさんはナンバーワンやで。京橋の伝説や。うちはねえさんが好きやし、ねえさんみたいに――」

「なんで、男共があない真珠に執着するかわかるか」

やぐらの目にはアルコールに遊ばれているような浮つきはなく、いつになく真剣だった。あまりの迫力に、ルーは少し身を引く。

「なんで、て」

「あいつはただの女とちゃう。昔、男が身勝手に置き去りにしてきた女や」

「……何いっとるんかわからん」

「わからんか。もっというとな、あいつはもう死んどる」

「は、死んで……？」

「だから男はあいつをごっつい大事にしたがる。自分のために死んで、まだ自分を待つ女を、もう二度とは置き去りにでけへんやろ」

「それって、ねえさんが誰かに置き去りにされたってことなん？」

ねえさんが、昔男に棄てられたという話かと思えば、そうではないらしい。

「そうやない、そうやないんや」

やぐらは鬱陶しそうに長い前髪を掻き上げたばこ臭いため息をついた。

「そういう男の、後ろめたいところを思い出させるんや、真珠は」

彼はこれ以上話す気はないというふうに忙《せわ》し気に立ち上がり、近づくボーイを押しのけ会計口へ向かった。慌ててルーが追う。

「さっきの件、誕生日までに決めや」

深々と型通り頭を下げながら、ルーはその言葉を何度も反芻した。

(誕生日……)

またひとつ歳をとる。それがどういうことか、ルーはよくわかっている。

玉手箱を開けるときが来るのだ。

＊＊＊

「なあ、ねえさん」

「うん、なぁに」

「うちなあ、おかあちゃんたちを呼ぼ思てんねん」

店へ向かうトロリーバスで、ルーは思い切って真珠に打ち明けた。

「黒崎に家がひとつ空いてんて。部屋三つの小さい家やけど、弟ふたりとおかあちゃんだけなら十分かなって」

「あら」

ルーの意図に気づいた真珠が目を軽く見開く。

「へへ。そうやねん。だからぁ、うちは、ここおりたいなーって。ええかなあ」

行きがけにポストに出してきた手紙は、上の弟・明広宛のものだった。少し前、黒崎町の部屋が空いたと聞き、思い切って住所から電話番号を調べたのだ。さすがは飾磨の大地主、電話帳にでっかく番号が載っていた。

母が出るかとドキドキしながら電話したが、二度かけて出たのは母の姑で、声を聞いたとたん何かを考えるより先に手が受話器を置いていた。日を変えて三度目は、上の弟の明広が出た。すっかり声も変わり、彼だとすぐにはわからなかった。

最初は父の同僚の名前を使い、当たり障りのない会話をした。会社が移転することになり、引っ越しの最中に父の遺品が見つかった、奥様は再婚し飾磨にいると聞いて送ろうかと思ったが、婚家への遠慮もあるだろうから先に電話した、等々、それらしい嘘が流れるように口をついて出た。

「——姉ちゃんか？」

それでも、弟にはルーのことがわかったようである。急に呼ばれて口から心臓が飛び出るかと思った。

「う……あ……」

「なあ、姉ちゃんやろ？　大馬《おおば》のおばあさまが最近無言電話がかかってくるていうから、姉ちゃんやないかと思ってた」

大馬というのは、母が嫁いだ件《くだん》の鬼婆の家だ。あの婆をおばあさまなどと呼ぶのかと悔しく思ったが、それより懐かしさが勝った。

「適当な男の名前で、俺宛てに手紙を送ってくれ。それでやりとりしよう」

思いがけず弟との文通が始まった。頻繁に手紙が届けば不審がられるということで、送るのは月に一度程度。代わりにルーには分厚い封書が届く。まだ二回ほどしかやりとりしていないが、喪失同然だった家族との絆を取り戻せたようで、完全に浮ついていた。

黒崎に家を借り、大阪に慣れて落ち着けば他に移ってもいい。いま流行の公団住宅は、空気がきれいな郊外に次々建っているという。まず家族全員で、この街で真珠と暮らしてきたように過ごせば、何もかもうまくゆく気がした。

「ルーちゃんがお店におるんなら、それでもええんちがうの。いままで通りに」

いままで通り、という言葉にほっとする。

「ねえさんは……お店辞めたりする話はないいん？」

「そうねえ」

バスの少し開いた窓から風が入る。今日はその風からも線香の匂いがした。街中が弔いに満ちている。何もかもが成長へ向かうなかで、ふっと訪れる夏の谷間の死者の日。

「よくしてもらってるからねえ。それに、自分でお店持つのはガラやないんよ」

それも、いつもと同じ真珠の返答だった。けれど、本心を隠し相手の望むように応えることに関してホステスはプロだ。楽屋で結婚したいと言い続けたホステスが、ある日無断で来なくなり、給料を前借りしたまま客と駆け落ちしたり、いいように扱われていたさえないホステスが、姉ホステスの情夫を奪い取ったり、返すと言い続けて一度も返済せず何百万も借金したあげく、地面師の片棒を担ぎ御用になったりする。ホステスの言うことは、どこまでが本当でどこまでが嘘かはそのときになってみないとわからない。

ルーはそうっと真珠の横顔を盗み見た。こういうとき、真珠は「ルーちゃんはどうなん?」とは聞き返してくれない。

ルーが東京行きを打診されたことなぞとっくに耳に入っているだろうに、他人の生き方に干渉しない。金は貸さない。貸すくらいならやる。だが返済しない限り次は貸さない、等のルールがあることも聞いた。

(まるで真珠銀行やとみんな言う。借り逃げした子もおったけど、みんなちょぼちょぼでもねえさんに返しよる。不思議なこっちゃ)

やぐらソージによると、真珠の上得意は関西企業のお偉方をほぼ網羅しており、返済せず他の店に逃げても客がつかないという。

真相をルーは知らない。真珠が報復としてそんな嫌がらせをするとは思えない。週に一度、インスタントラーメンに卵を落とすだけで贅沢だとうっとりするような女なのだ。京橋のナンバーワンなのに。

「ルーちゃん見て。氷屋さんのうなってる」

行岡《ゆきおか》病院前で信号待ちをしていると、よく知った氷屋が日立の電気店になっていた。思わず窓から身を乗り出す。

「ほんまや。のうなってる！」

「今年は氷屋さん来ぉへんねぇいうてたの、辞めはってんねぇ」

「そやかてしゃーないわ。冷蔵庫で氷作れるご時世やもん。氷売るのやめて冷蔵庫売るのも時代やわ」

ほうやねえ、と真珠はいう。毎日通るバス道も、毎日同じわけではない。ビルが建ち、電車の線路は高架になり、アスファルトに白線を描く石を探しケンケンしていた小さい子も、『いとはんと丁稚どん』のマネをしていた小学生も、もう同じようにバスに乗っている。

（氷屋がころっと電気屋になるのに、うちらはずっとホステスなんや。なんでやろ。女は家にいても働いていても結局結婚しかない。なんでや）

電気屋になりたいわけではない。かといってクラブのママになるのも、芸能人になるのも御免だ。ちょっとばかりしゃべりがうまくて、ちょっとばかり突拍子もないことをする変わった子というだけで、何の凄みも持たずここまで来た。京橋、グランドシャトーのナンバーツー。大キャバレーの押しも押されもせぬ二番手。真珠とふたりでそこらへんのキャバレーの一日の総売り上げを軽く超える。いまではその名も大阪中に轟《とどろ》き、大阪倶楽部のパーティへ、大企業役員の同伴に呼ばれることもある。なのに、いつまでも大川の橋の上で野良犬のようにふらついた、あの惨めさが拭えないのはなぜだろう。

（一家の大黒柱になる。結婚でも何でも、それからや。おかあちゃんたちを呼べん披露宴なんかやれん）

その日は地蔵盆で、ホステスは浴衣《ゆかた》で出勤することになっていた。衣装に工夫を凝らすことは、店で日常的に行われ、流行しつつあったビキニデーもあれば、チャイナドレスデーなど客足を伸ばそうとホステスも知恵を出し合い努力していた。

そういう日も注目を集めるのは、いつもはブラックベルベットのドレスしか着ない真珠で、普段と違う格好をさせられて恥ずかしがる彼女を見られると、給料日前でも店は満員だった。

一番話題を呼んだのが、ルーが大見得きって提案した、グランドシャトー三大名物、バスローブ、巻きシーツ、そしてワイシャツ一枚の日である。ホステスが客と一夜を過ごした翌朝との設定で、シーツを巻き付け席につくと、客は喜び女の子を増やした。

「またルーがあほさらしとる」

いつものように二階席から乱痴気騒ぎを見下ろすやぐらが、シーツをめくろうとする客とはしゃぐルーを見て、おもむろにギターを取り出し譜面を書いた。

その曲は当時勢いがあった若手三人組アイドルに提供され、内容が過激だと賛否両論を生んだ。

「あほさらしとんのはどっちじゃ。お茶の間でアイドルに裸シーツさせるアホがおるかい」

珍しくやぐらに呼ばれルーがビールを注ぐと、ギター片手にやぐらが言った。

「ほんじゃ、お前ならどうすんねん」

「うぶな若い子には、ワイシャツだけ着せるに決まっとる。ネクタイを手首にきゅっとリボン結びして、下は素足、前ははだけさす。こっそり隠れてしてたのに見つかった、てなテイで、カメラ目線でいうんや。『ちょっと大きいね』て。で、恥ずかしそうにカメラを手で止めようとして、ホールに切り替えたらええ」

三ヶ月後、『ネクタイは結べない』というタイトルのポップスが茶の間を席巻。コンセプトは新妻で、料理もネクタイ結びもうまくないけどごめんね、これからもよろしく、という殊勝な歌詞が大いにウケた。

『Yシャツとせっけん』『キスはスープのかくし味』など、やぐらの曲はその年のベストヒットを次々と記録、「新妻シリーズ」と呼ばれた。鉢巻き姿のファンが熱心にコンサートに通ったが、元ネタがキャバレーの出し物とは思いもよらなかっただろう。

こういったイベントはいつもグランドシャトーから発信され、他店でまねされた。ルーたちはそのたびに次の作戦に頭をひねる。それをやぐらや、他の放送作家がネタにする。ときには一緒になってああだこうだと考える。

「なあ、やっぱり東京出ろや、ルー」

ルーの注いだビールを一気飲みして、やぐらはいつもよりやや真剣な口調で言った。

「これだけ色々やれるんや、番組回すぐらいわけないやろ」

「またその話かいな。自分の器はよう知っとる。それにもうアイドルとかいう歳やない」

「何もお前にワイシャツ一枚で踊れゆうんやない。フィクサーになれ、ゆうとるねん」

「フィクサー?」

聞き慣れない言葉に思わず目をすがめる。

「こんな狭い店で大したタマでもない女の世話焼くより、スカウトが連れてきた金の卵を転がすほうに回るんや」

「なんやそれ。ヤクザやん」

「ヤーさんよりよっぽど日の当たるところや。いまのお前よりもや」

「なんやえろう買《こ》うてくれて悪いけど、そういうのほんまめんどくさいねん。大体日の当たるとこちゃうやろ。にせもんの光の下や」

「そうや、にせもんや」

そういって、やぐらはステージのほうをあごで促した。

「そいでも、光や、ルー」

たばこの煙の向こうに、ほこりっぽい明るさをまとうステージが見える。プラスチック製の巨大な二枚貝、天井から降り注ぐミラーボールとクリスタルの輝き。嘘にまみれ、息を止め人間でなくなる。ここでは誰もが深海の道化だ。

出たくないのか、とやぐらは言う。所詮、芸能もキャバレーも水商売。なら光のあるほうがええやろうと。

「お天道さまが当たる道を行くなら、すっぱりホステス辞めて結婚でもするわ。やぐらさんの手のひらで転がされるのはまっぴら」

「結婚ねえ」

「ほうよ、明日もな。姫路に行くねん」

「姫路？」

「うん。実家」

やぐらは前に乗り出していた身を引き、ソファにもたれかかった。

「へえ、実家やて、珍しなあ。そやけどお前、実家から逃げ出してきたんちゃうんか。無理矢理《むりやり》結婚させられそうになったんやろ？　お母ちゃんの再婚相手やったのに、姑が急に若いほうがええて言い出して」

「まあ、そうやな」

正確には、母の姑になった鬼婆が母の年齢を気にして、子供ができるまで籍は入れさせぬと言い、戸籍上、母は再婚していなかった。だから嫁をとるなら若いほう、となったのだ。

「どないしたんや急に。縁切りしたんちゃうんか。ついにお母ちゃん呼ぶんか」

「そうやで。家を借りるアテもあるねん」

グランドシャトーのナンバーツーとしてそこらの会社の社長並みに稼いでいることは、やぐらも知っている。ルーにヒモもいなければ金がかかる趣味も、多額の送金をする相手もいないことも。長く通う客にはルーの懐具合を察し借金を申し入れる者もいるほどだ。

「いきなり行って相手にされるんか。もう六年やぞ」

「実は上の弟と月一回くらい手紙のやりとりしてるねん。もう働いとるみたい。おかあちゃんの具合がようないて聞いて送金するっていうたけど、あの婆まだぴんしゃんしとるらしい。見つかったら姉ちゃんがヤバイからエエて」

母の具合が悪いと聞き居ても立ってもいられなかった。

「やから、鬼婆の家に乗り込んで、札束で顔ひっぱたいてやろ思てんねん。どうせ今でも嫁なんて名ばかり、おかあちゃんを家政婦扱いしてコキ使ってるんや。でももうあのときの小娘のうちやない。金ならある」

「おお、勇ましいなァ。ナンバーツーは言うことが違う」

「そやから、大阪のテレビなら考えてもええな。うちがテレビに出たら、あの婆も腰抜かすやろ」

「大阪の、ゆうてコケにされたもんやなあ」

やぐらはいつものように見透かすように笑った。

「お前は、東京行くほうがええ思うけどな」

＊＊＊

地下鉄谷町線開業のニュースでにぎわったのが去年、大阪中が地下鉄の新車両と便利さに夢中になるなか、中崎町にはまだ路面電車が走っていた。天神橋筋六丁目と野田を結ぶ阪神北大阪線で、ゆっくり車と併走する庶民の足だった。

その日、ルーは店を休んだ。会社員の客が多い京橋のキャバレーは、日曜は客がそう多くない。だから店もホステスたちに週末は休むよう推奨する。しかも子供がいるシングルマザーはそもそも土日は出ないことが多いので、いままでルーはあまり休みを取らなかった。

そういえば、グランドシャトーに入ってすぐ、ルーが大げんかをして寮の壁に穴を開けたナギサは、いつの間にか客と結婚し店を辞めていたが、子供を連れて出戻った。そのころにはルーは押しも押されもせぬナンバーツーとして店の看板を張り、ナギサとは天と地ほどの差がついており、昔のことをほじくり返していけずをする気はなかった。ナギサもルーに絡んでは来ず、こういう店によくある事情を抱え必死に働いているようだ。

一方同じシングルマザーでも、隣に住んでいたまりんはまだ寮にいて、いまでは寮母のようになっている。あのとき穴から顔を出していた子供は随分大きくなった。男の子は大学に行かせてやりたい、と昼も服飾店で働くまりんを見ると、ルーは弟ふたりは大学に行けただろうか、あの鬼婆が血の繋がらない連れ子に金を出すだろうかと心配だった。もっと働き、早く弟たちを引き取っていればと考えた。けれどルーも必死にやってきた。売れっ子になってからほぼ休んでいない。トップふたりがそろって店を空けるわけにはいかない。歌だダンスだトークだと自由にやらせてくれる店に感謝しているが、真珠と遠出できないのが不満だった。それでも、客が大枚はたいて数十分しか買えない彼女の時間を、ルーはほとんど独り占めしている。地蔵長屋で同居し始めて五年になるが、ふたりの生活は何も変わっていなかった。

夜が遅いから、昼前に一日が始まる。洗濯して大急ぎで市場に行き、パンを買い、ふたりで銭湯に入ってから出勤する長屋の暮らし。あの辺りは空襲で焼けずに街並みが残されているのもあり、特に時間の流れがゆっくりと感じるのだった。

「夜に街を見ても、全部おんなじに見えるけど、昼に出かけたらいろんなことが変わってっとるなあ」

本庄中通の駅から路面電車に乗り、ぼうっと街並みを眺めるのがルーは好きだった。ひとがごった返す梅田は頻繁に店が入れ替わり、行き交う人々のファッションも様変わりする。季節が変われば空気の匂いが変わり、木々だけではなく街そのものも色を変える。

（そういえば、最近土埃を見んようになった。看板も電気のものが増えとる）

辺り一面アスファルトとコンクリートに覆われていくにつれ、都会は黄ばみを失ったかのように見える。代わりに赤や青のどぎつい光が夜に映え、メイン通りはぐっと明るくなった。

電車は中津辺りで阪急の鉄橋の下をくぐり、ゆっくりとした上り坂を上がっていく。工場や倉庫が建ち並ぶ海老江を抜けると、銀行の立派な建物が目を引く野田駅の前に到着する。ここから歩いて阪神線に乗り換える。

本当は歩いて梅田まで出てもよかったが、今日はゆっくり旅を楽しみたい気分だった。家族との待ちに待った再会の日なのだ。

上の弟、明広からの手紙を、電車の中で繰り返し何度も読んだ。駅で待ち合わせて、それから家へ行くのだろう。母たちが今どんな暮らしをしているのか想像しては、ぎゅっと摑まれたように胸が痛んだ。

母の再婚先は飾磨辺りの地主で、家もそこにある。この年、山陽電車と阪神電車が相互乗り入れを開始し、梅田から姫路まで出やすくなった。阪神鳴尾には、亡き父と過ごした社宅があり車窓から見える。それが見たくて、ルーは阪神線を使ったのだ。

野田から一時間かけ三宮へ。須磨、明石、そして高砂。姫路はその先だ。並行して国鉄も走っているが、海岸線ぎりぎりを通るのがこの山陽電車である。母はこの辺りの出で、春にはいつもイカナゴのくぎ煮を炊いた。真珠は大阪では聞かないというから、この辺りの風習なのだろう。母は飾磨の家でもイカナゴを炊いているだろうか。

垂水にさしかかるころには、車窓全面が海になる。どの車両も天井の扇風機だけでは足りず、めいっぱい窓を開けて涼をとる。潮風が頰に当たり心地良い。

六年前、この電車に乗って大阪に出てきた。ルーを乗せた電車はいまとは逆のほうへ向かっていた。あのときルーはまだ十八歳。母が詰めてくれた巾着とお金と母の結婚指輪が所持品の全てだった。なぜこんなことになったのかわからず、項垂《うなだ》れ、震え、ただ指輪だけをぎゅっと握りしめていた。

たしかに同じ景色を見たはずだが、記憶がない。乗っていた電車が終点に着くのが怖くてそれどころではなかったせいだ。終点に着けば、降りなければならない。その先は未知の世界だ。当初は母の古い友人を訪ねるよう言われたが、ようやく探し当てた福島の住所に友人はいなかった。そこからルーの放浪が始まった。

母はいま何を思っているだろう。きっとその友人がルーをうまく匿《かくま》ってくれたと信じていたのだろうか。いまも信じているのだろうか。連絡はしてくれたのだろうか。でも、その便りは宛先不明で戻ってきたはずだ。なのに、ルーを探さなかったのだろうか。どうして。

（アキは、おかあちゃんの具合がようないって手紙に書いてた。おかあちゃんはうちを探したくても探せへんかったんかもしれん……）

母に会ったら、真っ先に指輪をなくしてしまったことを詫びよう。母が望めば同じ指輪をルーが買ってもいいと思っていた。母とふたりで買いにいくのも素敵だろう。それから、黒崎に引っ越してもらい、落ち着いたら家を買おう。最近、千里《せんり》に六百万円ほどで買える家が増えていると聞く。いまのルーなら即金で買える。

もう一度、家族で暮らすのだ。それだけの力をルーは手に入れた。京橋に酒を飲みに来る男たちで、グランドシャトーのナンバーツー、ルーの名前を知らない者はない。大阪の全てのテレビから声がかかり、いまや東京からも引く手あまた、二十四歳女盛りのルーは大阪のどのキャバレーでもトップを張れるだろう。

（どこでだってやれる。何も怖いもんはない。家を飛び出したあの日に比べたら……、浮浪者寸前でさまよった大川の橋の上に比べたら）

着の身着のまま放り出され、身を売る寸前で踏み留まりここまでのし上がった。いまのルーには瀬戸内の海が輝いて見える。なんて美しいのだろう。どんな金持ちの客にもらった宝石よりきらめいていて鮮やかだ。しかし、本当はあの海が美しいのではないことをルーは知っていた。どんな宝石を身につけても得られない、ルー自身を照らし出すものの正体、それは自分だ。ルーがきらめいている。ルーはいま、すべてのものが輝いて見える。

陸のキワを走る山陽電車は、一時間五分かけて電鉄飾磨までやってきた。プラットフォームには、まだ夏の日差しがギラギラと照りつける。

大馬の家は、戦前からの地主で農業もやっていたが、一九四七年の農地改革でだいぶ国に土地を持って行かれたそうである。しかし当時の当主がうまいこと役所と交渉し最低限の割譲で済み、所有地には小学校や中学校やらが建った。この辺りの産業である鉄鋼関係の会社の寮や船員用のホテルなどにも土地を貸したと聞いた。いまも手放していないのなら、母や弟たちは十分いい暮らしができているはずだ。

時間通りに駅に着いた。午後二時半。プラットフォームに降り立ったルーを、乗客が物珍しげにチラチラ見てくる。広いつばの白のレースの帽子は店のホステスの間で流行っている今のトレンドだが、ここでは目立つだろう。

改札の外で、若い男性がルーを待っていた。アキだ、と一目でわかった。カーキ色のシャツに似たような色の細身のパンツを穿《は》いている。ビートルズ来日以来、若者の間ではモッズルックが流行り、彼もそれを意識しているのだとわかった。ルーが二十四歳なら、アキはもう二十一歳なのだ。

「姉ちゃん？」

帽子のつばに手をかけながらゆっくり顔をあげる。

「そうよ」

「うわあ、どこのモデルさんやおもたわ」

「アキも大きくなったねえ。前はうちのほうが背が高かったのに」

「六年経つねんから、そりゃ伸びるて」

しみじみ物珍しそうにルーを見る。

「下りてくるひとがよ、姉ちゃんのほうを見てるから何やと思ったわ。すごい格好のひとが来るのが見えたけど、まさか姉ちゃんとは思わんかった」

「そんな変やないでしょ。ただの紺色のワンピースやん」

ルーが着ているのは、紺色より少し明るいブルーの膝下丈ワンピースだ。細い腰ベルトだけが赤で、あとは白のサンダルと白のハンドバッグ。何を着るか、一ヶ月前から悩んで決めた。

（先月号の雑誌の表紙と頭のてっぺんからつま先までおんなじ。見るひとが見たらわかるはずや）

久しぶりに会う母に、一目でいい暮らしをしているとわかってほしかったし、何よりあの鬼婆に自分を見せつけたかった。良い意味で目を引いたなら上々だ。

（あとは、おかあちゃんに会うだけや）

しばらくアキと商店街を歩いた。道行くひとが、物珍しげにルーを振り返るのを見て、当然だと思った。こんなすてきな服、こんなカーブのヒールのサンダル、姫路には売ってへんやろ。こんなふうに髪をカットできる美容師だってここにはおらんはずや。ここは毎日マニキュアをひとに塗ってもらう女が住む街やない。この街で、女はたとえ水商売でもひと月六十万は稼げない。

この街を出たときは、こんな高いヒールの靴で歩けなかった。それがどうだ。いまはどれだけ高くてもダンスを踊ってよろけることはない。ヒールの高さは女の見栄とプライドだと誰かが言ったが、見栄上等。化粧上等である。ルーはいま、これを好きでやっている。そしてそんな自分のまだ上にいる、大キャバレー・グランドシャトーのナンバーワンはもっとすごい女だ。

何をすればいいのかわからず、空っぽだった自分をあっという間に満たしてくれた女。真珠がいるから、ルーはまっすぐに彼女を目指してがむしゃらになれた。夜の世界に飛び込み、少々金回りが良くなっても、長屋暮らしにしがみつき地に足を着けていられる。そうでなければ、いまごろナギサのように客からの甘い言葉に酔ってプロポーズを受け、都合の良い愛人同然の立場に収まっていたかもしれない。そして子供とともに捨てられて、桜ノ宮の寮に戻ってきたかもしれない。いや、もっとひどい顚末《てんまつ》になっていた可能性もある。

(そうや、あのとき。大川の橋の上でねえさんに会ってなかったら、うちはもうとっくに死んでた)

本当は、飛び込んでやろうと思って川を探していた。身なりが汚くなっていく自分を見ていると、先に心が死んでいく。だからこそ化粧をし、阪急百貨店で買った雑誌の表紙と同じワンピースを着ることが、ルーにとって生きているということなのだった。

その上で演じる、〝玉の輿《こし》にのったフリ〟。悲しいかな、いまのところ女が故郷に錦を飾るにはこれしかない。芸能界で女優にでもならない限りは。

　　　　　　　　・

商店街を抜けたところ、まるで待っていたかのようにアキがぼそりと言った。

「あんなあ、手紙に書いた通り、いまお母ちゃんの具合がようないねん」

「そう、それや。どういうことなん？　おかあちゃん、大層な病気なん？」

「いや、そういうわけやのうてさ」

すぐ近くが大馬の家、というところでアキが立ち止まった。ルーは不審に思いながら歩くのをやめる。

「どしたんよ」

「玄関やのうて、裏庭のほうに回ってほしいねん」

「はあ、ええけどなんで？」

「庭に、いまお母ちゃんがいてる」

アキの声は、なぜか緊張したように上ずった。

「なんやの。玄関に大馬の婆……やのうて、おばあさんがいはるの？」

「そうやのうて……姉ちゃんのいない間に、家も変わったんや」

視線が泳ぐ。こういう態度をとるときは、せかしても説明が雑になるだけだ。ルーはゆったり深呼吸した。

「そうやろうね。それはわかってる。六年やもん」

「うん……姉ちゃん、この前電話で俺らと一緒に住むために部屋借りるていうてたやろ。大阪の、梅田に」

「ああ、そうそう。その話な。アテはちゃあんとあって大家さんとも話してるけど、アキらが長屋がいやなんやったら、家買おう思ってるねんよ」

「家ぇ？」

アキが顔を上げた。姉がとんでもないことを言い出したと思ったのだろう。

「本気なん？」

「ほうや。千里やったら買える。団地いっぱい建っとるし。風呂付きで、部屋が四つあるねんて。借金せんでも自分の家が持てるで！」

「そんな金どこにあるん」

「姉ちゃんが買うたる。そのために大阪で働いてきてんから」

アキの黒目がぐらりと揺らぐのが分かった。

ひとは心が惑うと、体を動かさないではいられるが、眼球を止めることはできない。表情より目を見て話せ、全てがわかるからとルーは大路に教え込まれていた。だからベテランホステスほど目を見て話す。

アキは何に迷っているのだろう。それほど今から言おうとすることがルーにとって良くないことなのか。

「俺らは、大阪には行けん」

彼は呻《うめ》くように言った。

「ええ、なんで？」

「俺は会社がこっちやし、洋平の高校も。あいつ大学受験があるし。千里は遠いわ」

「そうかあ、まあそうやんな。でも大阪のほうが洋ちゃんが受けられる大学、いっぱいあるんとちがう？」

そう言われることはある程度予想できたから、ルーはさして驚かなかった。

「それは、そうかもしれんけど……」

「せやろ。それにアキの会社、寮あるやろ。あんたもそのうち結婚するんやろうし、いつまでも一緒に住むわけやないし」

「寮はあるけど、でも……」

「そやそや、アキ、あんたどこの会社で働いとるん？」

「川崎製鋼やけど」

「へえ、大手やん。そんなら何も問題ないんちゃう？　なあ、千里は例えばの話や。今うちは中崎町に住んどる。梅田から歩いて十分ほどの便利なところや。そこの部屋がひとつ空いてん。そりゃあ風呂はないけど、近くになんでもある。みんなうちらみたいなよそ者が来たって嫌な顔ひとつせえへん。いいひとばっかりや」

「……………」

「お父ちゃんが死んでから、うちらずっと自分の家がなかったやろ。でも、今度から誰に気兼ねせんでもいい家ができるねんで。おかあちゃんも召使いみたいに働かんでよくなる。何でも市場で買おて、食べたらええんや。知っとう？　いまどきの洗濯機は洗濯物を手で絞らんでもええねんで！」

「……………」

「冷凍庫つきの大きな冷蔵庫に、カラーテレビや。何でも姉ちゃん、買うたるから。なあ。千里ゆうたんもガレージ付やからや。車だって今なら買える。お父ちゃんがおったときみたいにみんなで遊園地に行け……」

「行かれへん」

ルーよりずっと高いところにあるアキの口から、ため息のような声が漏れた。お客さんが吸っているのと同じハイライトの匂いがした。ああ、この子はもうたばこを吸うような歳になったんやと内心はっとした。

「行かれへんわ、姉ちゃん」

「なんで」

「俺らはもう俺らでやっとる」

ただ静かに言われただけなのに、その言葉はルーにとって心にはさみを入れられたようだった。にわかには信じられなくて、ルーは息を止めた。

「なんですぐ帰ってこんかったんや」

「な、なんでて……、おかあちゃんが友達が匿ってくれるから、連絡がいくまでそこにおらしてもらえて。やけど、福島の住所にはおかあちゃんの友達なんて住んでなかったんや！　せやからうちは……」

「女ひとりで大阪に出てやってけるはずがない。みんなすぐ帰ってくるやろうって思っとったんや。お母ちゃんはおばあさまに、親戚のところに預けたて説明してた。やけど、すぐ心配になって電話して、電話番号が使われてないことに気づいて慌てたよ。ひと月帰ってこんかったときはみんなで警察にも届けた。俺らも福島まで行ったんやで。たしかにお母ちゃんの友達はおらへんかったけど」

ハア、と明らかに落胆したように肩を落とされてルーはがくぜんとした。

なぜ、弟から糾弾《きゅうだん》されなければならないのだろう。訳がわからず、混乱したまま口を開く。

「帰るなって、おかあちゃんが……」

「けど、帰ってくるしかないやんか、そんな浮浪者やあるまいし、家もないのにやってけるはずないやん。なのに全然帰らんから、お母ちゃんは泣くし、結局大馬のおばあさまが、周りには大阪に働きに出たことにしてくれて」

その身勝手な物言いに、思わずカッとなった。

「してくれたって、なんやの。そもそもうちが家出なあかんかったんは、あの婆が、うちを無理やり寝たきりの息子の嫁にしようとしたからやんか！　それをおかあちゃんが逃してくれたんや。全部あの婆のせいや！　なんでうちが……」

「しっ」

思わず声が大きくなるのを、アキが慌ててたしなめる。

「わかっとう。わかっとうけど……もう遅いんや」

「何が遅いんや。なんも遅ない！　うちらはこれからや。がむしゃらに働いてようやく手に入れたんや。幸せになるんもこれから——」

「やから」

アキは目の中をぐらぐらさせながら、

「……大声出さんといてや。見たらわかる」

懇願するように言う。ルーはますます頭に血が上ったが、そのまま黙って弟のあとをついていった。ここでつまらない言い合いをするより母に会いたかった。何が見たらわかるや、そんなにもおかあちゃんが憔悴《しょうすい》してるなら、どんな手段をとってもうちが引き取るだけの話や——。わざとかかとをカツカツとたたきつけるように歩いた。

「いま、縁側におるからそっと見てや。おばあさまに見つかったらまずい」

「見つかったってええやないの。どうせ会うんや」

「ほら」

青々とした水田の向こうに、大馬の家の庭が見える。南に向いた窓には広い縁側があって、遠目でも誰かが座っているのがうかがえた。

（あんな庭、あったっけ）

ルーの覚えている限り、大馬の家はいかにもという感じの日本庭園で、巨大な盆栽のような松と古い井戸、鯉の泳ぐ人工の池のまわりを水仙や椿《つばき》がぐるりと囲むつくりだった。なのにそれはもうない。少なくともあのときの松の一本も見えない。あまりの様変わりように、同じ家とは思えなかったくらいだ。

「庭は、おばあさまがやり直したんや。池があって子供には危ないからって」

「こども……？」

目にしてしまうと、少しでもはっきり見たいと心がはやる。そのまま早足で近づいていったルーは、ある距離を境にぴたりと止まった。

（おかあちゃんや。たしかに）

縁側に座っているのは確かに母だ。うつむいた顔をよく覚えている。あのころ、理不尽な思いと金に苦労して、いつも疲れたように首を垂れていたから。

けれど、いまはそうではない。母の手は何かをなでていた。ぴったりと隙間なく母の足に身をくっつけて、ネコが横たわっている……ネコ？　いいや、ネコではない。イヌでもない。子供だ。子供が眠っているのだ。母はその肩の辺りを、とん、とんとたたきながらゆっくりと揺れている。

さらによく見ると、母は何かを背負っていた。それも子供だ。顔は見えないが、一歳くらいの子がおんぶひもで負われている。揺れているのはその子をあやしているのだとわかった。

「あの背負われてる子を産んでから、ちょっと具合が良くないんや。それでのうてもずっとやから」

「ずっと?」

「いま、一番上の子はお手伝いさんと公園に行っとる。五歳やねん」

ルーは両手をぎゅっと握りしめたまま立ち尽くした。

母に子供がいる。洋平ではない。いま五歳、そして膝で眠っている子が三歳くらい、負われている子はまだ乳飲み子だ。

〝ずっと〟の意味がわかった。母はずっと、出産していたのだ。ルーがいなくなったのは六年前、五歳の子がいるということは、あのあとすぐに妊娠したということになる。それから三歳、一歳、ほぼ立て続けに産んでいる。

(嘘やろ)

「姉ちゃんがいなくなって半年くらいたって、お母ちゃんが妊娠したことがわかって、それで大馬のおばあさまがもう探すなっていうたんや。大馬の子に何かあったらどうするて」

「大馬の子……て……。あの、婆の息子は」

「お父さんはあのままや。首から下の左半身は相変わらずろくに動かん」

アキはポケットからたばこを取り出して火をつけた。

男がたばこを吸うときは、表情をうまく作れないときだ。感情をごまかしたくて男はたばこをくわえる。吸いたての濃い紫煙がうやむやにしてくれるのを期待して。

「上の子は女や。そやけどおばあさまはそりゃあもう喜んで、次は男や男やて急《せ》かした。真ん中の弟が生まれたときは大騒ぎやった。一番下を妊娠したとき、住み込みのお手伝いさんを雇った。一番下も男やったから、おじいさまは洋平を大学に行かしたるていうたんや」

「大学」

「洋平はできがええから。俺もそこそこ県立ではええとこ行ったけど、俺のときはそんな話なかった。でも、いまの会社にはおじいさまが口利きしてくれたんや。姉ちゃんも知っとるやろ。でかい会社にきちんと入ろう思うたら片親では無理や。身辺全部調べられる」

ルーは流れてくるたばこの匂いすらよくわからなくなるくらい、母親に集中していた。履き慣れたサンダルがグラグラする。

「洋平は早稲田に行くていうてる」

「早稲田……東京のか……」

「行くとなったらえらい金がかかる。ありがたい話や。中卒でほうり出されても仕方なかったのに、俺は高校出て今はそこそこの稼ぎもある。去年は車も買うてもろた。俺、春に結婚するから」

今度はルーが目の中を忙しなくするほうだった。どこを見てよいのかわからないまま、母を……知らない子をあやす母を見る。

「洋平も俺も、大馬のおばあさまたちには感謝しとる……わかってくれ」

「わかってくれて、何がわかってくれなん？　自分たちは車買うてもろて大学行かしてもらうから、十分幸せやからっていうん？　そんなん、全部おかあちゃんが、おかあちゃんがあのでくの坊の子供産んでくれたからやろ？　あんたら全部おかあちゃんにしんどいこと押しつけて」

「じゃあ、姉ちゃんは今のお母ちゃんが不幸そうに見えんのか？」

「………」

「お父ちゃんが死んで、親戚に借金ばかりして、肩身狭うしてこき使われてたあのころのお母ちゃんが幸せやったて、そう言うんか？」

返す言葉もなく、ルーは黙り込んだ。縁側で子をあやす母は、とても穏やかな顔をしていた。ぐずっていた子供がやっと眠ってくれてほっとして、それでも寝顔をかわいいと思って見てしまう、ごく普通の母親の顔だった。何十年も前に、ルーが父の会社の社宅で見たのと同じ顔。

子供が眠ってもああしてゆっくりしていられるのは、家のことをしなくていいと言われているからだろう。きっと住み込みのお手伝いさんが何もかもやるのだ。

あの家で、母はただ子供の世話をしていればいい。大馬家の子供を三人も産んだ母は、もう家政婦ではない。若奥様なのだということがルーにもよくわかった。

あの母に、どんな顔をして、家を買うから一緒に来てくれと言えるだろう。

母はもうとっくに幸せなのだ。自力で居場所と宝をつかみ取った。ルーのいないところで、皆幸せを与えられていた。ルーがいなくてもうまくやっていたのだ。

涙を流して再会を喜んでもらえると思っていた。なんてすてきなお嬢さんになったんでしょうと褒めそやされ、自分の幸せを見せつけて、ルーのいない六年間をこんな場所で過ごしたことを全員に後悔させたかった。望みはただそれだけ。立てない日も空気を入れて膨らませる人形のように霞《かすみ》を詰めて、詰めこんで、しゃんとして毎日笑った。京橋グランドシャトー、不動のナンバーツーことルーとはうちのことや！

なくしたものを取り戻せると思っていた。だが、それはもう叶わない。指輪だって戻ってこない……。

「一緒に住めへんのは、ようわかった」

ようやくそれだけ口にできた。それでもまだ、頭の中がグラグラする。

「うん。そうやろ。ごめんな」

「じゃあ……おかあちゃんに挨拶だけして帰るわ。うちが元気でいることだけでもいって……」

「お母ちゃんには、今日姉ちゃんが来ること言うてない」

弟の言葉がにわかには信じられなくて、ルーは抗議を込めて振り返った。

「なんで」

「言うたやろ。お母ちゃん、いまクタクタなんや。姉ちゃんのことで心配かけとうなかったし、洋平は受験や。早稲田がかかっとう」

「だから、なんよ！」

「うちの家を荒らさんとってほしいねん。せめてあと半年、洋平の受験が終わって、俺の結婚式が終わってほとぼりがさめるまで」

（うちの家）

こめかみがキリキリと痛い。あまりにも長く目を見開いているせいだ。

（アキは、結婚式にうちを呼ぶ気はないんや）

その一言で、ルーは自分のいまの立ち位置をはっきりと自覚した。自分はもうとっくの昔に死んだ存在なのだ。いてもらっては、生きて戻ってきてもらっては不都合な人間なのだ。

「結婚相手は、同じ会社のひとなん？」

「そう。ひとつ年下」

「そうか。ほんで、その仲人《なこうど》を大馬のじいさんが、あんたを売り込んだ偉いさんがやりはるんやな」

「…………」

「うちのことは死んだとかなんとか先方さんに説明したから、おってもらったら困るんや」

「死んだとは言うてない。遠くに嫁に行ったたって」

「同じことやろ⁉」

「同じやない。同じやないから困っとうんやんか！」

アキはまだ半分も吸っていないハイライトを忌々しそうに地面に投げつけ、靴底で踏みにじった。男がそうするとき、本当はたばこの吸い殻ではなく誰かをそうしたい衝動に耐えているのだ、とルーは知っている。ホステスなら誰でも知っている。

ルーは自分の心の火を、靴底で踏み消されたような気がした。

「困ってる……？」

「そうや。いまさらどんな顔で、姉やと紹介するねん。無理やろ。姉ちゃんずっとキャバレーにおるんやろ」

かろうじて息を吸って吐いた。

「……そうや」

「それも、ただのホステスやのうてえらい有名人やん。ナンバーツーとか。どうせ夜の仕事してるんやろ思てたし、こっちもあえて聞かへんかったんや。中崎町に住んでるなら新地ででも働いてるんか思ったのに、そうやなくてキャバレーなんやな。大阪の支社が扇町にあって、上司がよう行くんや。グランドシャトーには」

上司が今日はナンバーワンがテーブルについたと自慢するので、会社の若い衆と一緒にねだり連れていってもらったとアキは言った。

「まさか姉ちゃんがおるとは思わんかった。遠目で見て腰ぬかすか思たわ。あんなハデな服着て……。せやけど身内にはわかってまうもんやな。ナンバーツーやて」

「そうや！」

職場に来られているとは思いも寄らなかったが、上司が会社の部下を連れて社会勉強をさせに来るのはいまに始まったことではない。扇町の会社なら常連の可能性もある。何も不思議なことではなかった。

「京橋グランドシャトーのナンバーツー、ルーは姉ちゃんや。それがなんや。毎月あんたの給料の十倍以上は稼いでんねんで！」

「全部男の金やろ」

「はあ？」

「姉ちゃんに貢いでる男の金やん。なのにそんな格好して。披露宴にそんな格好で来られたら困るんや」

「そんな格好？　何が悪いん？　雑誌のモデルと同じ服やで」

「普通のひとはそんな格好せえへんのや！」

「できへんだけやろ！」

「そうや、できへん。恥ずかしゅうてな！」

わかるやろ、とアキは吐き捨てるように言う。

「姉ちゃんがどんなに好きでキャバレーで働いてたとしても、皆はそう思わん。大馬のおばあさまが継子《ままこ》いじめしとると思われる。申し訳ないやろ、そんなん。しゃあないやろ」

「なんやの……。じゃあ、あんたはうちがおかあちゃんの代わりにあいつの嫁になったほうがよかったいうの？　本気でそういうてんの？」

「そんなことにはならへん。お母ちゃんがすぐ……その……」

弟の言いたいことはわかる。すぐにあの男の子供を産むから、とそう言いたいのだ。

「姉ちゃんやて一緒に見てたやろ。お母ちゃんが、乗っかってるとこ」

「…………」

血の気が引いて、ルーはその場にへたりこんだ。どんな激しいダンスを踊っても、たかだか八センチのピンヒールでぐらつくことなどなかったのに、もう立っていられなかった。ルーは支えようとするアキの手を振り払った。そして、何度も息を吸い込んだ。もう一度立ち上がるための酸素を体内に十分に取り込まなければならない。立って、今度こそふらつかずにこの場を立ち去るために。

「わかった」

膝に手を当て、パンストについた土を払った。そのまま立ち上がる。もう膝は震えない。かかとも揺れることはない。ルーは立っていた。

「あんたが言いたいことは、全部わかった」

「姉ちゃん、悪う思わんとってや」

「悪う？　どうも思わん。うちは自分を誇りに思うとる。うちは体を売っとるわけやない。うちが店に客を集めるだけで、何百人て女の子がお給料もろて食べていける。働かん男の代わりに働いて子供を育てて、生きていける。学費を稼ぎたいボーイが大学に行ける。近所の酒屋の、仕出屋の、クリーニング屋の仕事がある。あんたがうちの稼いだ金を汚れた、盗んだ金呼ばわりするんは、こういう店で働くあんたいわく、〝普通〟の人らも侮辱することや。スタッフさんだけやない、毎日小遣いやりくりして来てくれてるお客さん、果てはあんたの上司もバカにしたんや、あんたは」

すうっと、アキの顔から表情が抜け落ちた。

「社会に出たてのハナタレが偉そうに。車も自分で買えん、義理の家に買うてもらった小僧が偉そうに。ええか、恥ずかしい思ってできる仕事なんぞどこにもない。うちは自分が恥ずかしいと思ったことなんか一度もない」

最後に一瞬、遠目で母の姿を目に焼き付けた。ああおかあちゃん、さいなら。

「はよ帰り、あんたの家とやらに。うちはうちの家に帰る。お嫁さんと仲良うな」

ずれた帽子を決めた角度に直して、ルーは来た道をまっすぐに駅へ戻った。

五年前のあの日、なくした指輪は何かの暗示だったのか。

（あのとき、きっとおかあちゃんはうちを諦めたんや）

代わりに、福を与えられる子供が母のもとにやってきたのだ。その子はルーよりもずっと早く、たやすく皆を幸せにできた。

二度うつむいてこの場を去るのは癪《しゃく》だった。顔を上げて、ルーは歩き出した。

＊＊＊

なんという偶然なのか、それとも運命のいたずらなのか、ルーはまたもや梅田までの電車を項垂れ、うつむいて乗り継ぐことになった。

泣くまいと思っていたのに、やはり涙が出た。ハンカチで必死に目頭を押さえながら洟《はな》をすすり上げる女を、ほかの客は奇妙なものを見るような目で眺めていたが、ルーはまったく構わなかった。涙でも鼻汁でも出るのなら今のうちに絞り出しておきたかった。真珠にみっともないところを見せたくない。会う前に気持ちを切り替えなければ、ねえさんに余計な心配をかけてしまうやないか……。

そう、うちにはねえさんがいる。うちには地蔵長屋の家がある。仕事だってお客さんだっている。実家がのうなったくらいなんや。家に帰れない、帰りたくない、そんなホステスは大阪中にぎょーさんおる。

（ああ、でもだめや。店にはアキの上司も来る。うちがアキの姉やってバレたら、アキの結婚がご破算になってしまうかもしれんのや）

そう思うと目の前が真っ暗になった。このまま店に出向いて、大路に会って川崎製鋼の常連客を教えてもらうことはできる。事情を話して川崎のテーブルからは外してもらうことだって……。そこまで考えてまたもや頭を抱える。ああだめや。うちはおとなしゅうしてない。いっつもステージで歌って踊ってまうやんか！

梅田から中崎町へどうやって戻ったのか記憶にない。気が付くと、ルーは白いハンドバッグをぶらんとぶら下げたまま、玄関の前に突っ立っていた。目の下のファンデーションはもうない。きっと黒ずんでひどい形相だろう。そう思うと真珠に合わせる顔がなく、どんな顔をして引き戸をあけていいのか途方にくれていた。

どこからか線香の匂いが流れてきた。タタッと音がして、見ると猫が小路を横切っていく。奥のお地蔵さんだ。真珠が、いまお地蔵さんのところにいるのだ。

満開になったあじさいが夏の風にゆらゆらゆれて、短い参道を青く彩っている。日が暮れる前の、一瞬青くなる夕映えにあじさいが溶ける。一歩その中へ踏み出せば、もうここがこの世なのかあの世なのかわからない。

祠のほうから足音がした。こつこつと石畳を踏む音が響く。藍染をうんと薄めたようなあじさい色のワンピースに白いカーディガン。あのワンピースは、初めて会ったときよりだいぶ色が抜けたように思う。

頭にスカーフのほっかむりをした真珠は、いつもと同じように手にバケツとたわしを持っていた。

「ああ、おかえり」

白い顔がふんわり笑う。彼女に顔を見せたくなくて、ルーは走って飛びついた。

「ねえさん、一緒に東京へ行こうよ」

そんなことを言うつもりは毛頭なかったのに、気が付くと言葉が口から滑り出ていた。がしゃん、と音がして真珠が手にしていたバケツが路地に転がったのがわかった。

「東京へ行こう。ねえさんとうちなら天下が取れる！」

一度体を離れた言葉はもう自分のものではないようで、自分の声として耳に入ると、まるでバケツに水をためるようにどんどんと自分の中でかさを増した。

東京へ行こう。一緒に。一緒に。そうだ、それがいい。

「そうや。ねえさんとうちやったら怖いもんはない。銀座でもナンバーワンになれる。政治家のオッサンも社長も芸能人もテレビも、大阪とは規模が違う。もっと稼げるしもっとやれる！　うちらは日本のナンバーワンになれるんや、なあ！」

それは誘いというよりはただの懇願だった。すすり泣きながらぎゅうぎゅうしがみつき、声の嗄《か》れに気付かれたくなくて大声を出すルーに、真珠は黙ってされるがままになっていた。

「ねえさん、ねえさん。もううち、大阪におられへん。家もなくなってしもうた。おかあちゃんも弟も、みんなうちが死んでたほうがいいていうねん。帰るところがのうなってもた。ただのルーになってもうたんや」

はっきりと口に出すと、事実を脳が明確に認識したのか涙があふれ出た。そうだ。六年前だって、うちにはまだ家があった。六年前には帰るところがあった。けど、いまはもうない。あのひとらはうちのことを、男にたかる汚い種類の人間やと思っているから……。

「もう、どこにもない。うちは死んでしもうた。うちはもうルーでしかない。だったらルーのままで光に当たってやるんや。ルーを本物にするんや。そのためには東京に行かんといかん！」

「…………」

真珠からの返答は何もない。不安になり、ルーは矢継ぎ早に言葉を繰り出す。

「ねえさんがいやならホステス辞めてええから。うちが稼ぐから。テレビに出て、あいつらをぎゃふんといわせてやるから。ねえさんは好きに生きたらええ。好きなかっこして好きな家で暮らして、うんと幸せになってくれたらええ。うちが全部なんとかする。やぐらさんにいうて今の話受けてもらう。店にも迷惑かけんようにする。やから……やから、ずっとそばにおって。うちのそばにおってえな！」

参道の石畳の上で真珠にすがりついていると、彼女のたいた線香の匂いに包まれてどこかへ行ってしまいそうになった。

「ルーちゃん」

真珠が深く息を吸って、吐きながらルーの名前を呼ぶ。〝深く、息を吸った〟。ただそれだけでルーは何を言われるか察してしまった。

「いやや、聞きとうない！」

「ルーちゃん」

「聞きとうない！　うんってゆうて！」

「帰るところがないなんてことはないんよ。うちはここから動かへんから」

ぽんぽん、と背中をはたいてそれから撫ぜられる。縁側に座っていた母が、子供にそうしたように。

そう思うと、優しい仕草にもぞわりと肌が粟立った。

「いつでも、帰ってきたらええん」

六年前、聞けなかった言葉を、いま聞いた。

ギリギリまで落とされた照明に、ソファーのベルベットが映える。深海にわずかに差し込む光を模したクリスタルのきらめきは、吹き抜けの天井からまばらにテーブルの上に降り注ぎ、着飾ったホステスたちの身につけるジュエリーの真贋《しんがん》をあいまいにしている。

そこにいるのが本物でもにせものでもいい。ひとには居場所が必要だ。たとえそれが金で買えるわずかな時間だけであっても。

その日、ルーは開店一番の客を断った。いつものように、二階端席でサントリーのウイスキーを片手にぼんやりしているやぐらめがけて、ルーはまっすぐ店を横切った。階段を上がり、早足で席に近づく。今日のヒールは九センチだがまったくよろけることはない。

「おう」

一目見てやぐらは、ルーがいつものルーでないことに気づいたはずだった。が、そんなそぶりはおくびにも出さないのが一流なのかもしれない。

席に座りもせず、テーブルの前に突っ立ったまま言った。

「にせもんの光でも、光なん?」

何を言うかと思ったら、という顔でやぐらは、

「そうや。もうこの世界にはな、にせもんの光しかない。昔から、お天道さまは手に入れられん。そやけど、あの光は手に入れられる。つくりものやからな。それを本物いうねん」

うん、と頷《うなず》いた。納得とともに、すとんと憑《つ》き物が落ちた。ルーは言った。

「やぐらさん、うち青山てところに住んでみたいわ」

不思議なことに何を言われるのかさえ、やぐらにはわかっていたようだった。ニヤッと笑って、胸ポケットからラッキーストライクを取り出す。それをまるで金の粒でもつまむかのように指の間にはさんだ。

「ほなちょうどええ、事務所も青山や」

第二幕　ひかりの城

いつのまにやら昭和が終わったらしい。

生まれたときから昭和で、物心ついても親元を離れて働きに出ても、日本中が初のオリンピックに浮かれていても時代はずっと昭和だった。そりゃまあ、世の中の仕組みからいって天皇さんがお亡くなりになれば元号は変わるのだろうが、ルーには昭和が永遠に続くような気がしていたから、テレビや新聞が盛んに、今日から平成ですよと繰り返してもピンとはこない。

「ああー、ケッちゃん、マニキュアはげた。もうあかんわ、新しいの買うてきて！」

そんなことより、昨日の晩に六本木の美容室で塗ってもらったマニキュアがもうヨレて無様な皺がいくつもできてしまっていることのほうがルーには気に掛かった。

「なに言ってるんですか、ルーさん。もうすぐ本番ですよ」

「でも、だってマニキュアが」

「爪なんて誰も見てないんだし、ほら、もう一回化粧直すんでしょ。今日はちゃんと紹介する商品の説明、聞いてくださいよ」

新川《しんかわ》にある東京テレビの収録スタジオは古くていつもかびくさい匂いに満ちている。もう少ししたら海側に新しい社屋が建つのだという。どこもかしこも景気のいいことだ。ルーはマネージャーの家沼《いえぬま》になだめすかされながら、天井の低い廊下をのろのろ歩いた。

「誰も爪見てないゆうて、そんなんうちの顔だって見てへんわ。そういうことやのうて、皺寄ってるんが気に入らんゆうてんの。あ、おはようさんです。今日もお世話になりますおばちゃんのルーです」

通販番組『まるっとお買い上げ・ええもんバザール！』の収録スタジオで、先に準備を進めていたスタッフらがルーの顔を見て頭を下げた。半分はまだ日が浅いが、プロデューサーや進行係はなじみばかりだ。

「さっきから何わめいてんの、ルーさん」

「わめいてへんねん。断末魔や。もうあした死ぬから」

照明を直していた若い子たちが数名、どっと笑う。

「今日も、ルーさんが何を売るか、楽しみにしてますよ！」

『ええもん』はもう二十年近くも続いている長寿番組である。正午から始まり約一時間、ルーをメインの司会に、局アナと、時々メーカーの営業が観客席から引っ張り出され、掛け合いで商品の紹介が進む。いわゆるテレフォンショッピングの先駆けである。開始当初の昭和四十五年は当然生放送、いまも連日、抽選で選ばれた二百名の観客がルーのトーク聞きたさに集結する。

この番組がここまでの長寿番組に成長し、またウケ続けたのには理由がある。ルーが所属しているマルコ・プロダクションの社長藤田《ふじた》は、この二十年酒が入るたびに同じ話を繰り返した。「その日、そのときの気分でルーさんが商品を選ぶっちゅうあのスリルがいいんだ」

——なにせあのひとには業界のルールが効かん。天下のマルプロの社長が頭さげて頼んでも、メーカーの偉いひとがうちの商品出すなら絶対に取り上げろと圧力かけても聞かん。視聴者もスタッフもルーさんのその性格がわかってるから、大手の掃除機になんか目もくれず、たった千円の昆布の化粧水を選ぶのを待ってる。あれが良かった。お客さんとメーカーとテレビ局をぜんぶ敵に回しての、一対二百の真剣勝負がよかったんだよ……。

テレビの通販番組だけではなく、トークショーやラジオには放送作家の作った筋や仕込みがある。当然、ある程度の寄り道やブレは既定路線で、いまでは着地点がないブレブレな内容そのものが仕込み、という番組も少なくない。しかし、ルーが東京に出てきた昭和四十四年はまだ、仕込みよりは仕掛けやドッキリを楽しむようなテレビ番組がほとんどだった。

生番組ならやって来た。仕掛けやドッキリを、体を張って毎日。大阪で、ひとを楽しませる仕事を七年も。

京橋一、大阪でも三本の指に入る大型キャバレーの老舗が、ルーのルーツである。その大きな箱でルーはナンバーツーを五年務めた。押しも押されもせぬ伝説のナンバーワンだった真珠を例外とすれば、ルーほど稼ぐキャバレーホステスはあのころ大阪にはいなかっただろう。

万博を前に活気づく大阪に背を向けるようにして、ルーはそのグランドシャトーを辞めた。休みなく働いて貯めた金で、十代で生き別れた家族のために家を買うつもりだったが、逆に家族から絶縁されその必要もなくなった。ルーが死に物狂いで大阪の夜の海でもがいているうちに、弟たちは成功し、日の当たる場所で幸せを摑んでいた。そして、再婚した母には新たに三人の子供がいた。母の婚家は裕福で、地元の名士であり、キャバレーのホステスをしている身内がいてはならなかったのだ。

ルーはふたたび捨てられた。大金だけが手元に残った。

金があることは誰にも言わなかった。もちろん、グランドシャトーの支配人だった大路などは、給料を出していた身だから、ルーがどれくらい貯め込んでいたか想像は付いていただろう。ある夜、客が途切れた合間に、事務所の部屋に大路を訪ねた。「辞める」、短くそれだけ言うと、大路は蟬《せみ》の声でも聞いたような顔をしてうんと短く頷いた。「で、いつまで出られるの？」。これからどうするのとは、一度も訊かなかった。

すねに傷のある女などキャバレーには掃いて捨てるほどいる。金がいる女も、金を貯めるのが好きな女も。男が好きでやっている女も、男のことが吐くほど嫌いな女も。

いろんな人間がいたが、あの世界は、女が特に身ぎれいでいなくてもいいことが、ルーにはたいそう居心地がよかった。

三十九年に開通した東海道新幹線ひかりの一等車で東京に向かった。

やぐらソージの紹介で、ルーは青山にあるマルコ・プロダクションに所属することになった。ロイヤルシャトー南青山という、当時建ち始めたばかりの分譲マンションの一室を与えられ、東京では無名であるにもかかわらず、すぐに専属マネージャーがついた。

当時はいわゆるグループサウンズの最盛期にあたり、バンドが解散したり移籍したり独立したりと、芸能界全体が忙しなく、そしてテレビのおかげでとにかく活気があった。大阪から一旗揚げようとやってくるルーのような若者はあとをたたず、そのほとんどが二年ももたずに郷里に帰っていった。そんな背中を、ルーは数え切れないほど見送った。ルーのVIP待遇はもちろんやぐらの口利きによるところもあっただろうが、それ以上に、期待されていたポジションがアイドルや歌手でないことが大きかった。かわいくて歌える今風のアイドル候補は星の数ほどいたし、バンドもたくさんいた。ザ・ドリフターズのようにバンドとして歌をやりながら、コントで名をあげたグループも珍しくなかった。

そんななか、事務所がルーに用意していたのは、あるラジオの仕事だった。ちょうどそのころ、決まり切った業界ルールをぶち壊す番組が必要ではないかとの声があがっていたからである。しゃべれて場を回せてそれでいて視聴者に嫌われない、自由で闊達《かったつ》な歯に衣着せない物言いの女は当時あまりいなかった。

こうして、ルーの東京デビューは、大阪弁丸出しで好き放題NGなしでしゃべりまくるラジオ番組から始まった。

『好きな歌手のコンサートに行ったら退学になる？　でもどうしても行きたい？　ハァ、そんなんバレんかったらええねん。なんでって、そんなんおとうちゃんとおかあちゃん見てたらわかる。おとうちゃん浮気してるけど、バレてないから家の中平和やろ？　平和ってそういうもんや』

大阪弁を隠そうともせずに好き勝手に話すルーの番組は、聞いているだけでスカッとすると、金曜の夜、テレビを父親に独占されている若者がこぞってダイヤルを合わせた。若い世代を中心に火が付き、公開収録には『ルーのここだけの話』を聞きたい人々が集まった。

とある週刊誌に、キャバレー出身であることが書かれるとわかると、その日のうちに、ラジオで自分からグランドシャトーで働いていたことを包み隠さず話してしまった。父親が早くに亡くなり、家族に迷惑をかけられないと単身大阪に出てきて身ひとつで成り上がった話をすると、性別年齢問わず視聴者からの大きな支持を得た。

『うちは歌もうまないし、顔がええわけでもない。背もちっこくて鼻も低い行き遅れや。まあ、それでもええねんけどな。なんせそれでもええいう男が大半やってキャバレーで知ったからな』

『なんで東京出てきたかって？　ハァそんなん決まってる。金や。金。世の中金のために働く以外なにがあんねん。まだ訊くの？　これ以上は金とるけど』

からっとした口調で、ひとが言いにくいことをさらりと口にするルーは、驚くほど東京に受け入れられた。

『あれやあれ、昔偉いひとだかなんだかが、嘘をついたことのない人間だけが石を投げられるとか言ったって話あるやん。あれと同じや。カネが欲しくない人間だけ、うちに向かってマンサツ投げてもええ。あ、もちろん束で頼むわ』

ルーの番組に送られてくるはがきの量を見て仰天したテレビ局のプロデューサーが、番組をひとつ任せてみたいと言い出したのは昭和四十五年のこと。ドッキという体当たりのつっこみやコントが猛烈に世間に受けていたころだった。芝居やショーはしたくない、ものを買うための番組にしたいとルーは提案した。

「とにかくなんでもええから人がものを買わんとええことない。コントとかそういうのはほかに任せてたらええ。人がものを買う。そのための番組をやりたい。デパートをテレビでやるんや」

肌が白くなるという乳液から、痩せるせっけん。健康に良い日本酒。首の皺を消すファンデーション。会社で徹夜をするとき用の枕。カールドライヤー。光る積み木に音のしない扇風機。高級バスローブ。高級ふとん。高級傘。月曜と木曜の週二回で始まった『ええもん』は、いつの間にか週五日になり、ルーの毎日は、番組の打ち合わせをして収録を済ませ、終わるとタクシーで青山のマンションへ帰り、そこからさらに街へ繰り出すという日々の繰り返しになった。

浮名もそこそこ流した。一緒に組んだ局アナとは三人連続付き合ったので、局アナ食いのルーと陰口を叩かれたが、その次に局のオーナー一族の御曹司と付き合い始めると誰もなにも言わなくなった。

この御曹司とは思ったより長く続いた。もちろん、お互いに結婚相手にふさわしくないことは承知していたから、相手の家族に会ったことはない。やがて向こうが〝正しい〟相手と結婚することになり、ルーには手切れ金として軽井沢の別荘をくれるというので、気持ちよく清算した。

そんなこんなで二十年、わけがわからず過ごしているうちに時代の名前まで変わった。

「平成、平成なあ。昭和、死んでしもうたんかー」

「ル、ルーさん！　そんなこと口に出したら……」

「別に天皇さんの話してるんやないで。時代の話や。はあ、セブン－イレブンの一号店が新川スタジオの近くにできたって騒いでみんなで撮影ほうったらかして見に行ったのが昨日みたいやのに」

逃げるように大阪から東京に出てきた。それでも、マネージャーがビュッフェ車両に連れて行ってくれたときは、くさくさした気分も忘れて天にも昇る心地だったことを覚えている。

あのとき二十五歳だった。それから二十年も経てば当然、ルーも歳を取る。今年四十五歳。若いころはアイドルや放送作家の友人たちが毎夜のように南青山のマンションにやってきてドンペリ片手に派手に騒いだものだが、最近は自分の誕生日すら忘れがちである。

この二十年でテレビの世界も大きく変化した。一家に一台カラーテレビが当たり前になり、芝居小屋やラジオやスナックやキャバレーがやっていたことをすべて掬《すく》い取って、テレビが世界の中心になった。生放送が減り、かわりに若者の最先端のかっこよさを取り上げたトレンディドラマが熱狂的な支持を得た。ラジオよりテレビ、何をおいてもテレビ、という感じで、誰も彼もがテレビに準じて生きていた。テレビといえばテレビゲームという新しい遊びも流行っていた。

その一方で、老いも若きも狂ったようにディスコで踊りまくるようになり、物は売れ、不動産の値段は息を吸うごとに上がっていった。狂乱の、バブルの時代である。

「ルーさんも、投資とかやってるんですか」

楽屋でメイクさんに髪を巻いてもらいながら、ルーはしゃこしゃこと歯を磨き続けた。歯磨きは、若いころ虫歯を放置して痛い目にあってから、何か口にする度に磨く癖が身についている。おかげで歯ブラシが手放せない。

「はあ？　投資？」

「だって、事務所が持ってた青山のマンション、ルーさんが一棟まるごと買い取ったって」

電電公社が民営化し、新しく設立されたNTT株が放出価格の二倍強に跳ね上がるというフィーバーを起こして社会現象になってから、素人の株式投資が一般化しているという。ゴッホの「ひまわり」を安田火災が五十三億円という巨額で落札したのが話題になり、楽屋での世間話でも投資の話になることは珍しくなかった。

「ああ、あれは管理が面倒くさかっただけや。べつに投資とちゃうで」

マルプロがルーのために用意した部屋は、一等地ではあったがワンルームだった。同じマンション内で徐々に部屋数の多いところに移っていくうちに、もうこれ以上はないということになり、それならいま住んでいる五階を全部買い取って繋げてしまえとカネに物を言わせたのが確か十年ほど前。

「そんでな。もうトシやからエレベーターがないのに五階まで上がるのしんどうなってもうて。それだけやねん」

まだそれほどバブルの兆しがなかったころ、ルーは住んでいたマンションを一棟買い上げ、敷地内にエレベーターを増設した。最上階である五階を改築するときはニューヨークのペントハウス風に仕上げ、四五〇平米の家にひとりで住んだ。多くの人間が、潰して高層マンションを建てたほうがいいとか、不動産屋に高値で転売したらいいカネになるとか言ってきたが、ルーは最低限の設備投資で済ませた。

「そんな大がかりなことしないでさっと引っ越したらいいじゃないですか。芸能人なんてみんな麻布とか目黒とかに豪邸建ててるでしょ」

「家族持ちはそうしたらええけど、うちはひとりやし。それに青山が好きやねん。いまのマンションがな」

「で、エレベーター付けるためだけに一棟買い取ったの？　すっごいね」

あれから、どんどん地価は上がっている。同じマンションにはマルプロ経由で芸能人が多く入居していたから、ルー自身、働かずに食べていけるだけの収入がある。

一般人でも気軽に海外へ出かけるようになり、ブランド品の服やバッグが飛ぶように売れ、ルーの番組でも化粧品や海外ブランドを扱うことが多くなった。以前と勝手が違うのは、美顔器やブランドスカーフが並べられているのに、天邪鬼《あまのじゃく》なルーが地方のおいしい貝の佃煮などを選ぶと、番組にものすごい苦情の電話がかかってくるようになったことだ。

「ブランド品が見たきゃ、デパートに行ったらええがな。なんでわざわざ同じモン取り上げなあかんねん！」

「そうだけど、視聴者はルーさんがディオールやアズディン・アライアを褒めるところが見たいんだよ。二十年続いているから、長く見ているファンも多い。もうマッサージマシンや健康食品には飽き飽きしてるんだ」

とにかく、こちらは頭を下げて高級ブランドから商品を出してもらっているのだからとプロデューサーは繰り返した。二十年前は、ルーが日立や東芝の洗濯機をこてんぱんに酷評してもちゃんと番組は成り立った。それでかえって商品が売れることもあったし、ルーの番組に映るだけで売れると言われた時代もあったのである。

「『暮しの手帖』は、あれだけはっきり良い悪いを書くから信頼されてるんや。うちは自分の思った通りのことしか言わへんで」

「あのね。もう誰も、『暮しの手帖』なんて読んでないの。若者はみんな『CanCam』や『ViVi』を読んでるし、世代を問わずユーミンや長渕剛のCDが飛ぶように売れてる。軽く押すだけでガンガン売れる時代なんだ。これはテレビなんだから」

この二十年の間に、プロデューサーは『ええもん』を通販番組に変えた。それが長寿の大きな理由となったのも確かである。内容も、ルーがいくつかの中からたったひとつを選んで推薦するやり方から、数人のゲストと、ああでもないこうでもないと商品について語り、最終的に一番のおすすめを選ぶ形へと変更された。紹介された商品は日本中どこにいても電話一本で買うことができる。

テレビの中はあくまで東京が基準だ。芝浦ゴールドもパルコも肩パッドの入った厳《いか》ついカラフルなボディコンスーツも、首都圏か大都市でないとお目にかかることができない。けれど、人々はテレビによって常にそれらを目撃し、物欲を煽《あお》られる。その購買欲と視聴率を結びつけ成功させたテレフォンショッピング番組は、どの局でも高い視聴率を得た。

ルーは楽屋に並べられた、今日の収録で紹介予定の商品を流し見た。海藻パックに痩せて見えるストッキング、金箔でコーティングされた輪島塗の出世する名刺入れ、ペルシャ絨毯と東芝の最新洗濯機。

（十年前も同じラインナップでやった気がする）

代わり映えのしないスタジオセット、廊下では制作会社が手配したいつもの声出しのサクラたちが驚く声のリハーサルをしている。プロデューサーはスタッフ相手にずっと視聴率視聴率と連呼しているし、スタジオの階段やトイレにまで、ディレクターが書いた標語が張り出されていた。

『勝ちに行け、勝つつもりのないヤツは去れ』

だが、バブル景気の華やかさの裏で、誰も彼もに幸運がつきまとうわけではない。出会った当時は売れに売れていた友人たちも、結婚や引退でひとり減り、ふたり減り、いい報告より悪い報告を聞くことのほうが多くなった。——ドサ回りのほうがいいカネになるから、ほとんど東京にいない。今日も炎天下のデパートの屋上で歌う。子供がカネのかかる年頃やから、このへんで裏方に回ろうと思う等々。訃報も増えた。

何もかもを置いてきたから、大阪のことは絶えて聞かない。やぐらソージと東京で会うことも年に一度あるかないかで、それ以外の縁はないからだ。

この前、銀座のクラブでやぐらに会ったとき、横にレースクイーンだという東京の女を侍らせながら彼は言った。

「思った通りや、ルー。おまえは絶対東京で成功すると思っとった」

成功。ひとは簡単に口にするけれど、なにをもって成功というのか。その答えを探すことは、ルーには星までの距離を定規で測ろうとするより愚かなことに思える。

「店出したり独立したりせんと、番組だけでタレント色つけて、たいしたスキャンダルもない。全国版のＣＭにも何度か出て、五十前になってもまだ仕事がある」

「四十五や」

「若《わこ》うない女なんかみんなおんなじや。少なくとも世間はそう見とる。商品価値っちゅうやつやな。それでもがっちり冠番組持って、二十年。東京でやり続けるのは並大抵のことやない」

「顔の皺の数だけ仕事が減ることもあらへんしな」

「大阪モンはなあ。おまえのキッツイ関西弁がキー局の昼番組で聞こえてくる度にスカッとするんや。ああ何もかも東京風にならんでも、大阪のまんまでも通用するんやって、自分を肯定されてるような気になるんやな。まあそれはただの錯覚なんやけど、テレビはそういう錯覚を売る仕事や」

身の程をわきまえられるのも才能や、とやぐらは言った。

「おまえやったら歌手にこだわったり、女優にこだわったりせんとはじめからドブさらいに行くやろうと思ってた」

「ハッ、歌手なんて考えたこともない。和田アキ子くらい歌えたらもっとはようその気になっとったわ。あの子でも大阪で苦労してたのを知っとる。そのうち荒井由実が出てきた。なあやぐらさん、ホンモノいうんはああいう子らを言うんやで」

「やから言うたやろ。おまえはにせもんの光を手に入れるんやて」

次に彼に赤坂で会ったときには違う女を脇に抱えていた。男が女をそばに置くときは、自分に自信がないときだということを、水商売を長くした女ならみんな知っている。このひとも東京では背伸びをするんやなとルーは思った。

それも仕方がないことなのかもしれない。やぐらはルーより一回り上だ。関西の芸能界を手のひらで転がしながらいつも飄々《ひょうひょう》とビールを飲んでいた男ももう還暦なのだ。

「そういややぐらさん、『大阪で生まれた女』て曲、あったやん」

「おお、あれええ曲やったな。あのシンガーソングライターはあの曲一曲で一生食うていけるやろうな」

かつてラジオでよく流れていた歌謡曲で、故郷を捨てたくない大阪生まれの女が、迷ったあげく恋人と共に上京する歌である。当時関西を中心に支持されヒットした。

「あの曲の中の女、結局男のせいにして大阪捨てて東京行ったけど、その後どうなったと思う?」

やぐらはろくに吸わないままラッキーストライクを灰皿に押しつけて席を立った。

「そんなん帰ったやろ、男見捨てて」

どんな高級クラブで飲んでも、去り際はいつもひとりだった。老いてもそこに変わりはなかったことにルーはほっとした。

（東京、東京いうてどんなもんやと思うたけど、京橋となんも変わりない。箱がちょいとでっかくなっただけや。若い女がもてはやされ、流しの歌手が来てヒットしては消えていく。グランドシャトーと同じ。うちらはそれを見てる。着飾って、座って、男に酒を注ぎながら）

ロイヤルシャトー南青山の最上階。ルーが住む四五〇平米のフロア、そのほとんどが衣装部屋だった。

東京に出て早々に冠番組を持ち、ルーは巨万の富と言われるほどのギャラを手に入れた。車も買わず、男にも貢がなかったが、唯一、着る服はオーダーメイドにこだわった。ホステス時代にドレスを作らせていた習慣から、どうしてもそれが勲章であるというイメージを捨てきれなかったのだ。

名だたるデザイナーに服を作らせた。ヨウジヤマモト、ケンゾー、イッセイミヤケ、コム・デ・ギャルソンの川久保玲、のちにDCブランドと祭り上げられるモード界の大御所は、みなルーの御用達だった。友人の女優とパリまで出かけ、一晩で一千万円分の服やクツを買って帰ったこともある。けれど、いまあの頃の名残はクローゼットにしまわれたまま、一年に一度も袖を通さず、あることすら忘れられているものがほとんどだ。

ただ、一着だけ、ルーが何度も取り出しては眺める服がある。知り合いのスタイリストさんに頼んで作ってもらった細身のベルベットドレス。それにへそまである長いフェイクパールのネックレス。いつも店で真珠が着ていた、ナンバーワンの服だ。

着てみたいとは一度も思わなかった。実際、ルーにこの三号サイズは入らない。ただゆっくりしたいとき、ルーはお茶を沸かし、オールドノリタケのポットに湯を注ぎ入れ、色が付いたばかりの薄めの紅茶を飲みながら、猫脚のソファにベルベットドレスを横たえて、ただ眺めた。お気に入りのCDをかける。『ベルベット・イースター』で荒井由実も言っていた。「空がとってもひくい」「いつもとちがう日曜日なの」

マネージャーの家沼からいくつもメモが届いている。ここのマンションを売って欲しいという業者はあとをたたない。バブルはすさまじい勢いで東京の土地の値段をはね上げていた。――ルーさん、あなたは先見の明があった。あんな若いころに青山の古いマンションをぽんと一棟まるごと買うなんて。

先見の明なんてなかった。事務所が用意した部屋が、ここのマンションだっただけだ。名前がロイヤルシャトーというから……、表参道から眺めた外観が、大川の橋の上から見えたグランドシャトーにちょっと似ていたから。ただそれだけ。取り壊されたくなかっただけ……。

まともにメモを読む気にもなれず、出前でも取ろうかと立ち上がったとき電話が鳴った。

「ああ、なんやのケッちゃん」

受話器の向こうで、いつも困ったように肩をすくめているマネージャーの声がした。

『はあ、ルーさん起きてましたか。ちょっと事務所に妙な電話がかかってきたんですよ。

大馬っていうひとから』
「大馬？」
何が起きてもめったに動じなくなったと思っていたのに、昼ドラの大根女優がするように受話器を取り落としそうになった。
『そのひとが言うには、さっきルーさんのお母さんが亡くなったそうです』

＊＊＊

東京に来たときは確か『大阪で生まれた女』と同じ、ひかり32号だった。大阪方面に向かう東海道新幹線は、いつのまにか博多まで走るようになっていたらしい。あれほどもてはやされた食堂車はひかりからほとんど姿を消し、かわりに駅内にコンビニエンスストアのような出店が増えた。それでも、一日四本はまだ走っているとあとで聞いて、今度新幹線に乗るときは何時間かかってもいいから、二階建ての食堂車のついたひかりに乗りたいと思った。

いまはマルプロの社長にまで出世した藤田は、当時ルーを大阪まで迎えに来たマネージャーだった。彼は緊張しているルーの気分をほぐそうとビュッフェ車両に連れて行ってくれた。そこで食べた、アルミの皿の上に刻んだキャベツといっしょに乗っていたエビフライの味を、ルーは一生忘れられそうにない。

（おかあちゃんが死んだて……。あのひと、もうそんなトシやったんや）

がんだったらしい、ということは藤田を介して聞いた。

（大馬の子らがみんな成人して、これから楽できるてときやったのに）

姫路から山陽電車に乗り換えても、ルーにはどこか、足がふわふわとしたものの上を歩いているように感じられた。この電車には二度乗ったことがある。一度は着の身着のままで、二度目はうんとおしゃれをして、そしていまは喪服で乗っている。三度とも、母を失った日だった。

二十年ぶりに訪れた大馬の家は、驚くほど変わりがなかった。いまでは少なくなった豆腐屋や玉子焼き専門店が軒を連ねる商店街を抜けた先は田んぼが減って住宅が増えていたが、それでも広大な敷地を持つ大馬の屋敷の存在感は格別だった。

久しぶりに見る大馬屋敷の正面入り口は元庄屋らしい立派な長屋門だった。まるでこの家がそういう名前であるかのように、大きく母の名前が掲げられている。告別式式場、とある。通夜は昨晩済ませたのだろう。

庭はきちんと整えられ、古いなりにひとが住みやすいように手入れがされていた。いまは誰が住んでいるのか知らないが、参列しているひとや式の規模からいって、二十年経ったいまなおこの家がかつての規模を保っていることがわかる。

受付に立っているなかに知った顔を見つけた、明広だ。

「姉ちゃん」

横に立っていた女性が驚いたように顔を上げる。小さなアメを口に含んだような頬のラインが母によく似ていた。たぶん、会ったことのない妹だろうと思った。

「来てくれたんか。よかった。ありがとう」

二十年ぶりに顔を合わせた弟のアキは、すっかり老けて腹が出た、そこらへんにいるような中年に成り果てていた。

「アキにいさん、じゃあこのひとが『ええもんバザール』の」

まごつきながらこちらを見てくる視線は、家族のそれではなく、思いがけなく芸能人に会った一般人のそれであった。ルーはどこか安堵した。ここでいきなり家族ごっこをやれと言われても自分は女優でないのでとてもできない。

「この度は、ご愁傷《しゅうしょう》様です」

名も知らぬ妹がひえ、といいながら分厚い香典袋を受け取る。記帳するとき、久しぶりに自分の本名を書いた。名前は当然ながら父の名字にした。それをアキや妹たちがどんな思いで見ていたのか、知りたいとも思わない。

パンプスを脱いで座敷に上がり、喪主である母の夫に挨拶をした。驚いたことに大馬の当主は健在で、しかも和装の喪服を着て車椅子に座り、来る訪問客ひとりひとりに頭を下げていた。その首がいちいち動くことにルーは複雑な思いを抱いた。なんや、頭動くんやないか。首を振ること、できるんやないか。

見た限り母の夫の両親の姿はどこにもなかった。くたばったのか、それとも介護が必要なほど寝付いているのか。ボケたのか。それもどうでもいい。

お棺の中に納まっている母の顔を見に行った。綺麗に死に化粧をされた母の顔を見ても、驚くほどなんの感情も湧いてこなかった。ここへ来た一番の理由は、東京に行ってから、冷えて老廃物の塊のようになってしまった心を揺さぶりたかったからだ。母の顔を見さえすれば最悪でも激しい怒りを覚えるだろう、そう高をくって、二度とは来るまいと誓った家の敷居をまたいだ。なのに。

(こんなものか)

正直こんな顔をしていたのかと思うほど、母のことを忘れていた。本人の意思とは関係なく重ねられた手は自然と左が上になっていて、プラチナの結婚指輪が薬指にはまったままだった。

長くその顔を見ていたいとも思わず、さっさと手を合わせてお棺から離れた。会釈をして出て行こうとしたとき、思いがけなく母の夫に呼び止められた。

「ルーさん」

聞こえなかったふりをすればよかったと思ったときには、足が止まっていた。仕方なく車椅子の男を見下ろす。

「来ていただけて、あれも喜んでいると思います。あなたのお母さんは大馬の家にとって女神のようなひとでした。僕は彼女のおかげで何度も新しい人生をもらいました。これから楽をさせてあげられるというときに、こんなに早く病で亡くしてしまうのは正直

「悔しい思いでいっぱいです」

朴訥《ぼくとつ》で素直な言葉だと思った。母の夫には彼なりの、人生に対する無常観があり、それを少なからず母が救ったというのは本当のことなのだろう。

それでも、なにか特別な言葉をかけようと思わなかったのは、ルーが母の葬式の場ですら気遣いができないひとでなしだったからだろうか。

（こんひとがどう思おうと、こんひとの自由や）

「このひとはうちの母で、〝あれ〟やないです」

ルーはそれだけ言い置いて、その場を去った。

＊＊＊

あっけなく母との再会を済ませたあと、新幹線に乗るために姫路駅へ移動した。せっかくだから食堂車つきの新幹線で帰ろうと窓口へ行くと、残念ながら食堂車のある車両が次に来るのは夜だという。会いたい友人が姫路にいるわけでもなく、ルーの足は自然と電車に乗り、大阪へと向かった。

近年国鉄はＪＲと名前を変え、いくつかの民営会社に分割されたようである。ほとんどタクシー移動だったルーはそのようなこともろくに知らずにいたが、久しぶりに大阪駅の改札を出て大阪の街の敷き詰められたアスファルトの上に降り立ったとき、ああ、ここはこういう街であったと思わず笑みがこぼれた。

かつて闇市が広がっていた駅前は整備され、いまや大阪ターミナルホテルやヒルトンなどの近代的な高層ビルが空に突き刺さらんばかりにそびえ立っている。円筒形をしたマルビルを取り囲むように、近年竣工した巨大な第一ビルから第四ビルが並び、かつて隆々と駅前に鎮座ましまし、大阪駅の象徴であった阪神や阪急の百貨店を完全に圧倒してしまっていた。

東京のようであった。しかし、断じて東京ではない。土埃にいつも黄ばんでいた空は青さを取り戻し、車道には長い陸橋がかけられて、ビルとビルの間に血液を通すようにひとの流れを繋いでいる。そのひとの数と熱のうねりは確かに大都会であり、大成功に終わった万博を経て大阪が名実ともに東京に次ぐ日本第二の街であることを証明したあとの、誇りと自信に満ちているように見える。

何もかもが変わっている。当然である。二十年だ。かつて阪急東通商店街近くにあったOS劇場もニッカウヰスキーの看板も消えてなくなったが、阪神電車はここですよ、と言わんばかりの乗り場案内を壁面に残した、丸い阪神百貨店のかたちに、たしかにここは自分の知っている大阪なのだと安心感を覚えた。そこには古い時代のものを完全に取り除けず、おそらく取り除こうともせず内包したまま無理矢理刷新したような、大阪らしい大味な風景が広がっていた。

しばらくは、まるで田舎から出てきた若い娘のようにポケッと顔をあげて梅田の地下街を歩いた。昔、ここにはあれがあったはずだ、といちいち思い出しながら歩くことは楽しく、驚くほどあっという間に時間が経つ。

（へえ、いまはこんなにようさん地下鉄の筋があるんや）

中崎町、という駅名に、かつて真珠と住んでいた中崎町の地蔵長屋のことが思い出された。ルーが大阪を去ってすぐに、天六で大規模なガス爆発があったことは知っている。それが、この地下鉄工事の際に起こった不幸な事故であったことも。

ふと興味を引かれて地下鉄に乗り込んだ。中崎町までたった一駅であることは、いつも梅田駅から家のある長屋まで歩いて帰っていたことからも想像がついた。改札を出て地上へあがると、ちょうど市場の前に出た。

「ここ、ほんみねやったところやんな」

昔、真珠と魚や玉子を買いに通った生鮮市場は名前が変わり、高層マンション一体型のスーパーのようになっていた。それでも、見覚えのある喫茶店の看板は変わらず、天五商店街の入り口も心なしかきれいになって、アーケードも改装中である。

市場のあった場所から行岡病院までの間、商店街を抜けるようにして歩く。梅田をふらついていたときはあんなに空が狭くなったと感じたのに、このあたりは二十年前から時を止めたままのようだ。むしろあの頃より工場の煙がなくなったせいで空気がきれいで天が高く、うっすらと爪あとのように浮かぶ月さえ遠く見える。

足が自然と、地蔵長屋のほうへ向いた。

（確か、中崎町四丁目二の四やった……。四丁目二の四やった。似た長屋ばっかりあるけど間違いない、この道や）

車道を一本脇に逸れれば、まだ舗装もされていない路地が姿を現した。電信柱は申し訳程度にしか立っておらず、電線は長屋と長屋の間を何十年も結びっぱなしの洗濯ひものようにたゆんで繋がっている。玄関ドアは開けっぱなしで、中が見えないようにのれんがかかって、わずかに風に揺れていた。

「まっちゃまちの　ふくいたや　にんぎょとゆいの！」

びっくりして思わず立ち止まった。聞き覚えのあるラジオスポットが、のれんの向こうから聞こえてきたのである。あの短いCMは、松屋町の人形店福板屋のものだ。独特のリズムとそっけなく言い切る短さが評判になり、関西では誰もが知っているフレーズになった。

ラジオを聞いているひとがいる、ということがルーの胸を高鳴らせた。ふと見れば、玄関先に座ってぼうっとしている老人の足元にラジオが置かれている。なあん、と猫が鳴いてそのすぐそばを横切った。

（あの三毛……）

長屋に住む人々がめいめい適当な名前で呼んでいた三毛猫がいた。あれから二十年だ。同じ猫であるはずがない。

ざーっと水の音が聞こえる。流しに響く台所特有の音。夕飯を作っているのだろうか、トントンという包丁のリズムが混じっている。そして、猫がルーの少し先を歩く。同じ道なのに、彼らはまるで別の場所を歩いているのか、驚くほど足音を立てない。あの猫が、そのうちそこにいなかったかのように祠の陰に吸い込まれていなくなることを、ルーは知っている。

どこかの家の引き戸が開いた音がやけに響く。カステラのような長屋の切れ目に隣の十字路をのぞき込めば、小学生くらいの子供が一里塚のような石碑にゴムをかけて遊んでいる。

「ごんべさんのあかちゃんが、かぜひいた〜！」

ルーが中崎町にいたころも、子供たちはゴムをひっかけたり踏んだりして遊んでいたように思う。男の子はメンコ遊びにケンケンパー、地面にマスを描いてそこに靴を飛ばし合うような遊びもあって、よく近所のじいさんがやめえやめえと怒鳴っていたものだ。

「いま……、何年なんやっけ」

平成元年。そう平成になったのだと、家沼に言われたのはついこの間のことだった。テレビ中が特番を用意して昭和天皇の崩御を悼んだというのに、ルーときたらその間は休暇と称してハワイへ出かけていたから、まったく実感はなかったのだ。けれど、この違和感の原因はそれではない。ここはどこなんだろう。まるで、時間が流れない街と街の隙間に迷い込んだような……。

自分の呼吸の音がやけに大きく聞こえた。頭の中に、子供たちのゴム跳びの声と何かが流れる水音がこだまする。そして、なあんと鳴く猫。

このまま、気づかないふりをして進めばたどり着ける気がした。ルーは足下も見ずに猫を追いかけた。

どこからか、ふわりと線香の匂いが流れてきた。よく見ると見覚えのある細い道がある。匂いはこの奥から流れてきている。顔のないお地蔵さんの参道だ。毎日ここを掃除していたひとをルーは知っている。時間ができると、バッグの中に赤い前掛けを何枚も忍ばせて、長屋の守り神を綺麗にしていた女性のことをよく知っている。

（まさか、真珠ねえさんが）

真珠がいまどうしているのか、ルーはあえて誰にも聞かないようにしていた。時折東京で会ったやぐらが、元気にしているとだけ匂わすことはあったが、まだグランドシャトーにいるのかとか、どこに住んでいるのかとか、ルーから探りを入れたことはない。聞けば懐かしくて、帰る場所が定まってしまえばすぐに飛んで戻ってしまいそうで、やぐらにはどうか教えてくれるなと強く言った。

お地蔵さんの世話は、誰かがいなくなれば自然と誰かが引き継ぐ。前掛けも、掃除もそうやって何十年も続いているのだ。きっとあの地蔵長屋の小さなお地蔵さんも、真珠ではない誰かが見ている。だってもう、あれから二十年なのだ。

そう思う心とは裏腹に、ルーの足はだんだん速くなった。まるで別の生き物になったように猫を追い越し、舗装されていない細い道にざらざらと雑音を立てる。線香の匂いが濃くなり、視界から猫が消えた。花をいくつもつけたあじさいが咲いている。

角を曲がった。先に地蔵の祠が見えた。ひとは去っても花は同じ場所がいいのか、金瘡小草《きらんそう》やキキョウや名前を知らない花が、小学生のパレットのように混じり、あるいは混じりきらずに路地に色を落としている。青い花の並んだ参道は、水の匂いがした。このあとすぐに梅雨の季節がやってくるのだった、とルーは思い出した。

祠の後ろからひょっこりひとが現れた。薄いブルーパンジーと同じ色のワンピースに白い帽子。いや、あれは帽子ではなくほっかむりだ。掃除が終わったらしく、手にバケツを持ってこちらに歩いてきた。その顔に見覚えがある。

「ああ」

息を吸うのも忘れて、その風景を見ていた。そのひとが顔を上げる瞬間を見逃したくなくて。

「ねえ、さん」

そのひとはどんどんと近づいてくる。ほっかむりのせいでよく顔が見えない。真珠なのかどうかわからない。けれど、ルーはあの色の抜けたワンピースに見覚えがある。

「真珠ねえさん！」

ほっかむりを後ろへぐいっとやって、そのひとはルーを見た。ゆんわりとウェーブのかかった前髪の下に狭いひたいと整えられた眉。白くて透ける石のような肌の上に、ルーが好きな目や鼻や唇がある。口紅をのせないと色の薄い唇が動いて、奇跡のようにルーの名前を呼んだ。

「ルーちゃん」

足が勝手に動いて、ルーの身体を望んでいるところへ運んだ。

「ねえさん、うちや！　アホのルーや！」

そこにある空気ごと真珠を抱きしめたかった。けれど、ほかの人間が見たら、まるで溺れそうになっている子供が空にすがりつこうとしているようにしか見えなかっただろう。

「来てしもうた。来《こ》んとこ、思てたのに、来てしもうたよぉぉぉ!!」

ここで、この場所でいつだったか同じように真珠にすがりついて、東京に行かなければならぬと決意したときがあった。あれからずっと、もう二度と手に入らないと諦めていたものに触れている。

(線香の匂いがする)

おかあちゃんの葬式でさんざっぱらくぐってきた匂いなのに、真珠からはもっとべつの、生活の中に溶け込んだ、生きることと同じ意味の弔いの匂いがする。

しばらくそうしていると、とんとん、と背中を軽く打たれた。

「ほな、いこうか」

ごはんやからもう帰ってきなさい、と言われた子供のように、ルーは無言で真珠のあとをついていった。

＊＊＊

真珠が住んでいる家は、何も変わらず、以前ルーが住んでいたのと同じ地蔵長屋の一室だった。

少し木が汚れて墨のうすくなった望田の表札もそのまま、座敷は六畳一間で、三畳ほどの板の間が台所になっている。広いほうの部屋にちゃぶ台がひとつぽつんと置かれていて、その上に大きな柿の形をした木製の菓子箱があるところまで変わっていない。そうっと蓋を開けてみると、湿気ないようにくるくると口が巻かれて折り畳まれた満月ポンの袋と懐かしいイワタヤの飴が入っていた。

むろん何もかも同じというわけではなく、申し訳程度の床の間の横に置かれていたテレビは新しくなっているし、長屋の裏にあったドブと呼ばれた水路は埋め立てられて、隣にも、またその隣にも風呂が増設されていた。新しいトイレは風呂の隣。二階のトイレの場所はいまは物置になっているようだった。

「お風呂、できたんやねえ。ねえさん」

「そうなんよ。このへんの長屋も増えたよ。お風呂つき。そういう時代なんやね」

以前、古いべっこう模様の三面鏡が置かれていた半畳ほどのスペースには冷蔵庫がすっぽり収まっており、キッチンの流しのタイルも綺麗に貼り替えられて、湯沸かし器が備え付けられてある。かつてここで真冬の寒い朝、氷水のような水道の水で顔を洗ったことが昨日のことのように思い出され、ルーは湯沸かし器の中の青い炎をぼんやりと眺めた。ガスの匂いがする。ねえさんが湯を使っているのだ。

こうして見ると少しずつ変わってはいるが、きっかり二十年分は進んでいない。五、六年は進んだかなという感じだ。外の世界がものであふれているのとは大違いだった。中崎町を一歩出て梅田に向かえば、わけもわからず原色を着こなし、海外からどんどん入ってくる新しいブームをいち早くキャッチするのがカッコイイと思っている人々の群れに出くわす。東京でも息を吸うようにテレビを見て、渋谷のブティックに出かけ、あらゆるものを値踏みするのがトレンド。とにかくアメリカはもう古い、パリだ、ミラノだと有識者と呼ばれる怪しいタレントが煽るし、いつしかそれがしれっと受け入れられ、また新しいものが入ってくるから追いかけるだけで手一杯だ。

一週間前に最先端だと言われていたものがもう古い、ルーはそんな世界の最前線にいた。化粧品といえばみんな猫も杓子も資生堂にあこがれていたころとはあまりにも商品の数が違う。新しいモノ、新しいコトバ、新しいナニかにあふれていて、みんなが上を向いて息を吸っているつもりで、実は溺れかけていることに気づいていない。

平成の世が始まり、その勢いはさらに加速しつつあるようだ。かつて若いころに経験したオリンピック前の熱狂よりもすさまじい勢いのようにルーは感じる。

それに比べて、ここは時がゆっくりと寝そべっている。あの木製の菓子箱の中身と同じ……。蓋を開けても昔と同じものが入っている。昔と同じものが見える。たったそれだけのことが、なぜこんなにも楽なのか。

「満月ポン、久しぶりに見たわあ」

「そう?」

ルーのしみじみした声がよほどおかしかったのか、真珠の笑い声が玉のれんの向こう側から聞こえてきた。

かつては、なぜ真珠が好きこのんでこんな長屋に住み続けているのかわからなかった。真珠がその気になれば、あのころでも風呂つきの団地の家が買えた。いまごろ箕面《みのお》の一等地にとんでもないお屋敷が建っていてもなんら不思議ではない。

田舎に送金する必要もない、子供もヒモもいない、つぶした店の弁償が残ってるわけでもない真珠がいったい何に金を使っているのか、それは昔からほかのホステスたちの噂の的だった。数年間ずっとそばにいたルーにもわからなかった。けれど、いまは別段妙だとは思わない。

ルーもそういう歳になった。いま、ディスコでボディコンと呼ばれる体のラインが出るワンピースを着、羽根つき扇子を持って夜通し踊りまくっている若者たちと同じように――そして、かつて自分もそう思っていた――新しいモノがすべて良いとは思えなくなった。時折自分を和室の端に追いやられ、埃をかぶっている古い日本人形のように感じることがある。きっと、あのガラスケースの中では時が止まっているのだろう。ここもそうだ。

ゆっくりとしている。

（ええなあ……、ここは。離れた、ないなあ）

ざっざっとつっかけが土を擦る音がする。ぼんやり何をするでもなく、ちゃぶ台に肘をついて、どこかの家の軒先で揺れる風鈴のしらべを聞いていると、

「ルーちゃん」

真珠がほくほくした顔でお盆に見覚えのある柄のどんぶり茶碗をふたつ、運んできた。

ルーは顔をあげた。

（この匂い……）

「買いもん行ってなくて、冷蔵庫になんものうて悪いけど」

「これ、て。いつものやつ？」

「そう。いつものやつ」

さあ食べよか、とうながされて、つられて居住まいを正した。どちらからともなくふたりで数をかぞえ出す。

「いーち、にーい」

「さーん、しー」

「ごー　ろくひち」

「早いわ、ねえさん」

「ふふふ」

もう五十半ばすぎと四十五の女ふたりが、両手を合わせて風呂につかる子供のように数をかぞえている。目の前には鍋の蓋つき、年季の入ったどんぶり茶碗。

一三〇くらい数えたところで、真珠がさっさと蓋をはずした。ルーは笑ってとどめようとする。

「ねえさん、まだ早いって」

「ええのんええのん」

「でも、もう歳やろ」

「ええのん。おなか痛くならへんからええのんよ。これが好きやの」

蓋をあけたとたん、夏の雲のような濃い湯気が一瞬ルーの視界を奪う。その白いヴェールの向こうに真珠の笑う顔が見える。お互いに皺が増えてすっかり老けたというのに、湯気がすべてをあいまいにするものだから、ルーはますます今がいつかわからなくなってしまった。だって湯気の向こうの顔は、ルーの知っている真珠そのままなのだ。

浦島太郎があけた箱の煙、魔法使いの魔法、ううん、なんでもいい。なんでもいいのだ。真珠がそこにいる。

へんなねえさん。やっぱり変わらずせっかちねえさん。真珠さん。世間じゃもうカップラーメンのほうが人気だし、インスタントラーメンの種類だってうんと増えている。一個三十五円のチキンラーメンがごちそうだった時代は遠い昔だ。

（なのに、まだチキンラーメンが好きなんや……）

「はい、食べよ」

手を合わせて、すぐに箸を手に取った。

ふわふわの白身を箸でつつくと破れて、中から金色の黄身がとろりと流れ出す。この二十年できっと麵もスープも何度も改良されたのだろう。ルーも久しぶりに食べたが、昔とは食感やスープの油が変わっているように思う。なのに、なにも、なにひとつ変わらないと感じるのはなぜなのか。

脚の先が少し削れて斜めになるちゃぶ台が、長屋の急な階段が、チキンラーメンが、あっけなくルーを、ただの迷い猫に変えてしまうからだ。十九歳のとき、寮を追い出されてひとり寄る辺なくこの中崎町の長屋にたどり着いたずたぼろの心が、いまだ覚えているからだ。ここがどんなにすばらしかったかを。

「おいしいねえ」

「おいしいわあ」

この味は、真珠との長い同居生活の記念すべき初日のめしだった。夢中ですすって食べた。ふたりではあふうとラーメンをすする音にまじって、どこかの猫がなあん、と鳴いた。

その日、真珠は休みの日だったので、ルーはそのまま風呂を借り、なし崩し的に泊まった。二階の部屋に敷いてもらったふとんは、かつてルーが使っていたものがきれいに打ち直しされていて、ねえさんはなんて物持ちがいいんだと驚いた。

まだ右も左もわからぬ二十代の小娘のころに、その日生まれたばかりの苦しみや悔しさをふとんを頭からかぶってやり過ごした場所だった。今日は隙間にするりと入り込んで眠った。薬を飲まず、酒もやらず驚くほど深く眠れた。

朝、すぐに目が覚めた。いつもと違う方向から日が差し込んで、体が驚いたのだろう。

「ルーちゃん、起きたん？」

下の階から声が聞こえて、ハッとした。いつもは家に誰かがいることなんてなかったから、まだ夢でも見ているのかときょろきょろしてしまった。

（酒粕の、味噌汁の匂いがする）

恐る恐る急な階段を降りていく。昔はここを手すりなしで降りていけたことが不思議なほどだ。歳を取ると、こわい場所が増える。段差や坂や、日なたなど。以前ここに住んでいたころは、こわいものなど何もなかったのに。

電話台の上に、綺麗なレースの服を着せられた黒電話が見えた。添えられたメモ帳のボールペンが几帳面な真珠らしい。コルク地のメッセージボードに、いくつか藁《わら》半紙のお知らせが貼られている。それから、堀川戎《えびす》の小判のついた笹。ゼンマイ式のセイコーのぼんぼん時計は、ねえさんが朝起きてすぐにねじを回す。

まるで二十年間ずっとそうしてきたかのように、ルーは流しで顔を洗いちゃぶ台の前に座った。関西のテレビ番組をまったく知らないことに驚く。

「テレビが、関西弁やあ」

「そりゃあそうやよ」

何も言わなくても味噌汁がよそわれて出てくる。お正月にしか食べないような白い味噌の汁は、黒崎の味噌屋で売っている特製の酒粕白味噌だ。真珠はこれが好きで、味噌汁だけは少し贅沢をすると言っていた。毎日がお正月やとええのにと思うからと。

ピンと米粒が立った白ごはんとのりの佃煮、タケノコと蕪の煮物。ほうれん草とごまの白あえは、商店街の豆腐屋さんでおまけしてもらうおからがほんの少し混じっている。真珠はこのおからを使ってよくフライもしてくれた。あれもこれもまるで昨日食べた気がした。

「買い物いかんとなんもないから、これから行こうか」

「そういえば、市場のうなったん？」

「スーパーになったんよ。でも、うお國《くに》さんもとり秀《ひで》さんもそのまま入ってるん」

「もう裏のお風呂屋さんはないのん？」

「まだあるよ。繁盛してる。このへんはお風呂ないとこもまだ多いし。やっぱり大きなお風呂に入りたいひとが多いんやろうね」

味噌汁とのりで温かい白米を朝食べるなど、何年ぶりのことだろうと思った。東京ではいつもパンだったし、すぐにスタジオ入りするので、化粧もせずガウン姿のままマネージャーの運転する車に飛び込むことも珍しくなかった。そもそもパジャマを着たのも久しぶりだ。

（ねえさんのパジャマ。うちには少しちいさい。変わらない……）

少し小首を傾げて味噌汁を飲むくせ。二十年前と変わらず線のほっそりとした姿は、地蔵さんの路地にこの季節から花を付け始める花菖蒲のたたずまいに似ていた。

「なんやの。じいっと見て」

「ううん」

ルーが箸を止めてみやるのを、恥ずかしそうに嫌がる。その首にはたしかにネックレスの跡のような皺が増えていたし、朝日の中で見る真珠の顔には、もう六十近い女の証しがはっきりとあって、ここが時を止めた人形ケースの中ではないことをルーに教えた。

（細うなった、ねえさん）

もともと細いひとだったけれど、歳のせいかさらに痩せたように見える。

「ああ、ねえさんやなあ」

「なんやの、もう。あんまり見んといて。おばあちゃんやねんから」

真珠は急いでご飯をかき込むと、お盆ごと洗い物を流しに運ぶ。ルーはそのあとを追いかける。長屋の部屋は狭く、女ふたりでもあっという間にひっついた。

「うちだってもうばあさんやで。東京では若くてキレーな子、いっぱいいじめてやるねん。知っとうねえさん。芝浦のゴールドてディスコ。ステージがあって、みんなそこで踊るためにわざわざ光もん身につけていかなあかんねやて。そんなん昔のキャバレーやんな、そう思わん？」

盥《たらい》に水が溜まるまでの間、水音だけが三畳の台所に響いた。

「……ねえさん」

「なあに？」

「ううん、なんでもない」

今日は出勤するん？　そう聞こうとしてなぜかルーはためらい、口を閉ざした。ここに住んでいるということは、真珠はいまだ独身なのだろう。やぐらソージから真珠がグランドシャトーを辞めたという話は聞いていない。代わりに、キャバレーはどこも厳しそうだ、それは京橋もミナミもかわりないと、来るたび挨拶のように言い置いていくから、少なくともルーが親密にしていた人間――真珠や大路はまだ、あのにせものの城にいるのだろうと思っていた。

バブルと呼ばれ銀座や六本木のどこでも毎夜ドンペリが抜かれる好景気にあっても、キャバレーはその恩恵にあずかることはできなかった。それは東京でも同じで、銀座や新橋にあった大型のキャバレーはみな劇場へと姿を変えた。新しい娯楽が次々に生まれると共に、かつての常連は高齢になり会社を離れたため社用族がいなくなったことも大きい。

ひとも会社も郊外へ移り、かつてひとを運んでいた国鉄も民営化し、ものの流れも変わった。酒は家で手軽に飲めるし、商談をするのも高級クラブやスナックでという時代になり、キャバレーは完全に過去のものになった。それは、キャバレーを去って久しいルーにもわかる。似たような箱はあるが、いまはディスコやクラブなどに名前を変え、さも新しい文化のような顔をして人々に提供されている。

かつてルーがそうしていたように、そこでは女も男も、カラフルな衣装に身を包んで踊っている。もうそれを誰もキャバレーとは呼ばないだけだ。

こんなふうにあっけなく、流行は、場所は、死んでいく。

真珠は、まだあの時を止めた小屋の中にいるのだろうか。かつて深海の竜宮城だとうたわれ、女もショーも京橋一の名をほしいままにした、大川のほとりの大キャバレーは、時代に取り残されていまどうなっているのだろう。

もし、真珠がいまだにあのキャバレーでホステスをしているのなら、それはなぜなのか。ナンバーワンを張っていたころならばわかる。けれど、女の価値は悲しいかな年齢なのだ。還暦近い真珠が斜陽のキャバレーで昔のように稼げているとは思えない。

なぜ、逃げんかったん、ねえさん。

なんでなん。なんでまだここにおるん。

うち……、うちはなあ、逃げた。誰もうちのこと知らん土地へ行って、そこにうちの思い通りになる城を建てたかった。わかるやろ。オーサカに流れ着く人間なんて男も女もおんなじや。ましてや、夜の帳《とばり》の下をネオンに集まる羽虫のようにやってくる女は。

お天道さまの下で歩けんけんど、にせものでもいいから光が恋しい。恋しい。それが自分のものにならのうても恋しい。欲しい。

うちはほんの少しラッキーな女や。東京に出て親が付けたんやない名前でやっていけた。誰にも心も体も売らんでよかった。全部ねえさんが教えてくれた。大きな小屋の中では特別綺麗でいることだけが大事なんやない。オンリーワンでいることと、隙間にするっと入り込むこと。そうしたら来年もやれる。再来年もやれる。三年後だっておれるかもしれん。誰も入り込めない隙間に入ってしもうたらこっちのもんや。

おんなじことを東京でやってみた。猫も杓子もキレイキレイカワイイコンサバの頂上を目指して大行進、毎日が正月でクリスマスで誕生日で記念日。クレイジーのパレェドや。やけどうちは絶対にその列には入らんかった。こいつらの行く先はどんづまりのドボンやって知ってた。

何でも教えてくれた。あのキャバレーが。

一九六〇年代の大阪が、京橋が。お客はんが。

ねえさんが。

(なのに、なんでおるん。まだここに)

流しでどんぶり茶碗を洗う真珠の背中に、ルーは無言でそう問いかけた。キャバレーを好きな女はおる。水商売の水でしかやっていけん女っていうのも確かにおる。でも、真珠はそうではない。こんな時代遅れの長屋暮らしが性に合う女だ。市場に買いものに出かけ、弱火で魚や野菜を煮込みながら、ちゃぶ台に肘をついて『オレンジページ』をめくるのが似合っている。香水よりも出汁の、おしろいよりは天花粉《てんかふん》の匂いがする女なのだ。

もしかして、死ぬまでおる気なん……？

だとしたら、なんで。

聞きたいことがとりとめもなく浮かんでは消え、その間、盥の水はルーの気持ちを代弁するかのようにあふれ続けた。

「ほな、そろそろ行こうか」

ふきんをしぼって蛇口にかけ、手をふいて割烹着を脱いだ。どこへと訊かずともルーには次の行動がわかっている。お地蔵さんのところに行くのだ。それから、きっと。

(忌引きは二日や。明日には新川で収録がある)

いまごろ、マネージャーたちは青い顔をしてルーの実家に電話をかけているだろう。藤田はいつも携帯電話を持ち歩いていたし、マルプロの社員はみんなポケベルを持たされていたが、ルーは煩わしいものは何も持ち歩かなかった。

タイムリミットは迫っている。明日の収録は十二時からだ。今日中には新幹線に乗らなくてはならない。そのうち藤田がやぐらソージに連絡し、やぐらはここを教えるに違いない。

いやだ。ここと東京を繋げたくない。いますぐあの黒電話の電話線をひきちぎって表札をとってしまいたい衝動にルーはかられた。

そんなことをしたらどうなるか。とんでもないことになる。ルーは芸能界に二十年いるのだ。誰に言われるまでもない。なのに、

「今日はなに食べよっか」

そう真珠に言われたら、もう何も考えられなくなった。


地蔵長屋をずうっと歩き、行岡病院を左手に谷町線の上にあたる商店街を進むと、天神橋筋六丁目の駅にたどり着く。店も入れ替わりアーケードもところどころ工事中であったりしたが、人間の集う活気というものはいつの時代も変わりない。

「あ、あそこの化粧品屋さん。のうなってる。ねえさんとようポーラ化粧品買いに行ったよなあ」

「クラブの洗顔粉もあそこでこうたね」

「パン屋の木村屋ももうないねんねえ」

「パンいうたら最近、ダブルソフトをこうてみたらふわっふわでおいしかったわ」

「ねえさん、食パン好きやったもんなあ」

「ひとつ買ったら一週間ずっとそれなん。ひとり暮らしやと食べ切れへんのよ」

商店街をねえさんの腕にぶらさがって歩き、ああでもないこうでもないと言いながら買い物をして、最後は欲張って買いすぎただの重いだのひいふう言いながら引きずるよ

うにして家に帰る。最近の冷蔵庫は大きくて、女ふたり分の買い物など簡単に収まってしまった。

水屋の上に、見慣れた大きなバッグがないことにルーは気づいていた。昔、真珠が銭湯にいくときによく使っていたもので、バスタオルや粉シャンプーなどたくさん入るのだ。当時流行ったビーズが縫い付けられた生地で、持ち手が木製の、大きながま口のようなバッグ。時々ミシン目がほつれて休みのたびに自分で繕っていた。

「ちょっとお風呂入ってくるねえ」

そう言って、二時になると真珠は台所の引き戸を閉じた。

(ねえさんはもう、風呂屋には行ってないんや)

狭いながらも自宅に風呂ができたのなら当然かもしれない。でも、ルーは自分とふたりで暮らしていたころの習慣が変わってしまっていたのが寂しかった。

やがてざあざあと水音が聞こえてきた。仕事に行く前に彼女が風呂に入ることは知っている。やっぱりまだ仕事を続けているんや、となぜかルーは息を殺して引き戸を見つめた。

ああ見えてちょっとせっかちだから、いつも洗い髪を乾かしきらないまま服を着て仕事に行く。その日はスカイブルーというにはやや色のあせた麻のワンピースだった。

再会したあとも、真珠はルーに東京でのことは何も聞かない。というか、いっさい何も聞かない。元気なのは見たらわかるから、そう言って、あと尋ねるのはおなかがすいていないか、眠くないかとそんなことばかり。

午後三時をまわって、真珠は家を出た。ルーは何も言わず彼女の足元の影のようにあとをついていった。狭い町内では、テレビに出ているルーが長屋にいるということが伝わっているようで、子供たちがわざわざ追いかけてきて「ええもん、しっとるもんのひとやー！」「なあなあ、あれやって。いつものやつやって。星みっつ‼　ってやって！」とルーの番組の決まり文句を壊れたレコードプレーヤーのように繰り返した。

新幹線の最終は調べてこなかった。時間は過ぎる。あっという間に二十年過ぎたのと同じ駆け足で。真珠は天神橋筋六丁目のほうではなく、天満《てんま》駅のほうに向かった。環状線で京橋に出るのだろう。トロリーバスはもうない。氷屋さんのうなってしまったねえ。電気屋さんになれるのがうらやましいねえと他愛もないことを言っても許されていた、あのころのルーももういない。

(なんでうちは、こんなにひたすら息を止めてるんやろう)

どうしていいのかわからないし、どうしたいのかもルーにはよくわからなかった。帰らなければ。でも、帰りたくない。なんで帰りたくないのかもわからない。ただただ、ルーは真珠のあとを鴨《かも》の子のように無言で追いかける。影がうらやましい。何も考えずにそこに居られる。真っ黒くぬりつぶされて、誰かにひっついていても奇妙だと指をさされることはない。それを言うなら空がうらやましい。あそこには境界がない。そこにあることの意義だの意味だのを問いかけられることはない。おまけに、二十年前と比べてずいぶんきれいになった。絵本の中の空のように青くて、煤煙《ばいえん》のいやな臭いもしない。もう、息を止めていなくたって、咳き込むことはないのだ。

時間だ。すべての原因はそれが、ルーたちの背中を借金取りのように追い立てることにある。

午後四時、大阪のひとの波は東京より熱気があって、行き交う人々の声も大きく聞こえた。ツインにじゅういちってあるやん。ええ、なにそれ、ついん？　むかしの弁天島や、いまあそこに大阪市が松下とかといっしょになってバンバンビルを建ててるやろ――。

（弁天……。城見の空き地にビルが建っとるんか）

バブルの力は、不発弾が埋まっているからと何十年も放置されていた陸軍の跡地をも巨大なビルの街に変えてしまったらしい。実際、環状線のオレンジの車両に乗り込むと、源八橋《げんぱちばし》の向こうに黒々としたビルがいくつも生えているのが見えた。

昔、季節のいいころは、ねえさんとふたりして中崎町から歩いて店へ向かった。扇町をぬけて、渡しがあったという源八橋を渡ると、大川の川沿いに櫻宮《さくらのみや》神社、ついで太閤園や藤田のお屋敷跡といった風情あるたてものが並ぶ、京橋らしからぬ一角に出る。大川と寝屋川がひとつになるたもとには、ルーが真珠に拾われた川崎橋があって、すぐ目の前がくだんの城見だ。

少し遠回りになるが、この橋を渡ったところに地蔵尊があって、時々前掛けが汚れていないか見にいったのだ。大阪のひとはほんとうにお地蔵さんを大事にした。日は傾いて夜が近づく。だんだんと足元の影が、あの世へ立ち去った縁者に引っ張られるように長く伸びて、ルーがまだ知らない世界と繋がる時間がくる。夜が来る前にネオンサインに灯が点るせっかちな街。この川の向こうに近代的なビルが立ち並び、松下や鴻池という大阪を代表する企業が入るという。

環状線のでこぼこの車両のドアが開き、京橋の駅でルーたちをいっせいに吐き出した。どんなに変わっているかと思えば、二十年経っても京橋の駅は相変わらず天井の低い、饐《す》えた臭いのこもったコンクリのつぎはぎだった。ルーの記憶とそこまで違いを感じない。街そのものに染みついたヤニの臭いと、戦後のどさくさで線引きがあいまいなまま建てられたビルの商店街をぬけると、あからさまにピンクな看板がチカチカ申し訳程度に光る。昼間から立つポン引き、ヤクザの集金の出入り、そんなグレーな街をひそやかに支える小料理屋の仕込みと炊飯のけむりが懐かしい。

よかった、と思った。こっち側が、弁天島みたいに何もかもピカピカしたにせものの大理石で覆われてしまわなくてよかった。

商店街のアーケードから外れたところに、客用の玄関がある。従業員はさらに裏側の専用入り口を使う。通い慣れた道だが、ルーはとっくに死んで冷凍庫に保管されていた心が、突然強心剤を打たれたかのように動き出すのを感じた。

（大路さんらしゅうない。カンバンがすすぼけてる……）

キャバレー・グランドシャトーという大きなネオンカンバンは、店がはじまる前に必ず大路がボーイに掃除させる。ルーが働いていたころの昭和四十年代の京橋は、川沿いにある工場の煤煙がこれでもかと飛んできて、ただでさえ埃っぽい京橋の街を一日で真っ黒にしてしまっていた。

『いくらうちが夜がメインのキャバレーで、昼間に客が来ないとはいえ、下はマッサージで朝から客が来る。そのお客さんが、すすぼけて汚れたカンバンを見てどう思うのか。〝あそこ、もうやってないんとちゃうか〟〝電気のタマも替えられんほど客が入らんのちゃうか〟と噂がたてばどうなるのか。ただでさえ、京橋の客はサラリーマンなんだ。狭い会社の休憩室でたばこ吸いながらそんな話になったら、客離れが止まらなくなる』

大路のことばが思い出された。

ホステスらが出勤するころには、先に来たボーイが長いモップを使って、二階の窓と三階の窓、それにホースをうまく使って毎日水洗いしていたものだった。カンバンをうまく掃除できたボーイは出世する、というのが戦前からこの業界にいる大路のモットーで、ルーが入ったばかりのころにモップと格闘していたボーイは、すぐにフロアを任され、最終的には望田グループの料亭「勝しま」の店長になったと聞く。

(もう四時すぎや。じき店が開く。なのに店の前に誰も出てへん)

いやな予感がした。そういえば、グランドシャトーの入っているビルだけではなく、周りもなんとなく活気がなさそうに見える。ひとの波が新しい京橋の向こう側へ流れていってしまったのか。それとも、この辺り一帯の経営のやり方がよくないのか。

ガタガタ揺れるエレベーターは真珠とルーをなんとか三階にまで運んでくれた。狭い廊下、低い天井。バックヤードはこんなに暗かっただろうか、汚れていただろうかと閉口してしまうほど。

（張り出しがない……）

長い長い廊下には、かつてはホステスたちを容赦なく順位づける売り上げ表が毎日キャップの手で張り出されていた。一ヶ月のトップ20、今週のトップ20、昨日のトップ20と細かい推移がひと目でわかるようになっていた。楽屋からフロアへ向かうときも、支度部屋とロッカールームへ戻るときにも否が応でも全員の目に入る。だからルーは奮起した。まずはあそこへ名前が載るように、いつかは真珠に追いつくようにとがむしゃらに店にしがみついた。

三十過ぎぐらいのホステスが、うさんくさそうにルーをちらちら見ながらトイレのほうへ歩いて行く。真珠を見ても顔色ひとつ変えない。ルーがいたころは、ほとんどのホステスがナンバーワンへの敬意を払っていた。真珠が出勤してきたときは必ず挨拶をして道をあけたものだ。それがどうだ。

ねえさんは、もうナンバーワンではないのかもしれない。当然だろう。いくら歳をとらない竜宮城の主とほめそやされていても、真珠は五十代である。とにかく若い女が好きな男のための店で、そんな歳の女がいつまでもトップを張れるわけがないことはルーにでもわかる。

　いつのまにか真珠を見失っていた。楽屋に行ったのだろう。けれど誰も出てこない。昔はトップが楽屋にいるときは、下位のホステスたちはさっさと廊下に出て待つしかなかった。立たされて、待たされてなにくそと思った。

　楽屋をのぞくと、隅のほうで真珠が身支度をしていた。ロッカールームであのベルベットドレスに着替えるのも、フェイクパールのネックレスだけを身につけるのも昔と同じ。違うのは、誰も彼女のほうを見ないことだ。べちゃくちゃと関西弁で昨日のドラマや店を辞めたホステスたちの噂話にあけくれている。

　誰も真珠を見ないし、ルーのほうも見ない。年増のホステスが新地から流れてきたとでも思っているのだろうか。まつげをあげようとマスカラをごしごし塗りつけることに必死だ。

　開店まであと二十分。誰も廊下に出ようとしなかった。あいかわらずおしゃべりしながら化粧したり、調理場にも聞こえるような声でゲラゲラ笑ったりマニキュアを塗ったり。

（うそやろ。朝礼もないんや）

　かつては廊下にずらりと並んで、大路の発表を緊張の面持ちで待ったものだった。昨日よく売り上げたひとは誰誰さんでした。新しいお客さんが誰誰さんを気に入って指名が入っています。ハンカチで手を拭き、何度も指の匂いを嗅ぎながら大路はメモも見ずに貢献者を褒め、新人を褒め、トップ10にやんわりと釘を刺す。彼がそんなしぐさをするのは、このミーティング直前までフロアのトイレを掃除しているからだ。作業服に着替え、便器をこすり、ペーパータオルを補充し鏡と蛇口を磨くのは大路の毎日の日課だった。二百人の従業員に指示を出す大キャバレーの支配人がトイレを掃除すれば、当然、下のボーイやキャップたちも自然と背筋が伸び、床や座席を這いつくばって拭くようになる。

大路が作業服を脱いでタキシードに着替えると、ホステスでさえもぴりっとして顎をあげたものだった。

十分前のベルが鳴った。キャップが定位置に着く。事務所から支配人らしき中年の男が出て来た。大路ではない。知らない顔だった。

男に見えないように、エレベーター前に体を隠していると、楽屋からぞろぞろとホステスたちが出てきた。剥がれかけのポスターのようにだらしなく壁にもたれているホステスもいる。そんな女を注意もせず、支配人はルーズリーフに書かれているのだろう数字と名前を読み上げた。

「さあ、今日もよろしくお願いしますよ！」

パンパンと両手を叩き、決まり文句だけは声を張り上げる。まるでそれさえ言えば支配人の仕事は終わりだとでもいうように、彼はそそくさと事務所に戻った。

火葬場に向かう親族の群れのようにホステスたちがフロアに出て行く。銅鑼の音は鳴らない。あっけなくグランドシャトーの一日が始まった。

（うそやろ、なんなんよ、これ）

　突然事務所におし入ってきた女を見て、支配人らしき男はぎょっとしたように身をすくませた。

「なんやあんた」

「なあ、ここの支配人やった大路さんは？」

　知っている名前が出て、男は険しくした表情をあっけなくゆるめ、

「大路さんの知り合いか」

「そうや。なあ、大路さんどうしはったん。辞めはったん？　それとも勝しま？」

「あんたえらいウチに詳しいみたいやな。勝しまやないよ。入院してるんや」

　男はギイギイと耳障りな音をたてて座っている椅子を揺すぶった。

「入院ってどういうこと⁉」

「いや、それは足に水が溜まって……、あんひともももうトシやから」

「どこ、どこに入院してんの⁉」

「えーっと、どこやったかな。あのひと家族もおらへんから、来んようになったら誰も連絡つかへんで……、ってあんたどこ行くん。そっちは店や！」

　たいしたものの載っていなそうなデスクから身を乗り出して男はルーを引き留めようとしたが、

「しっとうわ!!」

一喝して、事務所のドアを音を立てて閉めた。ビールを運ぶ途中だったらしいボーイが驚いてこちらを見た。

なあ、あのひとテレビに出てた……、『ええもん』のルーちゃうんか、とひそひそやり合うのを尻目にルーはバックヤードからずかずかと店へと出ていった。こんな部屋、こんな廊下、何万回と歩いた。いまの靴よりうんと高いヒールで、ディスコで踊ってい るようなガキんちょよりも体のラインが出るオーダーのドレスで。

見知らぬ中年の女がバックヤードから現れたので、キャップが慌てて追いかけてきた。

「お客さま、本日はどのようなご用件で……」

ふっと立ち止まり、しばらくものも言わず男と目を合わせた。この間が、相手との関係性を一瞬のうちに固めてしまうことをルーはここで学んだ。そしてそれは東京に行ってからもっともよく効果を実感した技である。男を子供扱いするのにコトバはいらない。

「今日、やぐらソージが来るやろ」

「はあ、そのような連絡はございませんが」

「あのおっさんがわざわざ電話なんて殊勝なモンよこすタマかいな。いつもの席でルーが待っとうって。あと、乾きモンやない日替わりとアサヒな。二番におる」

謎の女が席番を言い放って二階へ上がって行くのを、キャップの男はぽかんと眺めるだけである。警備員くらい呼ばれるかと思ったが、ルーがいつもの二階席でふんぞり返っていても何も言われなかった。支配人もヤワならその下もヤワになったものだ。あれではカンバンもすすぼけるはずである。

二十年前、やぐらについて手酌で彼のビールを飲みながら見下ろしたグランドシャトーのステージは、かつてと同じ広さがあったが、無粋なマイクスタンドとカラオケの機材に占領されて、もうダンスフロアには見えなかった。開店と同時にバンド演奏されるはずのグランドシャトーのテーマソングもいつのまにか録音が流れるだけ、いつまでたってもショーも始まらない。

そもそも、ドラムセットがないことからして、もうグランドシャトーではバンドの演奏はやってないのだろう。都内のキャバレーも次々閉店し、カラオケボックスになったりシアターに改装されたりして消えていったことは知っているし、いまのトレンドは湾岸地区の古い倉庫を改装してオープンした英国資本のディスコだ。火に油をふりまくようなDJの煽りに、人間の体が熱を発しながらゆらゆらと音楽にあわせてくねるさまはまるで炎。その騒音は、かつてのキャバレーの喧噪《けんそう》に似て非なるものである。

――いや、ルーが違うモノだと思い込みたいだけなのかもしれない。オリンピック特需で沸いた高度経済成長期、ルーたちもたしかに夜通し踊っていたし、狂ったように金を使い体の底から声を出していた。いまの若者とやっていたことは同じだ。ビール、酒、タバコ、カネ、香水、車と排気ガス、ジャラジャラと金属のこすれる音。ブランド、光、光、ただのライトから落とされた光にみんなが必死になって手を伸ばす――。

（あの光は、どこにいったんやろう）

あのとき、やぐらがほかのどこでもないここで、ルーに向かって言った『にせもんでも、光や』。その言葉だけを道しるべにルーはいままで歩いてきた。二十年間東京で、ここで浴びていたものの数百倍のライトを浴びて暮らした。あれは若さを、知恵を、心ない人間たちに使い捨てられ、どこかへ行ってしまった人間から生まれたものだ。

にせものの光の正体は、そのような人間が差し出した時間なのだ。光ることを諦めざるをえなかったスターになり損ねた者の屍《しかばね》が、鏡のように反射して一ヶ所に集まっているだけだ。

うちは必死でにせもんを浴びてた。でもねえさんは違う。黒い服を着て一グラムの金も身につけなくても、真珠はいつもその名の通り、深海で輝く唯一の生きる宝石だった。ルーがいなくなっても、それは変わらないはずだった。

運ばれてきたビールに口もつけずに、ルーは真珠の席を見ていた。かつて座っていた貝を模したソファは撤去されてすでになく、彼女はなんの変哲もないソファに座って、年配のサラリーマン風の男に酌をしていた。相手の顔をじっと見て、時々小さく頷いて、魚が口から泡を出すように笑う。ほかのテーブルが、ホステスが客の膝に座って触るの触らないのとぎゃあぎゃあ騒がしいのとはたたずまいに雲泥の差がある。ただ、昔はすべて真珠のような態度がよしとされていた。いまは、彼女のテーブルだけが異様に静かだ。上から見ていたらその温度差がよくわかる。

「よお」

聞き慣れた男の声がして、隣に誰かが座った気配がした。

「里帰りか」

「サトなんぞあらへん」

「ま、そうやな。人間はふたつの種類しかない。里があるもんとないもん。あって幸せなやつと、苦しむやつや」

「賢そうに聞こえる寝言やな」

いつものようにやぐらが手酌でビールをコップに注ぐ。もうルーはここのホステスではないし、わざわざしてやるような仲でもない。

やぐらは柿ピーを口に放り込んでから、うまそうにビールを喉に流し込んだ。

「どうや。ひさびさの城は」

「城もくそもないわ。二十年たつとこうまで落ちぶれるもんかい」

「ま、ま、いまどきのキャバレーなんぞどこもこんなもんや。それでもちょいまえまでここはまだマシやったんやけどな。支配人替わったらあっちゅーまやな」

大路が店を離れて二年経つという。たった二年のうちに、グランドシャトーは男もホステスも寄りつかない、ただただ古くて汚い小屋に成り果ててしまったと。

「いまの支配人がディスコと掛け持ちのやとわれでキャバレーのことなんぞようしらん。コストカット、カットで数字だけ出そうとした結果、ろくなメシも出てこん、年増にビール注いでもらって素人のカラオケ聞かされるだけで金とられるボッタクリバーや」

「大路さんがおったら、こんなことになってなかったはずや……」

ルーはぺらっぺらの紙製になったおしぼりを腹立たしげにテーブルに投げつける。

かつてグランドシャトーは、きれい好きの大路のこだわりが随所に光っていた。一日一回かならず背もたれの頭部カバーは替えられ、ボーイたちは這いつくばって担当箇所のボックスの床をぞうきんで水拭きした。洗ったぞうきんはボーイの名札がつけられたハンガーで干された。ぞうきんがどれだけ汚れるほど掃除したか、汚れないほどいつも綺麗にしているか、大路はホステスだけではなくボーイの仕事にも細かく目を配った。

「背もたれのカバーがあるのはこの店だけやったな。あれはクリーニング代も高《たこ》うついたやろうけど、毎日来る客にはちゃんとわかってた。アイロンあてられてピシッとしたカバーひとつで、キャバレーの格があがった」

「なんで真珠ねえさんは、まだこんなところにおるんや」

一階の隅に追いやられた真珠のボックスは、かつての特別なソファではなくなっていた。それでも客が途切れることはない。

「モチダのほかの商売のことはよう知らんねん。けど、真珠ねえさんほどのホステスなら、もう望田興産の役員になってるんか？　それでねえさん、まだ店におるんやろうか」

「さあなあ、そういう話は、もしあったらどっからか聞こえてくるもんやけど」

やぐらは相変わらず大阪芸能界のドンのような顔をして、主に関西ローカル局に冠番組をいくつももっている。各局のプロデューサーはおろか、芸能事務所のトップともツーカーの仲だ。そのやぐらが聞き耳を立てて得られない情報はない。

「じゃあねえさんはなんのギリがあってこうまでグランドシャトーのために尽くすんや」

「昔、この辺に住んどったって聞いたことがあるけどな」

ハムスターがひまわりの種を頬張るように、やぐらは乾き物をいくつも口に放り込む。ルーはまじまじとやぐらを見た。

「この辺に？」

「結婚もしてたそうやで。歳の離れた旦那さんで、出征して帰ってこんかったとか、病気で死んだとか。まま、あのくらいの歳の女ならなんも珍しい話やない」

「それは、そうやけど。でもねえさん、まだ六十前やで」

昭和二十年の時点で結婚していたのなら、どんなに若くても十代後半だったはずだ。はっきりと生まれた年を聞いたことはないが、真珠のバースデーパーティは毎年やっていたので公表していたほうの歳は覚えている。

「ま、女の歳なんてな、二十五過ぎたらだんだんウリモンにもならんくなるから言わんわな」

「じゃあ、ほんまはもっといっとうってこと？」

「本名も知らんのに調べようがないわな。情報屋でも使うなら別やろうけど、終戦のどさくさのことは調べにくい。なんせこのへんみんな焼け野原やったっちゅうからな。誰が昔からおって、誰がのうなったんかなんて誰が知っとるか」

「やぐらさんも知らんの」

「あほ言うな。終戦直後なんて俺かてまだ子供や。知るかいな」

味のない安っぽい打ち込みの前奏に続いてへったくそな客の熱唱が広い広いキャバレーのフロアに響く。かつては美しい深海の竜宮城に見えていたそこは、いまはもう海に沈んで朽ちた古代の都市のようだった。いや、遺跡のほうがよっぽどましだ。ルーにはいまのグランドシャトーが、新しい時代について行けずに取り残され、恨み辛みを吐くしかないだけの、ただの死に体にしか見えない。

誰がこんなところに金を払ってくるだろうか。酒を飲みながら女の子と歌いたければスナックがある。ここはもうその場末のスナック以下だ。なによりルーを悲しませたのは、そんなどぶと化したキャバレーにいまだ真珠が勤めていることだった。

（なんで、なんでなんねえさん。ねえさんには金はあるはずや。四十までこの小屋のトップやったねえさんなら、もうとっくに働かんだって生きていけるぶんくらい余裕で稼いでたはずやろ。なんでなん。なんでこんなみじめな店で働く姿さらしてまで、ホステスに、この店にこだわるんや！）

望めばいくらでも、結婚相手も新地のクラブのママの道もあったはずの真珠が、光の当たらない店の隅で、二十年前と同じように接客をしている姿を見ているのはルーには辛かった。ここはもうねえさんにふさわしい城やない。

後悔の念が荒波のようにいくつもいくつも心の中にしぶきを立てて押し寄せる。ああ、どうしてあのときねえさんの腕をむりやり引いて東京に連れて行かなかったのだろう。東京にさえ連れて行っていれば、いまごろいっしょに南青山の御殿に住んで、彼女は新しい城の女王に迎えられていただろうに。

（そうや、東京にだって下町はようさんある。日本橋でも浅草でも、中崎町に似た街にいまからでも真珠を連れていけば……）

「それはそうと、ルー。おまえ、東京はどうするんや」

やぐらに言われてハッとした。こうしているうちにも新幹線の終電の時間が迫っている。いま、六時半。ここから新大阪まで向かう時間を考えればもう猶予はない。

「藤田さんがやぐらさんに泣きついたん？」

「あのなあ、天下のマルプロの社長やぞ。泣きつきゃせん。ただ、番組プロデューサーも局もマネも真っ青になってるって電話がな。いまごろ血相変えてこっち向かってるやろ」

ルーは立ちあがり、やぐらの薄くなったつむじを見下ろした。この男はおそらく、藤田にルーを連れ戻してほしいと嘆願されたにもかかわらず、事態が窮まってもなにも言わない。東京へ帰れとも、ここにいろとも。ただいつもより多く話したといえば真珠のことくらいだ。

きっと真珠のことで何か言いたいことがあるのだ。けれど自分からは踏み込んでこない。どういうわけだか知らないが、それが彼のルールだからだろう。

真珠のいたテーブルが片付けられている。彼女が客を見送ってもう十分経つがいまだ席には戻ってくる様子はない。次の客まで楽屋で休んでいるのだろうか。

二階の中央の席では、指名のないホステスたちが何をするでもなくただぺちゃくちゃしゃべりながら時間を無駄にしている。大路がいれば電話のひとつもするべきだと発破をかけただろうが、この様子では電話でお客を呼んだ女の子に対するボーナスなどもなくなってしまったのだろう。もう七時を過ぎたというのに、舞台の上は代わり映えせずショーの一本も始まらなかった。

何度考えてもここに真珠が居続ける理由がわからない。けれど、確かにやぐらはルーに伝えたいことがあるのだ。いまの真珠について。でなければ一度東京に帰れくらい言うはずだとルーは思った。

(ねえさんに訊いてもきっとはぐらかされる。でも、大路さんもいないのに、誰に訊いたら……)

二階から降り、トイレに行くふりをしてキャッシャースペースの横を通り過ぎた。思った通り公衆電話は誰も使ってないし、会計所にひともいない。この好景気のさなか、人員を確保するだけでも大変なのだろう。ボーイの数もルーがいたころの半分以下だし、厨房には料理人もおらず、ボーイたちの運ぶ銀盆には酒ばかりで、おにぎりさえ載っていない。

同じ好景気でもオリンピックのころは人であふれていた。働きたい女の子も毎日のように面接にやってきた。けれど、ルーが見たところ若いホステスの姿はほとんどない。

楽屋へ戻ろうとしたとき、トイレからどうにも見覚えのある顔が出てきた。注意深く見ると、かつて同じ時期にここで働いていたナギサである。

「ちょっと、あんたナギサ！」

ナギサは一瞬不審そうにルーを見たが、自分を呼び止めた相手が誰かわかったのだろう、大きく顔をしかめた。

「なんや、誰かと思えばゲーノージンさまやん、なんの用」

その言い草が互いに小娘だったころの、桜ノ宮の寮で髪をひっつかんで取っ組み合いをしたときとまるで変わっていなくて笑いそうになった。三つ子の魂も百までなら、ホステスの魂も百までだ。

「まだおったんやな」

「おって悪いか。忙しいねん。邪魔や、はよ去《い》んで」

「話聞きたいねんけど」

「誰があんたなんかに」

「テーブルに三万つける。それでも話さんか」

ナギサは一瞬黙り込み、きらいな食べ物を口に放り込んでいやいや飲み込んだような顔をした。この歳まで水商売で働かなければいけないような状況なら、三万はプライドを捨ててでも欲しい金額だろう。

「……次、半に客が入ってる」

「ほんならここでええわ。あんたここにどれくらいおるん」

グッチの財布からこれ見よがしに一万円札を出そうとして、答えを待った。ナギサはルーの財布の厚みにぎょっとしながら、それを悟られまいと目を泳がせる。大丈夫だ、この魚はいま食いついた。

「あんたが東京行ってからずっとや。いっとき三年ほどやめて、それからまた……」

「真珠ねえさんは？」

「ずっとおる、うちがいなかったころは知らん。でもまりんが、あのひとが店を辞めたことはないって」

「まりんて、あの子持ちの、寮に住んどった子？　あの子もまだおるん」

「寮の管理人の甥だかと結婚して、いまは店辞めてほんまもんの寮母や。あのときの子らはもう家出ておらへんけど、新しい男との間にできた子供がまだ小学生」

あのとき、ナギサと作った壁の穴からこちらを覗いていた幼児がもう社会人になっている。そう思うと不思議と心に温かみが差すようで、ルーはおかしかった。子供が無事育ったことを聞くとうれしい。ルーもそんな歳になったのだ。

「まだあんのか、あの寮」

空襲を逃れてまだ建っていた古い連れ込み旅館を、家がないホステスたちに格安で貸していた。その仕組みはまだ残っている。何もかもなくなったが、変わらないものもあることにほっとする。

「なんや、そんなことが訊きたかったんか」

ナギサが財布に手をかけようとするのを、すっと体ごと引っ込める。

「まだや。真珠ねえさんはなんでここにおるん？」

「そんなこと、真珠さんやないねんから知るわけない」

「じゃあ、ねえさんはずっと……。うちが東京行ったあとも、店を辞めんとずっと出てるんやな。結婚もしてへん、ほかの店にも移ってへん、新地のママやって失敗したわけでもないんやな」

「結婚したかどうかは知らん。いまだって男がいるんかもしれん。けど、うちが知ってるかぎりそんな噂は聞いたことない。客からも、楽屋でも。口説いとる男は毎週おるみたいやけどな」

「ふうん」

「でも、去年……、いや、もっと前やな。二年か、三年か前に半年店に出んかったことはある」

ルーは黙ってナギサが続きを言うのを待った。そういう話が出ることは予想していた。

人間六十年近くも生きていれば、一度や二度や三度、体を壊す。

「どこを悪うしたん？」

「知らんの？　乳がんやで」

「がん⁉」

予想はしていたが、いざ聞くと呆然としてしまう。

「片胸取ったはずや。あのときは真珠さんの客が心配して、店に見舞いが山ほど届いてひさしぶりに盛況やったで。みんな若い子が持って帰ったけどな。あのころは大路さんがまだおりはったから、うまいこと言って店に戻ってもらったんやろ」

「そないな大病までして、なんで……」

「さあなあ」

ナギサはそっけなさを気取ろうとして失敗し、やや上ずった声を出した。

「なんやの」

「なんでもない……」

そのナギサらしからぬ歯切れの悪さが、まだ何か重要なことを隠しているようでルーは訝《いぶか》しんだ。

「何かあるんやったら言いな。どうせまりんにも訊く。これからも自分だけに訊いて欲しいならいま言ったほうがええで」

四枚目の一万円札をぐいっと親指で財布から押し出す。我ながら品のないことだとわかっていたが、こういう場所では金がいちばん効く薬なのは間違いない。

「大路さんやったらなんでも知ってるやろ。うちより大路さんの見舞いに行ったら」

「居場所がわからん」

「天満に住んどうよ。家族で」

「家族⁉」

大路の経歴については、東京から引き抜かれただか、大物相手に何かやらかして単身都落ちして逃げてきただか聞いた覚えがある。いつのまに所帯を持ったのか。

「店にも会社にも内緒にしてたんちゃうかな。相手、新地に小さい店持ってるホステスやって聞いたから」

「ああ、そういう……」

人は去るが、去った分だけ来るのが街のいいところだ。それを思えば人のそばからも、同じように去られた分だけ新しい人が来ればいいと思うが現実はそうもいかない。多くの女たちの人生を見送ってきた大路が、そばにいてくれる人と一緒になりたいと思っても不思議ではない。

「もう行くから、ちょうだい」

ナギサがチラッと時計を見た。ルーは財布から三万抜いて彼女に渡す。

「なんや、四万くれるんじゃ……」

「はんっ、もっとハナ利かせ。したらいくらでもやるわ。なんせ東京は稼げるからなあ」

二十年前と同じ目つきでルーを睨むと、その手から三万ひったくってナギサは楽屋に消えていった。

フロアに戻ったあと、ルーは二番のボックスに向かった。もう帰ったかと思ったのにやぐらはまだビールを飲んでいた。

「痛風になるで、おっさん」

思った通り、やぐらは藤田にルーから目を離すなと言われているのだろう。

「あの朋輩ホステスからなんぞ聞けたか」

「真珠ねえさんが病気したこと、黙ってたな」

「お前が何も言ってくれるな言うから言わんかった」

「ジジイ、いつまでも女を手のひらで転がせる思たら痛い目みるで」

やぐらはおどけた顔をしながら、バッグから黒々とした携帯電話を取り出した。ルーと話させるために、いつもは夜の街を回遊魚のように動き回る男が、携帯電話を持ち出すとは。

やぐらは番号を押すと、受話器をルーに渡した。

「藤田さんか」

電話相手はとっくに予想がついていた。

「えろうすんまへん」

『やぐらさんがなあ、明日収録するつもりなら代役立てたほうがいいって言うんだ。ルーさんがもう東京へ帰らないかもって』

チラッとやぐらを見るとしれっとした顔でウイスキーを頼んでいた。この男、ルーが東京に帰らないつもりであることをもう見抜いている。

『一回くらいなら、お母さんが亡くなったってことでトバしても現場に影響はない。とりあえず今後のことについてゆっくり話さないか』

「あんなあ、藤田さん。藤田さんやったらうちを二十年前からよう知っとる人やからとやかく言わんでもわかると思うとるねん」

男を立てるような物言いが頭を使わなくても口からするっと出てくる。針をかすめたような不快さを感じた。

『ルーさん。なあ、この業界は――』

「先まで言わんでもええで。ようわかっとる。たっくさん沈んだ船を見てきたからな。なあ、藤田さん。どんだけ面倒見のええ事務所いうても、沈んだ船引き揚げるんはたいてい親の仕事や。親元がしっかりしとる子が大手にとってもらえる。問題起こしたときに親から金とれるからなァ」

ここまで言って趣旨のわからない藤田ではないだろう。彼にはルーの真意は十分伝わったはずだ。

いままでルーは、マルプロの沈みかけたタレントを、藤田の頼みもあって番組で多く起用してきた。商品を提供するメーカーも、恋愛沙汰や不倫でつまずいたタレントに対する不安より、二十年も続いている番組への信頼度のほうが勝る。いわば、ルーは芸能界という大波の上にどっしり浮かぶ空母のようなもの。そうやってルーはもちつもたれつでやってきたのだ。

山ほどの貸しがあるはずだ。それをいまここで全部返せとルーは突きつけたのだ。

「正直なところを言うわ。ここ五年くらい、なんのために東京おるかわからんようになってしもてな。そやかてうちには帰る家もない。連れ合いもな。そんなままおってみ？」

覚醒剤パーティに入り浸るタレントや、ヤクザの兄弟分になり彼らをボディーガードにして活動をするミュージシャン、宗教団体の広告塔……、そんな話を腐るほど聞いてきた。

ルーが今まで東京で、何がなんでもテレビに出ることにこだわってきたのは、全国区の番組に出ていることが〝ルー〟を生かす唯一の手段だと信じていたからだ。本名を曲げてまで姫路で暮らしている血の繋がった赤の他人どもに、ルーのほうが正しいと見せつけるためにはそうするしかなかった。それくらいしかルーにはすることがなかった。

東京に出て、一世を風靡した大阪人の代表格だと言われてもてはやされても。

母が死んで、体中の筋肉が骨から外れたように力が抜けた。このまま東京に戻っても、ルーはもう生きてはいけないだろう。そもそも生きる理由がない。あそこには。

『大阪で何をするつもりなんだ。いまさらだよ、ルーさん。あなたの価値が下がる』

「番組クビにされて都落ち言われるやろうな。こっちに戻ったからいうてすぐ大阪のテレビ出られるなんて思ってない。ただ、東京帰ってもほんまにすることがない」

『大阪にはすることがあるのか？』

「二十年前世話になったひとがおかあちゃんと同じ病気や、うちはこのままこっちにおるわ」

『…………』

思ったより長い時間、藤田は電話の向こうで黙り込んでいた。携帯電話が重い。ルーが肩に挟んでビールに手を伸ばしたところで、ようやく彼が返事をした。

『なら、こっちは更地《さらち》にする』

「そうしてんか。好きなようにしてくれてかまわん。東京でなんぼ悪者にされてもかまわん」

『……親の葬式に行くと言い出したとき、少し頭をよぎったんだ。このまま帰ってこない気がしたんだよ』

まだ名残惜しそうな声を出すので、ルーは面倒くさくなってとうとう伝家の宝刀を抜くことにした。

「ああそうや藤田さん、今回の手間賃に、あんたが欲しがってた南青山のマンション、言い値で売ったる」

返事も聞かずに電話をやぐらに渡して、ルーは生ぬるくなったビールを一気に飲み干した。

「なんちゅうあっけなさや。おい、ルーよ。ええんか。あの南青山のマンション、いまデベロッパーに売れば五十億やぞ」

「プロダクションの社長にけちな女のケツ拭かすんやから安いもんや」

正直あんなマンション、藤田に手間賃がわりに譲ってもよかったのだが、あまり安い値段で売ると国税局がうるさい。買った値段とかかった維持費を差し引いてもまだまだ利益が出る。なんと言ってもいまはバブルだ。

三日もしないうちに藤田の代理人だという不動産屋がルーの元を訪れ、南青山の城も荷物もあっけなくルーの手を離れた。

のちに、やぐらはこのときのことを思い出して、こいつは電話一本でスターの座を捨てた女だといろんな場所で酒の肴《さかな》にするのである。そして賭けに勝ったのだと。

それは、ルーが藤田に南青山のマンションを売却してほどなく、バブルがはじけたからだ。東京中の高騰していた証券や不動産が軒並み暴落の一途をたどり、浮かれていた人々が今度は阿鼻叫喚《あびきようかん》の地獄絵図の中でのたうちまわるなか、ルーは綺麗な金をもらってさっさと東京をあとにした。

「ルー、おまえはほんまにもっとうわ」

その都度、顔色も変えずに彼女は言ったものである。

「そんなんバブルさんのほうが勝手にはじけただけやで。うちはなんもしとらん」

＊＊＊

大阪厚生年金病院に入院していた大路を見舞った。ルーの顔を見たとき、大路はベッドの上で老眼鏡をかけて読みにくそうに何かの会報を読んでいたが、一度ルーを見て眼鏡を外し、もう一度かけてさらに外した。

「うそじゃないかね」

「うそなもんか。ルーだよ」

「とうとう僕にもお迎えが来たのかと思ったよ。ああ驚いた」

それから長い話をした。彼はこの世界の人間らしく、東京でルーが何をしていたか知っているだろうに、自分からは一度も口に出さなかった。

話は主に真珠のことだった。

「三年前だよ。乳がんが見つかって、ここに入院したんだ。彼女の長いお客さんが済生会の理事をされていてね。そのひとが無理矢理ひっぱっていって検査を受けさせたら三センチくらいのしこりが見つかったんだ」

それから手術をして、半年間抗がん剤治療を受けた。大路はこれを機に引退したほうがいいのではないかと勧めたが、真珠は髪が抜けてもウィッグをかぶって店に出たがった。

「ほかにすることがないとボケそうだと押し切られたよ。ともかく、多くて週に三日、九時には必ず帰るようにと念を押したんだが」

正直真珠の気持ちもわからないでもない、と大路は言った。

「ほかにすることがないのは僕も一緒だからねえ。もう五十年近くキャバレー一筋で来たんだ。ほかにしたいことも特にないくらいにね」

「でも大路さん。結婚したって、店の子から聞いたけど」

「うん……。こっちに身寄りもないし。東京にはまだ義理があって戻れないしね。このままひとりで死ぬのもねえ」

こうして窓際の明るいベッドに座っている大路を見るだけで、彼にはいま世話をしてくれる女がいるということが一目でわかった。首元がよれていない清潔なパジャマ。丸椅子には飲み物が入れてあるのだろう、水筒と洗濯物の入った大きなバッグ。家で洗って届けてくれるひとがいる証拠だ。

彼がいま一緒にいる相手を見つけて幸せでいることはルーにとっても喜ばしかった。大路には本当に世話になった。病のときにひとりでいることは体にも良くない。

真珠はどうだったのだろう。入院したとき、大路のように誰かパジャマを持ってきてくれるひとはいたのだろうか。

「……昔、真珠ねえさんが京橋のあたりに住んでたって、大路さんは知っとう話？」

大阪社交会報を脇にやって眼鏡を拭いていた大路が顔を上げた。

「僕が来る前の話だね。先代の望田の会長がグランドシャトーを建てたころの話じゃないかな。その会長ももう亡くなったけどね」

「そのひとが、ねえさんを囲ってたわけやないん？」

「そういうひとじゃあなかったよ。家族を大事にする実業家だったね。社長は入り婿で、どっちかというと居酒屋チェーンの経営やってたひと」

「モチダの会社にどっかでミソがついてねえさんに金を借りたわけやないん？」

ナンバーワンを長年張っているようなホステスだと、店と従業員の力関係が逆転するようなこともまま起こりうる。それでなくとも真珠はあの質素な暮らしぶりだ、相当な金を貯めているだろうことは誰にでも想像がつく。

「通ってる客の中にも、会社の金使い込んでねえさんに借金頼んでるオッサン、めずらしゅうなかったからな」

「……中崎町と桜ノ宮の寮は、真珠さんの持ち物だよ」

それは、そんな気がしていたので特に驚くこともなかった。それでも真珠の稼ぎは、あの小さな長屋の一室と古い旅館を買い上げてもまだあまりあるはずだ。

とにかく、真珠はグランドシャトーという店に理由があって固執している。体を壊しても店に出ようとする理由が、親会社の役員や株主だというのでもないなら、ルーにはさっぱり想像がつかなかった。

「それはそうと、きみはどうするの」

「ねえさんの面倒をみる」

それだけは迷いがなく口から滑り出た。そう、と大路はそのことについて否定も肯定もしなかった。

「ねえさんもここに通てんの？」

「北野病院のほうに変わったって聞いたよ。中崎町から近いからね」

「何かあったとき、誰かそばにおらな、思うねん。どうせうちは身寄りもない。子供もおれへん。気楽な身の上や。なあ大路さん、うちは東京で売れたタレントやいわれてるけど、二十年もおったらそれなりに地に足つけなやっとれん。プロダクションだろうが制作スタジオだろうが、ひとが来ていつのまにかどっか行くのはおんなじや。歳とっていろんな理由でひとりでおるのが寂しいのもおんなじや」

大路は二十年前より皺の寄った口元をもごもご動かして、そうだねと言った。彼が入れ歯になっていることにルーは気づいた。

「昨日も店で見てて思った。キャバレーはとうの昔に死に体やけど、いまさらあそこをディスコにしたところでもう手遅れや。どうにもならん。それに、まだ別の勝機はある。万博のころによようさん来てたサラリーマンがいまちょうど定年やろ。嫁さんにはかもうてもらえん、子供は結婚してろくに家に寄りつかん、時間と年金を持て余してる。そういう客を呼び戻すんや」

「でもねえ、あの頃サラリーマンだった客はもう会社を離れてるんだよ。定期券があったから休みも来てくれてた。会社帰りに一杯ひっかけていってくれた。そんなひとたちは、いまはもう近所のスナックでカラオケに励んでいるもんだろう」

「それがいやな客はおるはずや。大路さんやったらわかるやろ。あのころ、イケイケドンドンで会社員やってたような男はな、自分がいらん人間になったことを認められん。認めんまま死ぬ。そんなヤツはな、近所のカラオケスナックやってよう行かんのや。近所の、を出せへん。ゲートボールなんぞジジイのするもんやと言い張って、町内会にも顔家族構成知られてるような面子に、自分が話す相手もおらへんことを知られとうないからな。せやから、キャバレーには来る。電車賃払っても、プライドのほうが勝つんや」

ルーはグランドシャトーにはなんの義理もない。十九歳のルーを拾ってくれた恩はとっくに返して余りあった。ここで店を立て直すためにあれこれ言うのは、真珠が店に執着しているからだ。

「店に戻る気なの？」

「さあ、どうやろ。あの店をどうするにしても、うちひとりの力ではどうにもこうにもならんさかい。大路さん。あんたに支配人に戻ってもらわな」

今日は真珠の話のほかに、このことを話しに来たのだ。もう七十を過ぎている大路が、病を得てなお店に戻るつもりがあるのかどうか、ルーはそれを確かめたかった。

「店な、いまごっつう汚いで」

「そうだろうねえ」

「トイレなんぞ誰もまともに掃除せん。ホステスは堂々とお茶挽いて、水筒に酒入れて持ち込んどる。家族ができたんなら、もう大路さんに城は必要ないのかもしれん。でもねえさんはそうやないみたいや。いまもひとりで地蔵長屋に住んどる。ねえさんには金はあった。やけど、店を買収してオーナーになるわけでもなく、いまも店の片隅でホステスやってるんにはなんや理由があるんやろう。うちはねえさんを手伝いたい」

ルーがその気になれば、望田の社長に店の経営権を譲ってくれるよう掛け合うこともできるだろう。しかし、商売というのは雇われる側に長くいたからといって雇う側に回ってうまくいくほど簡単ではない。グッズを作って原宿に店を出しては、すぐに廃れて店を畳むタレントたちをたくさん見てきた。飲食店もしかり。

「これからじっくり、店をどうするのがいいか見ていくつもりや。大路さんが戻ってくれるなら何をするにも望田の社長と話がしやすい」

「老骨に鞭《むち》打つようなことを言うねえ」

「死に場所は自分で選んだらええ。でも毎日出勤せんでも、大路さんの名前があるだけでだいぶ違う思うねん。あかんやろか」

大路は、ルーがそう言い出すのを待ち構えていたかのように、綺麗に拭き上がった眼鏡をかけた。

「望田がいくらで雇ってくれるかにもよるねえ」

そうしてルーはあっけないくらい簡単に東京を捨て、大阪に舞い戻って地蔵長屋での生活を始めた。三十年近く前に寮を追い出されて身ひとつで転がり込んできたときと同じ日常。真珠と毎日お地蔵さんを掃除して、買い出しにでかけ、真珠が出勤するときは律儀に京橋まで付いていった。

大路はしばらくして退院し、杖をついて店に戻ってきた。ルーが言うまでもなく望田の社長から、なんとか戻ってくれと再三懇願されていたらしい。一方ルーはすぐには店に戻らず、しばらくブラブラと大阪を見てまわることにした。

（何もかも変わってないと思ってたねえさんやけど、やっぱり変わっとうところもある。お風呂をつけたんは、片胸とったからなんやろうな）

真珠は、食事のあとに薬を飲むことをルーに隠さなくなった。ルーもあえて病気のことは尋ねなかった。半月に一度、朝早く北野病院へ出かけていくときは、彼女が気を遣わないでも良いように先に出かけることにした。

店にも時々顔を出した。

週に三回、真珠が店に出る日には、とっくに会社を定年になった昔の客がグランドシャトーへ押しかけているようだ。中にはうまく出世して、役員として六十を過ぎても会社に席がある客もいる。そういう決まった客がいるときは、真珠は家で具のたくさん混ざったおにぎりや、大根とぶりを炊いた煮付けや、タコの酢の物などを作ってタッパーに入れて客に渡していた。本当は、真珠は家に持って帰ってもらうつもりなのだろうが、どの客もすぐに店で広げて食べたがった。

本来なら店で注文する飲食以外はタブーだ。真珠もいつも困ったように止めている。けれど、客の「ここにはもう昔のようなメニューがない」という言い分に返す言葉がないのだ。

(手をつけるなら、ごはんものからやな)

埋まる気配のない二階のボックス席から見下ろしながら、ルーはじっくりと店の観察を続けた。

不義理をして引っ込んだなら、最低でも一年は表に出てこないというのが芸能界の掟だ。禊《みそ》ぎといわれるそれは、大阪ローカルであっても変わりはない。

あれから藤田は、ルーの尻拭いをうまくやってくれたようだ。ルーの急な降板問題は一時週刊誌を騒がせたくらいですぐに消えてなくなった。さすがよく破れる古びたパンツのような芸能界を針一本でどうにか取り繕ってきた達人だけある。

『故郷で最愛の母を亡くして抜け殻になってるってことで、局のPさんやメーカーさんに納得してもらったんだから、くれぐれも軽率に戻ってこないように』

ルーが大阪に戻ってきて二年近くが過ぎたころ、平成三年の春。日本は急激な信用収縮状態が続き、本格的に景気が悪化し始めた。逆風は東京のみにとどまらず、あっという間に地方に飛び火して日本全体がひどい不景気に陥るだろう。すでに株価は昨年秋には急落し、たった九ヶ月でピーク時の半値にまで落ちていた。

　例に漏れず大阪にもバブル崩壊の荒波が押し寄せてきた。

　二年ほど、中崎町の長屋でキャバレー界隈の情勢を見ていたルーは、ある日大路を喫茶店に呼び出し、店に戻りたいと切り出した。

「これからようさん人があぶれる。いまこそ、ええホステスを雇うチャンスや」

　景気が上向きのときは、夜の世界でもホステスがひっぱりだこになり、落ち目のキャバレーの時給では誰にも見向きもされない。グランドシャトーでもホステスが居着かない状態が続いていた。若い女の子がいないから当然客も来ない。京橋の老舗の小屋はいつも高い天井と空間を持て余していた。

「でもねえ、ルーさん。望田のほうはもう店を閉めようかって話をしてるんだよ。なにしろこの景気だろう、当分良くなることはないよ」

「閉めたらあかん。これからが商機なんや」

「商機って」

「この一年、大阪中のクラブやらキャバレーやらを見てまわった。経営者と飲んだり、大阪市のボランティアやったりしてな。だからわかる。これからどんどんキャバレーがつぶれる。クラブもや。まずはミナミからな」

　最終的に生き残るのはラブホテルだけだろうとルーは踏んでいた。風俗でも本番のない店は大方潰れる。悲しいかな、本番のある店と、素人に本番用スペースを提供する商売はすたれることなく続くはずだ。これは、ラブホテルは法律上、利便性の良い場所に新しく建てるのが難しいという問題があるからである。一度建てたラブホテルは、権利を売り買いしてでも続けるほうがずっと商売になるのだ。

「キャバレーが潰れるのはわかったよ。でもそれをいうならうちだってキャバレーだよ。もう潰れたっておかしくない」

「ほかのキャバレーが潰れるのを待つんや。ボロッボロのソファもテーブルも全部タダでもらってきたらええねん。昨日も、千日前スターダストがとうとう潰れるて話を聞いた。あそこの椅子も什器《じゅうき》もうちよりキレイや。全部もろたらええ」

照明も食器もステージのセットも、ロッカーや天井裏のダクトまで、もらえるもんは全部もろてしまえとルーは大路をたきつけた。

「ソファの柄が違う？　そんなんヘッドカバーしてもうたらわからん。それよりは、とにかく店をキレイに見せるんや。大路さん。ヘッドカバーをクリーニングに出す金がないなら、店で洗濯してもええから毎日付け替えよう。な、あれがうちの店をナンバーワンにしてたんやで」

大路のこだわりであったヘッドカバーを復活させたいというルーの言葉は、彼の心をひとかたならず打ったようで、それならば僕がアイロンをかけようと言った。

はたして、店の改装は朝から昼の間に少しずつ進められた。ルーは新聞を読み、商工会やデータバンクが発行する倒産情報を細かくチェックした。同業者から店を閉めるという話を聞けば、すぐに飛んで行って備品を引き取る手配をする。

「ええか、クリスマスまでにはボロを一掃する。一本脚のテーブルは、裏の板金工場持って行って塗装してもらえ。下が剝がれてるベニヤのドアなんか全部外して、スターダストのきれいなやつに付け替えるんや！」

幸いにも、もともとの仕様である真鍮《しんちゅう》の手すりと入り口からフロアへとつづく壁のモザイクタイルは、開店時に有名なデザイナーを入れていたからかとくに古びもせず、これはこれで味がある。とにかく大事なのはソファと、すり減って中年のおっさんの後頭部のようになっているみすぼらしい床のカーペット、それから天井の掃除だ。

大路の許可をもらってルーが金を出し、午前中を使って天井から垂れ下がっているシャンデリア全部の掃除が始まった。矢倉のような足場が組まれ、次々に洗い屋の手で砂利石のようだったクリスタルに輝きがよみがえる。その後、店を閉めた十二時から、次の日の開店直前まで左官と大工に入ってもらって床のカーペットを剝がし、新しいものに一気に取り替える。

もう使用していない古い器具を全部店の外に出し、壁も塗った。塗ったといえばバックヤードの、シミだらけで放置されていた廊下の壁も上品な紺色に生まれ変わった。ホステスたちのストレスが溜まるたびに八つ当たりされていたべこべこのロッカーは撤去され、倒産したどこぞの会社のロッカーが設置される。畳まで入れ替えられたのは、やはりどこかの企業が調子に乗って作った社内茶室からの戦利品である。

バックヤードの床は金に塗り替えた。事務所はビルの八階に移転し、大路たち望田の社員がたばこを吹かすだけだった部屋は、店のナンバーセブンまでが使える特別室になった。もちろんここには専用の化粧台にクローゼットが備え付けられ、ソファも置かれた。これも潰れた会社の社長室から失敬してきたものだ。

「オイルショックで閉めた店の備品を寄せ集めて開店した店が繁盛するなんて、昔からよくあった話だ。いまは誰もキャバレーなんて始めないから備品の引き取り手もない」

大路が言った。火事場泥棒だが理にかなっている、と。

「ちゃうで、大路さん。火事場やない。いうならこれは焼け跡泥棒や」

真っ先にバックヤードの改装にかかったのは、キャバレーの価値はホステスで決まるという一面を大事にしたからである。実際エレベーターを降りた瞬間に、ホステスたちの顔つきが変わった。店が、立て直そう、店の格をあげようとしていることを感じ取ったのか、いつものような大声での耳障りなおしゃべりもなかった。

「店キレイにしたら、つぎは食べモンや」

ほぼ使用されずに放置されていたキッチンには、どこからかもらってきた炊飯器を十台備え付けた。中には台湾製の電鍋（電気釜）も混じっている。これで少し離れた扇町にある「勝しま」の厨房から、最高においしい味噌汁を運び、あつあつでお客に出すことができる。

「とにかく、毎日具の違う汁物だけは切らしたらアカン。夏だろうと冬だろうと味噌汁や。あとは雑炊。勝しまからなんでも運んできたらええ」

コックを常勤で雇うだけの余裕は、もういまのグランドシャトーにはない。だったらすべて電子レンジでチンして出してしまえというのがルーの考えだった。メニューなんぞいらん。大阪人は鶏めしと味噌汁と甘辛い魚の煮付けがあれば黙る。これに野菜の煮物があればイッパツや。

店が始まる直前に炊飯器を十台、勝しまから運ぶ。おにぎりも百個。炊飯器の中には味噌汁、煮物、魚の煮付けが保温されている。これで料理人はいらない。

毎日限定五十食。開店と同時にひとを呼ぶのに効果的だろうと考えた。

「クリスマスまでに全部終わらせるんや。クリスマスにニューオープンのパーティをやる。クリスマスに来た客は、年末のカウントダウンも来る」

ルーが呼び戻したいのは、ひとりぼっちの初老男性だ。かつて高度経済成長期に我が物顔で京橋を闊歩していた彼らは、幸運な者は子や孫と暮らし、不運な者は妻に去られ、あるいは一言も口をきく相手のいない年金暮らしの身の上である。

――京橋ええとこ、一度はおいで。寂しあんたに寄り添うところ。グランドシャトーがありまんがな。

代わり映えのしない街のカラオケスナックと、つまらないモノで埋もれた自宅との往復に辟易《へきえき》していた彼らが、城のよさを思い知ったらどうだろう。かつて自分が最もイキイキと輝いていたころの名残をとどめるキャバレーと、温かい家庭の味と、歌謡曲。

「竜宮城ってそういうところやろ。浦島太郎はもとからじいさんやったんや。亀を助けて一時だけ、現実逃避をさせてもろただけ」

だが、その現実逃避こそ重要なキーワードだ。そのためにすべての娯楽は存在しうる。ただのおにぎり、ただのテーブルと椅子、ちょっとだけ着飾った女のお酌が金と交換されるには演出が必要だ。

つまり、煙に巻けばいいのだ。いっときだけ現実を忘れて歓待されることの喜びと、ウソをつけない舌を満足させる。

見てくれと食いものが揃ったら、あと必要なのは認知である。

「急いでひとを集めなアカンわ、大路さん。ホステスもやしスタッフも」

彼は店のベランダに設置された、倒産した会社からもらってきた洗濯機でヘッドカバーを洗っている。トイレ掃除はアルバイトのボーイに任せる代わりに毎日百枚、これにアイロンをかけるのが彼の新しい日課になった。これなら足の悪い彼も座ったままできる。

「とにかく若い子入れよう」

「そうはいってもねえ、若い子がいまどきキャバレーになんて来ないよ。キャバクラにとられちゃう」

「キャバに嫌気がさしてる子もようさんおる。それに、キャバにはないアピールポイントを作るんや」

「たとえば？」

「めんどくさい先輩に気を遣わなくてもええように、とか」

どうせ若い子といえば大学生のアルバイトである。一、二年で辞めていく子たちが口コミで働きやすいと友達に話してくれるよう環境を整えることが大事だ。

「どうやって？」

「支度部屋はバイトだけ分けたらどうやろか。ホステスたちと顔合わせんでもようなれば気が楽なもんやで」

というルーの鶴の一声で、八階の倉庫だった部屋を片付けて、バイトの女の子たちはそこで着替えることになった。

「ボーイの数も足りへん。バイトの若いモンいれな。これからごはんもの増やすなら力仕事できる若い子がいる」

それに対しても、大路の答えは同じだった。

「若い男の子だって、面倒くさそうなおっさん相手の仕事なんてイヤなんだろう。めったに応募がないよ」

少し考えて、ルーは言った。

「まかないつければ？」

東京にいたころ、ルーの番組には潤沢な予算がついていたので、お昼の弁当はいつも温かいものが届いた。これがあるとスタッフは必ず昼前にやってきてスタジオの準備をする。テレビ業界で働きたい若者やともすれば若くもないスタッフたちはみな貧乏生活を強いられている。高騰する家賃、彼らが真っ先に切り詰めなければいけないのは食費だ。

新川スタジオの『ええもん』担当になれば、食費がほとんどかからないことは業界でも有名だった。なにせ毎日収録があるので、スタッフは仕事に困らない。そのうえ食事も珈琲も出るとあっては人気があるのも当然なのだった。

ルーの提案で、アルバイト情報が集められたフリーペーパーに広告を出した。

男性：ホール係　交通費・同系列グループ飲食店の温かいまかない付き。終電で帰れます。

女性：接客担当　時給2000円～・温かいまかない付き。ロッカールーム別。面倒な店員との接触はほとんどありません。お客さんがキャストの体に触ることは当店では厳禁です。

学生歓迎、学業優先。短期OK。なんでも気軽にご相談ください。

ダクトとシャンデリアの清掃が完了すると、店は見違えるようになった。壁や床に染み込んでいた長年のヤニが資材ごと取り払われ、排気口の汚れがなくなっただけで、空気まで全部入れ替えられたように感じる。

ただ舞台の背後にかかっている巨大なドレープのカーテンは、生地が古すぎてクリーニングに出すのが難しいということで、垂らしたままスチームを当ててきれいにした。いつか本当にこの店が勢いを取り戻したら、そのときはルーが寄贈してもいい。そんな日が来ればだが。

(そんでも舞台がそのまんま残ってたのはよかった。あの大理石の舞台と柱はこの店の象徴や。金にあかしてバンバンでっかいハコもの建ててたときの贅沢な内装のおかげで、四十年近く経ってもまだまだ通用する)

他店で使っていた淡いブルーの間接照明を、電気屋を呼んで一日で設置した。キャッシャー前の古くなっていたパーテーションはすべて取り払い、カネがかかっていたころの名残である大理石のカウンターを石屋を呼んで磨いてもらう。とにかく古さの目立ったトイレの設備はすべて撤去し、閉店したホストクラブから剝がしてきた大理石のタイルを貼って、ゴージャス感と清潔感をアピールした。どんなにフロアにカネがかかっているように見えても、本当にいいものを使用しているビルはトイレが違う。トイレが古くて汚い会社にはひとが居着かない、とマルプロが大きくなるたび、トイレで移転先を決めては引っ越していた藤田のことを思い出した。ルーが入ったころは十人くらいしか従業員のいなかったマルプロも、藤田の手腕でいまや日本の芸能界を代表する大手事務所に成り上がったのだ。

「トッカン工事もいいとこや」

ルーはしげしげと二階から店のフロアを見下ろした。三十年前、店に初めて足を踏み入れたとき、ここここそが深海の竜宮城だと思ったあの輝きがそこにあった。

「すごいな。シャンデリア、こんなにキラキラしてたんや」

ろくに手入れもしないままくすんで輝きを失っていたガラスが、テーブルの上で揺れる様はまるで水面だった。ゆらゆら、キラキラと会話しているような光の粒が降り注ぐなか、カラフルなドレスを身に纏《まと》ったホステスたちの金魚のようなシルエットが踊り、ボーイの手のひらの上では銀盆が回っている。スピーカーから流れる音楽とホステスの笑い声が混じり合い、広い広いキャバレーの空間は、音楽と光によって隅々まで満たされていく……。

「シャンデリアっていうのは、たいしたものだなあ」

二階の零番ボックスに、杖をついた大路がやってきた。ルーと同じく、天井中央に鎮座する光の渦を見て、彼らしからぬ呆然《ぼうぜん》とした顔でつぶやく。

「面接終わったん？　どう、誰か来てくれそう？」

「女の子がふたり、明日から来るよ。ふたりとも大学一年生。ボーイは関学生が平日の水曜日から金曜日まで。今日から入れるって。いま、八階で味噌汁飲んでる」

勝しまからの仕出しをメインに提供し始めて半月。夜の定食は毎日ほぼ完売する勢いだ。いまでは、開店と同時にこの定食目当てにやってくる客も増えた。

メシがうまいと次はビールが欲しくなる。満腹になれば少し強い酒が飲みたくなる。大路の提案で比較的安めの焼酎やウイスキー、そしてワインを始めた。ワインを本気でたしなむ客はキャバレーには飲みに来ないが、女の子が注文しやすいようにしたのだ。内装を少しずつ変え、清掃を入れ女の子を増やし、フードメニューを一新した。三ヶ月かかってようやく新体制は整いつつある。

「よかったのかい、こんなにお金を使って」

「ええねん。どうせ死に金やった。使いたいことにつこうて何が悪い」

「望田の社員でもないのにねえ」

「ひとに頭下げる生き方してきてないねん、いまさらナニ田様やろうが、頼んでやってもらうなんて無理や」

南青山のマンションを売った金はまだある。それに、ルー自身はあの質素な地蔵長屋に転がり込んで二年、金がかかることはほとんどない。あの家が真珠の名義になっていることを知ったルーが、家賃と生活費を折半しようともちかけても、ここは寮だからええのんとやんわり断られる。

真珠の家だけでなく、桜ノ宮の旅館も、望田が微々たる金を真珠に払ってホステスたちの寮として利用している。それもこれも、ルーが大阪を去ったあとオイルショックで経営が傾いたときに、寮をなくそうとした会社に真珠が手を差し伸べたのだ。

それでも、あんなおんぼろ寮のひとつやふたつ、かつての真珠の稼ぎからいうとたいした買い物ではないはず。がんの治療費がどれだけかかったのかは知らないが、普通の保険の範囲内なら彼女はいまだあり余る財産を保持していることになる。

(いったい、なんに金がいるんや、ねえさん)

なぜ、そうまでして店に出るのか、ルーは二年の間真珠をじっと観察してきた。はじめはどこかに支援しなければならない子供や親戚がいて、送金しているのかと思ったがそういうわけでもない。通院にたいした金や時間がかかっている様子もないし、ルーのように大枚はたいて店を改造しているわけでもない。

どこかで店をやっているわけでも、誰かの借金を肩代わりしている気配もない。なのに、真珠の稼ぎはどこかに消えている。消えているからこそ、彼女はまだ長屋にいて店で働き続けるのだ。

(あの店にこだわるのは、誰か好いとうひとがおって、そのひととは一緒になれんわけでもあるのかと思っとった。けど、そういう雰囲気の客はおらへん。男を囲ってたらうちに隠して続けられるわけもなし)

もしドラマの中の話のように、あの店を守ってくれと真珠に言い残して死んだ恋人がいたとして、その遺言を何十年も守り続けているとしたら、それはほとんど狂気だ。

実際のところ、真珠にそのような妄執の雰囲気を感じないわけでもなかった。彼女が店で身に纏うベルベットのドレスは黒、そしてアクセサリーは真珠。どちらも深い悲しみと死を連想させる。

(せやけど、そんな話がほんまにあるなら、大路さんが知らんはずないし)

もうルーは小娘ではない。使い勝手の良い情報屋にもツテはある。こんにゃくほどの厚みの封筒を渡せば、彼女の過去も生まれもなんでも調べてくれるだろう。

知りたい、と思う気持ちと、いまの真珠の生き方を尊重すべきだという気持ちが潮のように満ちては引いてせめぎ合った。

（ねえさんが誰であっても、うちの目の前におるねえさんがすべてや。過去なんて関係ない）

実際、本当の名前を知らなくても互いになんの不便もなかったし、何かして、万が一にも真珠に嫌われたくない。

相手がどう思うかまでは世慣れたルーであっても予測不可能である。だから探らない。今も昔もルーにとって大切なことは、いつだってひとつだけだった。


二十年前も使っていたのと同じ鍋で、真珠がタケノコといんげんを出汁で煮ていた。最後に出汁に片栗粉でとろみをつけて、あんかけのようにしていただく。真珠が作るものの中でも、いっとうルーの好きな料理だ。

時代は便利なほうへ便利なほうへと加速する。大型のスーパーがどんどんできて、魚も洗剤も化粧品も服もスーパーにさえ行けば一度に手に入るようになった。利便性に負けて古い小売店はやっていけなくなり、京橋周辺でも個人商店の閉店が相次いだ。これも商売のかたちが変化したにすぎない。かつてキャバレーがテレビによって衰退したことも、娯楽という商売の器が変わったためである。

しかし、先頃の不景気のあおりを受けて、今度はスーパーも立ちゆかなくなって倒産に追い込まれている。店がなくなればもうそこは街ではない。ひとが利便性と新しいものばかりを急激に追い求めた結果失くしたものは、とっくに影も形もなくなって二度と取り戻せないのではないか。そもそも我々はいったい何をなくしてしまったのか。こんなはずではなかった。そんな記事をルーは新聞で何度も読んだ。

それに比べれば、中崎町は変わらない。この長屋にはいまだに米と醬油の配達が来るし、商店街は天満の先までずうっと続いていて、ざりざりと土を削るひとの足が絶えることはない。

「ふしぎやなあ、この辺は。いつまでも時が止まっとるみたいに変わらん。不況だろうと好況だろうと、猫はなあなあ鳴くし子供は石蹴りする。お地蔵さんは今も昔もおんなじ顔してはる。うちらだけ老けたみたいや」

真珠の笑い声が、とん、とんという包丁の音に混じって聞こえる。

「ねえ、ほんまよねえ、ええとこよねえ」

おぼろ月を見上げるように、彼女の表情はいつもぼやけた印象で、それが歳を感じさせない一因なのだろう。

「ねえさんはいつからここに住んでるん？　もうずっと？」

「もうずうっとよ」

いつもはそこではぐらかされて終わるのが、なぜかその日はそれでは終わらなかった。

「昔ねえ、うちがまだ娘時代に、戦争があったでしょう」

「ああ、うん」

「この辺は不思議と焼けんと済んでねえ。みんなで一緒に扇町の小学校まで逃げたん。その中にこのへんの長屋の地主さんがいはったんよねえ。それで戦争が終わったあと、女と子供ばっかり十人ぐらいこの家で暮らしてたんよ」

「へえ……」

「みんなそのうちちゃんとした家のある郊外に、親戚頼って出て行って、とうとううちだけ残ってしもうた」

　小さな土鍋の中には、タケノコといんげんとはんぺんとさといも。それに金色のとろみのあるあんがかかっている。具を引き上げたあと、この中にひやご飯を入れてもう一度火にかけて、玉子でとじる。地蔵長屋のごちそうだった。

「それからずっとここにいるん？」

「ずっとおるんよ」

　陶器のレンゲの冷たさが、あつあつの雑炊を口当たりよいように冷ましてくれる。野菜の出汁で食べるくずれかかった米の甘さがたまらなくおいしい。

「そうかあ、ほなうちもずっとおるわ」

　そう言うと真珠はニコッと笑って顔の皺を増やした。絹ごし豆腐を新品の箸で崩すみたいに笑うんやな、とルーは思った。

「ずっとおるわ、ねえさん。いま、うちは楽なんよ。東京で、いくら香水とレースのベッドで眠ってもちっとも楽やなかった。大昔に大川の橋の上でねえさんに拾われる前、明日どうしよう、寝るところがない、自分が汚いて思ってたときもしんどかった。ここは楽や。自分がみじめでないことは楽やなあ。楽でいるってことはありがたいこっちゃなあ」

口いっぱいほおばった雑炊を飲み込んで、ルーはレンゲで次の一杯をすくいながら言った。

「なあ、ねえさん。うち店に戻ろう思うねん」

ルーが大路と店でこそこそやっていることを真珠が知らないはずがない。あれから、店は見てくれだけでもだいぶ変わった。アルバイトの女の子が日に日に増えて行き、八階からエレベーターで若い子が降りてくると、本職のホステスたちが慌ててバックヤードに鏡を見に行くようになった。

「思うも何も、そのためにようさん動いてたやろ。うちに気遣わんでええよ」

「でも、ねえさんがトップや。店はナンバーワンのものや」

会社の帳簿を見せてもらうまでもなく、いまだに真珠がグランドシャトーの売れっ子であることは、一週間、二階から店を見続けていれば一目瞭然だった。真珠の入る日は必ず客が開店と同時にやってきて、テーブルが空くことはない。真珠の客は会社の役員クラスばかりで、彼らはきまって飲み放題以外の高い酒を頼むし、とにかくたくさんの若手社員を連れてくる。

　パートタイムになり総合売り上げが下がって、ナンバーワンの座はほかに譲っても、彼女に一番太い客が付いていることは間違いない。

「ええのん。望田の社長も、ルーちゃんのやってること知ってて何も言いはらへん。うちが口出しするようなことやない」

「ほうか」

「ほうよ。大路さんも戻って来てくれはって、この不景気にどんどんお店がようなって、今年のクリスマスはひさしぶりににぎやかになりそうやねえ」

　そう言って、さっさと自分のぶんの盆をさげ、若々しいドット柄のワンピースドレスの裾を繕っている。店にアルバイトに来ている若い子に、もう着られない服を譲るのだという。

「なんでそんなんバイトにやんの。ねえさんのワンピースならうちだってほしい！」

「いうたかて、もうそんな歳やないやないの」

「何ゆうてんねん。うちは五十になってもマリークヮントを着るで。ババアこそ花柄着るべきや。ハナが足りへんねんから」

　アッハハと真珠が声をあげて笑う。それだけで石のお地蔵さんが笑い出したようでうれしくてたまらない。

　その日も真珠はタケノコのあんかけをタッパーに詰めて店に出かけた。ルーは一度梅田に出たあと、JR大阪駅から阪神電車に向けてかかっている陸橋の上で、いくつか弾き語りをしているバンドやシンガーソングライターを見た。そのまま淀屋橋まで地下鉄で移動し、今度はミナミに向かって長い長い商店街をぶらぶら歩いた。金曜の夜ともなると弾き語りがたくさんいて、音楽会社やライブハウスの関係者が声をかけてくれるのをじっと待っている。最近はビジュアル系というロックバンドが流行りで、ルーが若い頃いた流しのシンガーなどはあまり見かけなくなった。

けれど、探せばいる。バラードを歌う若いシンガーの卵も、演歌崩れのメロディだけどいい詩を書く歌手も。キャバレーに合うアコースティックバンドも。

なかでも、ギター片手に喪服で歌う年齢不詳の男性シンガーソングライター「オトムライ」と、三十代後半くらいの三人娘で、昼間はアパレル商社で働いているという「売れ残りバンド」が群を抜いておもしろかった。

オトムライが足元に置いている青いざるの中に一万円札を放り込んで言った。

「なあ、あれ弾いてえや。うちの番組のオープニング。知っとるやろ」

バッタの目を思わせるグッチのサングラスをとってカチューシャのように頭に挿した。あらわになった顔を見て、オトムライが「あ」と気づいた顔をする。

彼は即興になれているらしく、すぐに『ええもん』のメロディを弾き出した。道行く人々が立ち止まり、喪服シンガーの前で仁王立ちしているルーを指さす。

「あッ、あのひと、『ええもん』のルーちゃう?」

演奏が終わると、ルーは財布からもう一枚万札を引き抜いてざるに放った。

「ほな、グランドシャトーのＣＭやって」

オトムライは、見た目はルーより十は若かったが、すぐに導入部分をギターで奏で始めた。目線で、ルーに歌えと言ってくる。

〝ここは京橋、
あなたとわたしの架け橋。
恋の船着き場のほとり、
グランドシャトーに、おいでまっせ
あなたのお城に、おいでませ――〟

大阪人なら、関西人ならサンテレビでいやというほど聞いたこの曲。阪神戦の合間に、それから夜中の、いまいち売れ損ねた芸人と若さと露出だけが売りの無名な女たちを揃えた微妙な深夜番組の最中に、何十年も変わらずガサガサのフィルムのままで繰り返されるＣＭといったら、はぎや整形とグランドシャトーだ。

行ったことがないひとでも知っている。それがＣＭの力だ。誰でも口ずさめるし誰でも店の名前を言える。

ツーブロック先で『愛して半額シール』という新曲を歌っていた「売れ残りバンド」

が、ルーの手招きにつられてこっちに走ってきた。その女の子たちの服のポケットにも同じように万札をねじ込んでルーは耳打ちした。

「なあ、あんたら店で歌う気ある?」

ルーはオトムライと売れ残りバンドを引き連れて店へ戻った。


「大路さん、明日から店のステージ借りてもええかな」

キャッシャースペースで老眼鏡をかけた大路が、アイロンを手に持って、キャップやボーイに細かく指示を出していた。

「好きにしたらいいよ。社長ともそういう契約だから」

「あ、ほなショー復活させるわ。昼間はここでオーディションやるかも」

何事も唐突なルーに慣れ切っている大路は、何十枚目かのヘッドカバーにアイロンを当て手を動かしながら、

「へえ、ついにショーまでね。たいしたもんだ」

店はどんどんよくなっている。復活したボックスソファのヘッドカバーは常連に好評だったし、今日も客の入りはいいようだ。どこかの金持ちの家から質に流れ、グランドシャトーのトイレ前に流れ着いた小便小僧の足元にはなぜか賽銭《さいせん》が溜まっている。けれど舞台は空いたまま。もう人々はダンスをしない。チークダンスなどすでに遠い昔の流行の遺物だ。ドサ回りの芸人も、売れる前の歌手も、店が大金を積んで招いた売

れっ子シンガーもいないが、舞台を見るための席があり、広さがあることこそが風俗営業一号のキャバレーの証明である。ここを生かさなければ、どんなにたくさん客を入れてもそれはキャバレーではない。

舞台の上には、光を手に入れたい人間が立つべきだとルーは考えている。ショーができないのならば、ライブをやる。それが平成流のキャバレーのありようではないだろうか。

ルーがスカウトしてきたミュージシャンに、まずは客層に合ったカバーを歌ってもらった。『大阪で生まれた女』は関西ならどこでやってもウケる。オトムライこと隅田《すみだ》慎《しん》滋《じ》がこれをパロディにして『大阪で生まれて死んだ女』を歌うとこれがドッとウケて、どんどん素人シンガーによる本歌取りが始まった。

売れ残りバンドの三人組が和田アキ子の『あの鐘を鳴らすのはあなた』のパロディ『あのカネを使うのはあなた』で応酬し、ライブタイムはかつてのような盛り上がりをみせた。

（やっぱりライブはええもんや。テレビでやれんもんを見せてこその生。まだまだやりようはある）

もっとシンガーの数がほしい。テレビでやれないこと、本線に乗せられないことのひとつがキツイ風刺やエロネタだ。世の中をくさす芸、放送コードにひっかかる歌詞のポップスやバラードを聴かせてくれるなら、シンガーの年齢もプロアマも問わない。

グリーンのエナメルショートブーツ、ジバンシィの上下真っ白のパンツスーツにグッチのサングラスで心斎橋筋をうろうろし、こういう歌をやるという条件でバンドやシンガーをひっぱってくる。彼らはみなキャバレーを知らない世代だ。望めばキャバレーで歌が歌えることすら知らない。

徐々にショータイムが増えてきた。開店と同時に入る客の中には、夕食を食べに家から電車を乗り継いで来てくれる者もいる。勝しまからの仕出しはすでに七十食に増えた。二百席のテーブルはほとんどが五時から埋まった。

こうなると、あとはルーの復帰パーティを告知するだけである。

キャバレーの伝統では、クリスマスは最も客を入れなければならない日だ。一般人にクリスマスケーキが浸透し、家族で過ごすことがスタンダードとされてからはや二十年、そのころ家族との時間を選んで店から離れていった層はいま、子供が独立してクリスマスに縁のない生活を送っているだろう。徐々に電話をかける相手が減り、手紙なんてとうの昔に届かなくなった。そこへ、ルーからきらびやかな箔《はく》押しの封筒が届いたら……。

(なあ、もう一回取り戻したいやろ。クリスマスにワクワクしてたころを。疲れるんわかっててても家に帰りたくなかった、あの喧噪の心地よさを)

平成のクリスマスは昭和より早くに始まる。十二月二十三日が天皇誕生日で祝日になったからだ。出迎えるホステスたちも特別なお仕着せで、白いファーでふちどられた真っ赤な三角帽子にサンタクロースの衣装をデザインしたミニワンピース、黒のレースタイッ、グリーンのエナメルのハイヒールはヒイラギの色。六十名にまで増えたホステス全員が大路命令で三日間、クリスマスの特別手当を目当てに接客することになった。

このころになると、ルーが復帰することは公然の秘密になっており、常連客たちの間ではクリスマスのどの日に戻ってくるのか賭けが行われるほどだった。

かつてのルーのひいき筋には、すでにそのひとが退職していることを承知で挨拶状を出してある。ただの出戻りがこんなに分厚いカードの入った、まるで披露宴の招待状のような立派な挨拶状を出すのも前例がないことだと大路に笑われた。

焦《じ》らしに焦らしてここまで来た。ようやく重い腰をあげての復帰だ。不安がないと言えばウソになる。

（いったん衰退した店の立て直しなんぞ、フッーはトーシローがやるもんやない。せやけど、何もかもが新しいほうに流れすぎて、もううちしか残った花火をあげられへん。やから湿気らんうちにうちが火ぃつけちゃる。ここまでタマ賭けるんは店のためやないで。ねえさんや。あんなすすぼけた店、うちのねえさんにふさわしゅうない。うちはカネと人を集めるためのただの客寄せパンダ。なんでもええ。それでもここが川の流れ着く先、夜に光るうちらの城や）

マルプロの藤田には一報を入れておいた。大阪の隅っこの衰退したキャバレーに戻ろうが、もう芸能界は何も言わないはず、好きにしたらいいとの返事があった。これで完全に禊ぎは済んだ。不義理の年季も明けた。あとはルーが舞台にあがるだけだ。

（にせもんでもいい、あれは光や。あの光の行き着く先はカネで、だけどカネになると不思議とちいとも光らん。光のまま手にしようとして、何百人ものスターが焼け死んだ。うちはあれに一度も手を伸ばさんままここまで来たんか……）

開店一時間前、ルーは、ギリギリまで飾り付けに走り回っているボーイらを、舞台の上で歯を磨きながら見ていた。

ここは劇場ではない。ルーはショースターではない。けれどシンガーだとか、ホステスだとか名前でくくった瞬間にふっと音もなく息絶えるものがある。あれをむりやり言葉にするのなら可能性という言葉が一番近いのだろう。

二十年前、大阪を捨てて東京に行くしかないと心に決めた日から、ルーは〃ルー〃を本物にするために生きてきた。親にもらった名前がなんだ。親は勝手に名字を変える、女は結婚すれば変えさせられる。そんな自分で決められない古い生き方にはなんの価値もない。バブルのようにとっくにはじけて消えるべきくそくらえな習慣だ。

誰もが勝手に、好きなだけ好きなように名乗ればいい。だからルーは、ただのホステスだけれど、ホステスらしさだのキャバレーらしさだのに目もくれず、この空間を客で埋めるためになんでもやる。日の当たる世界で十分な手助けを得られない、日が暮れても働かねばならない人間がやってくる城にもう一度光を点す。

（寂しいやつが来ればええねん。ほんで、カネがないやつも）

景気はこれからどんどん悪くなる。新卒の仕事も減る。ひとにものを売ってカネを得る仕事はとくに難しくなるだろう。しんどい人間が少しでも楽になるための可能性が夜にしかない。

その可能性、望みこそが光だ。光はカネに似ている。だからひとは夜にこそ集う。ルーは今日から城に戻る。毎夜パーティを開くだろう。舞踏会は夜、寂しい人間が出会うためのもの――。

平成三年の師走は都会にも雪が降った。十二月二十三日午後五時。『うちらのお城で待ってるよ』という一言とルーの署名の入った招待状を持った客が、京橋の、かつてこほどいいところはないと言われた老舗キャバレーに押しかけた。

――おおきに、遠いところからも近いところからも、ようこそおいでやっしゃ。


「おい、ルー！　東京でえらいもうけて、古巣を買収したって聞いて来てやったぞ！」

次から次へと懐かしい顔がやってきて、ドアマンが忙しなく銅鑼を叩き続ける。

「葬式ちゃうんか。ほんまに復帰すんのか」

「二代目ルーの襲名披露なんか。初代は死んだんか」

とかなんとか軽口を叩きつつも、キャッシャーの脇の盆の上に昔懐かしいご祝儀袋がどんどん積み上げられていく。なかでも鏡餅のように飾られている分厚い白い包み、あれはやぐらからのものだろう。

（あのおっさん、しぶとい。まだあんなカネ隠し持っとったんか）

開店前から店にはどんどこ花が届き、パチンコ屋の新装開店ですらここまでではないだろうというほどの花輪、胡蝶蘭でフロアは埋め尽くされた。全盛期のキャバレーを知らない若い子たちがそれを目を白黒させながら運ぶ。あの子らはたぶん、ルーが東京に行ってから生まれたのだ。

『御祝　ルー様グランドシャトー復帰』という立て札が、まるで墓場の卒塔婆《そとば》のようにずらりと並び、舞台上にも長々とした巨大な和紙に、復帰祝いとルーの名が入った垂れ幕がいくつも下がっている。

『ナンバーワン復帰之儀式』

『取持人　やぐらソージ』

『祝復帰グランドシャトー　源氏名ルー』

ナンバーワンに復帰するとはいえ、それも一日だけの話。ホステスの人気が分散する店では、ナンバーワンは日によって違うこともある。誰の目にも明らかなほどぶっちぎりの売り上げをあげられたかどうかわかるのは少なくともひと月後だ。

もっとも、ルーは一日天下で終わる気もさらさらない。復帰したからには年間トップ、それが絶対だ。

(京橋ごときしゃらくさい、ミナミもキタも、いやオーサカいちのカンバンぐらい何度だって張ってやる。うちはルーやで！)

ファンファーレが鳴り響いて、いまどき結婚式ぐらいでしかお目にかかれないタワーケーキが舞台に登場した。十年ぶりに入ったバンドの生演奏。ルーがスカウトしてきたシンガーや芸人が前座を務める。『帰ってきたウルトラマン』の替え歌をやっているのは、あのオトムライこと隅田だ。こんなめでたい日なのでさすがの彼も喪服を着替え、真っ白い上下で演奏しているようだ。

バックヤードではサンタの衣装を着たホステスたちが、色が塗り替えられてシミひとつない細長い廊下にずらりと勢揃いした。

「やあ、ひさしぶりだね。クリスマスの朝礼は」

大路が心なしかうれしそうに言った。

昨日の営業でよかったこと、悪かったこと。「ナギサ、体を触られてたバイトの子をちょくちょく呼び出して助け船出してるって聞いたよ。ありがとうね」

実質的な売り上げと注意すべき客のこと。「××さんはツケだと言ってトイレに行く振りをして帰ることが多いけど、いまはツケ払いはやってないよ。そういう客がいたら僕のほうから警察に言うからね」

フロアからバンドが音を出すのが聞こえてくるなか、大路は時間ギリギリまで、できるだけたくさんのホステスの名前をあげて激励する。それはクリスマスでも変わらない。

午後五時。六十名のホステスが並ぶ廊下に、銅鑼の音が響き渡る。店の入り口に立つキャップから無線で大路に、直前のショーがすべて終わったと連絡が入る。

「ルーさん、お願いします」

一番遠く奥深い控室からカツカツと、威嚇《いかく》するようにヒールを鳴らしながら、ルーは入り口へと向かった。久しぶりのハイヒール。身になじんだ八センチのエナメルパンプス。ホステス用の衣装に身を包んだのもかれこれ二十年ぶりか。今日の衣装はこれにしようと、復帰を考え始めたときから心に決めていた。居並ぶホステスたちが、ルーのいでたちを見てぎょっとする。

「ルーです。今日はよろしゅうたのんます」

出る前に深々とホステスに向かって頭を下げた。

続いて、指名されるホステスの名前が次々に告げられる。お茶を挽くホステスはいない。今日ばかりは全員がはじめからテーブルにつく。それがキャバレーのクリスマスだ。ホールのあちこちに設置されたスピーカーから、耳に体になじんだいつもの曲が流れてくる。

〝ここは京橋、
あなたとわたしの架け橋。
恋の船着き場のほとり、
グランドシャトーに、おいでまっせ
あなたのお城に、おいでませ――〟

本物のサックスが大ボリュームで鳴り響き、ルーが出る。すると客席からどよめきとともに拍手喝采《かっさい》が沸き起こった。

ショッキングピンクのバスローブに真っ赤なエナメルのハイヒール。ピンクとブルーグレーのグラデーションのかかったウィッグ。シャネルのサングラス、マニキュアも赤。東京のカネで磨いた足にはシミなどない。

肌に張りがない歳になったのは百も承知している。だから全身にラメをかぶり、ヒカリモノを衣装にも取り入れる。

「ルーやで。今日は年金切り崩してわざわざババアに会いに来てくれてほんまおおきに。まだ死んでへんで!!」

どっとウケた。

「ルーやないか。ごっつう老けたなあ!!」

「死んだおもってたで！」

「東京で売れんくなって泣いて出戻ったってほんまなんか」

覚えている顔もすっかり忘れた顔もいろいろあったが、それでもこんなホステスとしてはとっくにトウの立ちまくったルーのために、わざわざ電車を乗り継いで来てくれただけでありがたかった。

「うっさいわ。ってか、あんた誰やねん。うちの知っとう社長さんはもうちょっと景気よくご祝儀包んでくれはったで」

「すまん、もう社長やないんや」

「年金生活者や。やからまけてくれ」

「そうや、そうや」

次々に声がかかる。正面の七番ボックスにルーが最初に見送った客であるイワタヤの会長の顔が見える。投げキッスをすると、会長は女子高生のようにキャーと悲鳴をあげた。

「それに、なんやのこのナンバーワン襲名披露て。ヤクザやないねんで。せっかくいままで清く正しくケッコンもせんとやってきたのに、お縄になったらどうすんねん。ま、でもなんやな。うちも老けたけど、あんたらもまじで老けたな。おらへんやつもおるわ。死んだんか?」

〇〇の会長は死んだで、という声がかかる。

「まあ、そらそうか。祝儀袋見てへん。香典出さへんかったからな」

またまたドッと場が沸いた。

ボーイがビールを運んでくる。それを合図に、テーブルについていたホステスたちが、いっせいに客にビールを注ぎ始める。乾杯の時間だ。

「うちのことをよう知っとる面子ばっかりやろうけど、うちは十九で縁あってグランドシャトーに勤めさせてもらって、真珠ねえさんの下でナンバーツー張らしてもらって東京行った。そっから先のことは知っとう人もおりはるんちゃうの? ま、うちが東京でどんなことしてたか知りたかったら、足繁くここにまた通ってえや」

ボックス席や二階からもかけ声がかかる。アレ、キャバレーてこんな雰囲気やったかな、と思いながらルーは、

「あれから二十年たって、こうして大阪のなじんだ水に戻って来られてほんまよかったわ。あとはうちが看取ったるから安心しておっ死《ち》んで。あと、なんで大阪戻ってきたかてよう訊かれるからここで言うとくわ」

ルーは着ていたディオールのバスローブを体からはぎとり、左後ろへ投げた。続いてサングラスを右後ろへ放る。

フロアがどよめいた。ルーがローブの下に着込んでいたのは真っ赤なシルクのスリップだ。下にもう一枚緑色のスリップを重ねて着ている。ドレスではなく、クリスマスカラーをイメージした下着にしたのは、ルーの矜持《きょうじ》だった。

「ええか、キャバレーっちゅうのは大阪の生まれや。東京とちゃう。ここで生まれてここで成功して日本中の経営者がマネしたんや。名古屋でもない、福岡でもないで、大阪や！　今夜覚えてあの世へ持って行き。楽しいことはみぃんな大阪から始まったって！」

ライトが舞台中央に集まり、ルーの頭上にぶらさがったミラーボールがあらゆる方向から光の槍で貫かれる。すると、光のかけらがいくつもぶつかり、そのたびに砕け散って、ルーやバンドの上に降り注いで消えた。

このにせものの光のかけらでいい。安っぽく回るミラーボールの量産品でいい。アレこそが、光が届かず少ない酸素でしか生きていくことを許されないまま、そこに適応してしまった深海魚をふたたび照らすものだ。

光に照らされた城を、ねえさんがもう一度見たい言うならうちが光を当てる。何もかもこっから始まったんや。なあ、真珠ねえさん。

「楽しいことは、みぃんな大阪から始まるんやで‼」

サンタクロースよりも一足早く、グランドシャトーのルーは再びこの世に現れた。


ヤクザの襲名披露だかいかれ芸能人のパーティだかわからない狂乱の夜は、シンデレラの鐘が鳴ったあとも続き、夜明け前にようやっと解散になった。酔い潰れ騒ぎ疲れた客が始発で帰っていくのを最後のひとりまで見届けると、さすがのルーもボロボロで、中崎町の長屋の家までタクシーで戻った。

線香のけぶりの残った砂利道を千鳥足で歩く。たっぷりと酔いを残したままドアを叩くと、真珠がまだ起きていて、ぐでぐでのルーの足からパンプスを脱がせた。スリップドレスのストラップを下げて、ふとんまで運んでくれる。

「ほら、ルーちゃん上向いて」

「んあー、ねえさん、ねえさん」

「なんよ」

「ねえさん、ねえさん、ねえさああああん」

「なんなん、ええから、ほら、化粧とらな」

温かいタオルが顔に押し付けられたので、ごしごしっとこすった。ずいぶんと昔もこんなことがあったなとルーは思い出した。そのままぼんやりじんわりタオルを顔にのせたまま気持ちよさを味わっていると、拭く気力もないと思われたのか真珠が代わりにメイクを落としてくれた。

クリームが塗りたくられ、顔の表面をかきまぜられて、あっというまに温かいタオルが汚れを拭い取ってくれる。ルーはただただ死んだ蛙のように引っくり返っていただけだ。

「ねえさん、おおきに」

「いいえぇ。復帰おめでとうさん」

「起きててくれたん」

「昨日は家でゆっくりさせてもろうたから」

「うちな、うち、ほんまはねえさんに見てもらいたかってん……、うちの復帰を。まあ無理なのはわかっとうけど……」

店のナンバーワンはひとりである。今日はルーが客を集める以上、真珠と真珠の客は必要ではない。必要ではないから行かない。それは朋輩への気遣いでもあり、なんといっても客筋を大事にするホステスの矜持だった。真珠の客が、ルーがナンバーワンになる席にいあわせて楽しい気分になるはずがないからだ。

（起きたら二日酔いにならんとええなあ。お地蔵さんにちゃんと御礼に行かな。ぶじに店に戻ってこられた、お礼に……）

何もかも元通りになる。また、この長屋にもルーの知る夏がやってくる。夏の入り口には、ルーの好きなものがたくさん見られる。家であける昼間のビール、鱧《はも》のお吸い物。鯛のあらで炊いた味噌汁。よく乾く洗濯物、物干し台に揺れる真珠愛用のワンピース、アリの行列をまたぐ猫。ザッザッと軒先を掃くほうきの音、それから……。ねえさんがルーを抱っこして、ふとんに寝かせてくれること。

「もっと抱っこしてて」

目をつぶったまま言うと、真珠の笑い声がした。

「おおきな赤ちゃんやなあ、ねんね、ねんね」

まだ離してほしくない、そう思いながら、何もかもうまくいった一日を後ろに置いてルーは再び目をつぶった。

存外にパーティがうまくいったとはいえ、たかだか一介のホステスが出戻ったに過ぎない。その年のクリスマスは、近年では考えられないほどの売り上げを叩き出したが、ルーは自分がグランドシャトーに戻ったからといって、すぐに何もかもうまくいくとは思っていなかった。

「そりゃはじめのうちは、東京武勇伝を聞きにおもしろがって来てくれるかもしれん。

でもそんなんいっときや。あくまでホステスは若さが花。若い子が売れっ子になるのが一番や」

ルーは攻撃の手を緩めなかった。やぐらを通して知り合った日映製作所のプロデューサーに、人気映画『ミナミの女王』のロケ地にグランドシャトーを使ってくれと頼んでいたのである。

撮影は昼間にワンシーンだけ撮ってさっと終わったが、何作も続く大人気映画というだけあって、撮影当日のホステスたちの気合いの入れようと熱気はすごかった。人気俳優にからめるエキストラ役を巡って、女の子たちの間で熾烈《しれつ》なじゃんけん合戦が繰り広げられた。ルーはそれをプロデューサーとやぐらと並んでニヤニヤしながら見ているだけだったが、最終的にヒロインの女優が若い子と並びたくないと言い出したので、ルーがヒロインの横で主役の俳優に封筒を渡す役になった。

グランドシャトーがロケ地になったことは、映画が公開される前から話題になった。ミナミの女王役の女優の過去を描いたシーンとして、そこのカットがテレビCMで流れたからである。

「あれ、京橋のグランドシャトーやんな？」

という問い合わせが、店にも店の電話にも殺到し、普段はキャバレーになど出入りしないような一般の客まで、有名俳優が使った席を見にやってくるありさまだった。

復帰して一ヶ月は一日も休まず店に出続けた。ショッキングピンクのバスローブで登場し、下はスリップ一枚で客席につくルーは『ミナミの女王』にエキストラ出演したときの雰囲気そのままで、その姿見たさに客が殺到したからだ。

真珠も変わらず週に三日、店に出てきていた。ルーとふたりで並んで座っているのを見ると、とにかく懐かしい、オリンピックのころを思い出すと客は目を細める。

「真珠ちゃんは服もおんなじやから、こうやって見てると時間が経ったことも忘れるけど、ルー、おまえはなんやねん。その下着」

「うちはこんなんしか似合わん女なんや。ねえさんみたいなドレスなんてとんでもない」

まるで上質のミンクコートのようにバスローブをひっかけてルーがやってくると、フロアのどこからか口笛が飛ぶ。

「真珠ちゃんのドレスはオーダーメイドやろ？　そのパールのネックレスかて」

相変わらず、真珠は店では漆黒のベルベットのロングドレスである。いつも艶があるので、一年に何度かは作り直しているのだろう。夜の一番深い時間の空を漬け込んで染めたドレスを身に纏い、長い長い真珠のネックレスを、癖で手首に巻いてはほどく真珠は、戯れに星を指ではじいて落とす夜の女王そのものだった。

「それに比べてルー、おまえはなあ」

「なんや、そんなにカネないんか」

ルーの着ているスリップドレスが総シルクで、特別に京都に染めに出していることを知らない客は言いたい放題言う。

「東京に借金でもあるんか？」

「あほいいな。べっつにカネには困ってへんで。困ってんのはうちのスリップ姿が見たいのに予約が取れへんて泣くお客がな、ようけおりはりまんねん」

東京で浴びるほどカネがあったときに十分贅沢はした。一着百万もするドレスだってたくさん作った。でもそのどれもたいして似合いはしなかった。そのうち面倒になって仕事以外は家に引きこもってずっとスリップにバスローブでいたら、それが染みついてしまったのだ。

「せやけど、あんな薄着で夏も冬もお店に出てるから、うちはちょっと心配やわ」

ある日の昼すぎ、ねえさんが二階の物干しにワンピースを干しながら言った。ルーはその横で朝起きたての顔で歯を磨いている。

「ええねん、ええねん、うちはあれで」

仕事服にドレスではなく下着を選んだのには訳がある。ルーが下着姿で出て行くと、必ず客はその姿にツッコミを入れる。どんな新規の客にでも会話のきっかけをたやすく与えることができるのだ。ひとしきりルーをいじった客は、その隣できちんとしとやかに座っている若いホステスを賞賛するだろう。そうなったら、うちの下着姿も犯罪級やけど若い子を脱がせたら完全にケーサツやでと釘を刺して、ルーのテーブルでの役目はおしまい。店の目玉である若い女の子が気持ちよく働けるようにすること。助平な客をいかに波風立てず止めるか、それは古参のホステスの大事な仕事のひとつだった。

「ま、そうはいっても、最近はハラマキしてるねんで。肩出しは寒うて。もうちも歳やなあ、ねえさん」

「無理したらあかんえ。それでのうてもルーちゃんはずっと店に出てんねんから」

「大丈夫、いまだけや。軌道に乗ったらちゃんと休む」

メシのうまさとショーの面白さが合わさって、いままでの常連以外のリピーターが少しずつついてきた。もともとキャバレーは一時間二千円で女の子ひとりがついて飲み放題。開店から閉店までいても六千五百円という明朗会計だ。会社員の利用が減る土日は安くなる設定にしたから、週末はとくに定年後の寂しい客が開店から閉店まで居続けることが多かった。

「しんどいのはあかんよ」

真珠はふと、脱水の済んだワンピースを振って空気を通していた手を止めて、

「しょせん、キャバレーは男の城や。それを残すために女がしんどいのをずっと耐えることはない」

かつて、すべての城は男のために建てられた——、そうねえさんは言った。

「男が作って、男が奪って、また別の男が住む。どんな城だって女はただ住まわされとっただけ。昔から城っていうんはそういうもんなんや。あそこに見える大阪城も、淀のほうにあった城も、豊臣秀吉が淀の方のために建てたとかいわれるけど、そんなんぜん

ぶ建前や。男が自分の見栄と欲を目に見えるかたちにしたくて勝手に建てただけ。うちはそう思うんよ」

ルーはおやと思った。日頃たんたんと家事も仕事もこなす真珠が、ここまでキャバレーに批判的とも取れる意見を口にするのは珍しかった。

「城は目印やね。そこに街があることがわかるから……。やからいつの時代にもあるんやろうね」

真珠は屈託なく笑って女ふたり暮らしの洗濯物を干す。物干し竿にハンガーをかけおわったら、先端がYの字の棒を使って身の丈よりもうんと高いところまで持ち上げる。

「ほうやなあ。街があれば、食い扶持《ぶち》が稼げるからなあ」

そこで銭が回れば、ひとのしんどさがすこし和らぐ。たいてい、ひとがどこに行ったらいいのかわからなくなるのは辛くしんどいときだから、呆然と天を仰いだときにそういうものが見えたら、ああ、あそこへ行けばいいのかとほっとするのかもしれない。

「ま、城なんて誰が建てたんでもええわ。ガワは問題やない。中はいつだって女が回す。ほうっとってもも回るようになったら、うちもねえさんとおんなしように週の半分だけちょろっと顔出すだけにして、あとは、そうやなあ……」

ルーは空になった洗濯カゴを持って先に下に降りた。口の中をゆすいで気分をすっきりさせる。

とん、とんと真珠があとから降りてくる音がした。

「ねえさんとお地蔵さん行って、ちょっとおめかしして阪急行って、中崎に買い出しにいって、たまーに昔みたいに喫茶店でウエハースにアイスクリームのっけて食べて、クリーニング取りに行って、お味噌買いに行って、お魚屋でいい魚が入ってたらお刺身にしてもらってる間に玉子買いに行って、日々そんなんの繰り返しでええねん」

「いっつもやってるやん、そんなん」

「ほうやねえ。ほんまに。それがええねね。好きやからいっつもやってるんやもん」

真珠がお昼にしよかと言って、冷蔵庫から京ネギとざるに入ったままのうどんを出してきた。最近はうどんやそばなどの麺はスーパーの袋売りが多くなったが、中崎の商店街には麺の専門店があって、真珠はうどんのたまは必ずそこで買う。

カチンカチンとガスコンロのつまみを回す音。鍋の中で水がお出汁になるまでここではあっという間だ。まるで魔法のように湯気がお出汁の匂いに変わる。

「おうどんにしょっか」

「ねえさん、たまご、とじんと玉で入れて。そっちのが好き」

「いいよぉ」

たっぷりの昆布とかつおでとった醤油出汁をふくふくと吸ったうどんに、京ネギとかまぼこを入れて、食べる直前に半熟玉子の表面を箸でぷつっと破る。とろりとしみ出してくる黄身にうどんを絡めて食べれば、ルーはもうそれだけでおなかより先に胸がいっぱいになる。

(ひるが、楽ちんや。お天道様の下で、楽しいことが一日に一回は絶対ある)

座布団を三つ並べてごろんと仰向けに転がった。

「ええ、匂いやあ」

窓の柵の向こう、長屋と長屋の間を吹き抜ける風に、真珠のブルーのワンピースと、ルーのピンクのスリップドレスがゆらゆら風鈴のように揺れていた。


忙しない街は昼と夜とを繰り返し、あっという間に時間が過ぎた。ルーがグランドシャトーに復帰してから一年、あいかわらず世間様は活気がなく、コストカット、ボーナスカット、賃金カットの世知辛い単語がビジネス街という名の戦場を飛び交うようになった。京橋はしぶとい街で、そんな中でも摑めるもんにしがみついて必死で耐えて顔をあげる。一度灰になった街やから、と昔をよく知る年寄りは繰り返した。

店が休みの日、ルーはいつも夜になると心斎橋や長堀通に出かけた。ショーのスカウトだ。

スカウトを続けるなかで、おもしろい出来事もあった。

ルーが茶屋町で拾って来た童顔のシンガーソングライターが、たまたま客として来ていたテレビ阪神のプロデューサーの目に留まったのだ。深夜の素人番組に出てみないかと誘われ、出演が決まった。

もともといい曲を書く子で、ルーは彼女に頼まれて歌詞を提供していた。それは、恋愛ソングがあふれる巷《ちまた》では珍しく、社会のことを歌った曲で、彼女がギター一本でアコースティックに仕上げた。タイトルは『僕の番』。

〝三人兄弟の真ん中で、
母に名前を呼ばれるのも二番目。
父の食べ残し、兄キのお下がり
ようやく終わる、二の次な僕。

だけど、会社じゃ
次の次ですらなかった
上司の無茶ぶり、部下の尻拭い
順番待ちじゃだめだと、いまさらいわれ

待っているだけで、愛された日々を
懐かしく、ただ懐かしく思うよ。
誰か、強いひと、言ってくれますか。
いつか、いつの日か

僕の番がやってくるのだと〟

おかっぱ頭で顔もぱっとしない小柄な「ＴＯＯＫＯ」という名のシンガーソングライターが、その曲を舞台で歌い終わったあと、グランドシャトーは四十年の歴史上かつてない空気に包まれた。フロアにいた客もホステスまでもが、いっせいに息を呑んで、そして涙ぐんだのである。

七〇年代を思わせるアコースティックなメロディはひとの心を打つ。おまけに歳を選ばなくていいとやぐらも推薦し、深夜番組に出たあとメジャーデビューが決まり、驚くべきことにその年の紅白にも出た。

バブルが崩壊したとはいえ、ＣＤがバカほど売れた時代であった。活気をたたえた音楽業界はライブハウスから地方の繁華街まで目を皿のようにして金の卵を探していた。

忙しいマルプロの藤田でさえ、わざわざ大阪までルーに会いにやってきた。ＴＯＯＫＯのような新人がいたらぜひ紹介してほしい、と、ほかのスカウトからすでに百ぺんは言われていたことを言われ、ルーは呆《あき》れた。

「あんなあ、うちはここで素人の育成やっとるわけやないねんで。ましてやスカウトでもない」

「まま、そう言わんと。俺とルーさんの仲じゃないですか」

「なにが仲やねん。うちが捨て値で売ったたった南青山のマンション、バブルが崩壊してもええ商売になっとるやろうが」

ルーが不義理をして東京を飛び出してから三年が経過していた。ルーはとっくに過去のひとで、週刊誌の三文記事のネタにすらならないほど落ちぶれた存在だった。あくまで東京では。

しかしところ変わって大阪では、知る人ぞ知る新人売り出しのフィクサーである。あのやぐらソージですら、俺が死んだら会社を継がないかと半ば本気な顔でルーを口説いてきた。

「やぐらさんの会社だったら、まだまだ売れる歌の版権いくつか持ってるじゃないですか。あれはまだ死にませんよ。もらっといたほうがいい」

「いらんわ、あんなおっさんのしみったれた曲なんか」

やぐらの会社が管理する歌謡曲のうち十曲ほどはまだ根強い人気があって、いまでもカラオケの印税がだいぶん入ってくるらしい。ルーが歌詞を半分書いたようなものも少なくない。しかしルーには印税は入らない。やぐらはずっとそのことを気にしていたようだった。

「ほんと、こんなところでくすぶってないで東京に帰ってきてほしいよ、ルーさん」

「なに言うてんねん。しゃべる女なんぞもう珍しゅうもなんともないやろ。うちはもう老い先短いねん、芸能界のメンドクサイ義理とは無縁に生きるわ」

「またまたそんなこと言って、結局こっちの義理立ててるんでしょ。世話になったひとの病気の世話なんていまどきない人情話ですよ」

「そのことやねんけどな」

さりげなくルーはメモを藤田のポケットにねじ込む。

「なんです？」

「身元洗ってほしいひとがおんねん。浦ちゃんは元気？」

三浦《みうら》という藤田がよく使っていた情報屋のことをルーはよく覚えていた。所属させる前にタレントの身元をひととおり洗うのは芸能界ではよくあることだ。

「なんですか。あのルーさんが、誰かにカネ持って高飛びされたんですか？」

「アホかいな。そのときゃ浦ちゃんやのうてチェンマイの白タコの出番やろ」

チェンマイの白タコと呼ばれる投資家は、アジア圏のタクシー会社に手広く出資をしている。目的は情報ビジネスで、主に空港からタクシーを拾った人間の行き先の情報を売る。

「なるべく急ぎで頼むわ」

それからも、二階の一番端のボックス席には、ルーに用がある業界人が入れ代わり立ち代わりやってきた。グランドシャトーを踏み台にして羽ばたいていったシンガーや芸人たちはそれからもいくらかいたが、もちろん全員にスポットライトが当たったわけではない。オトムライとして一時は店で人気があった隅田が、ある日神妙な顔をしてルーに頭を下げにきた。

「店で働きたい？」

訊けば隅田は、もともとは大学を出て商社で働いていたのだという。どうしても音楽への夢が断ちきれず、フリーターになってCD店に転職した。その傍ら、ほそぼそとライブ活動を続けてきた。ルーに出会ったのはこのころである。

店でも隅田のライブは反応が良く、手売りのCDもコツコツと売り増して、音楽業界のコネもいくつかできたと喜んでいた。だが、あと一歩というところでなかなかメジャーデビューまでには至らない。あとからやってきたシンガーソングライターやバンドに次々先を越され、最近は彼自身の創作意欲も落ちているとルーも感じていた。やはり音楽で食っていくには厳しいと腹をくくるに至ったようだった。

「もうオレは三十五で、普通に就職は難しい歳です。やけど、ひとりっ子なんでいずれ親をみんといかん。いつまでもフリーター生活やと親も心配する。このへんで新しい仕事覚えなろくな四十代になれんと思うんです」

キャバレー業界で三十五歳のボーイはかなりトウが立っているが、わざわざこの業界でやっていきたいという若者などほとんどいないのが現状である。ルーから話を聞いた大路は大喜びで、二ヶ月の試用期間を務めたら、望田興産の社員になれるよう上とかけあってもいいと約束した。

ひとが集まってくる。ホステスの数もじわじわと増え始めた。店で出す食事が予想以上に好評なので、隅田は毎日のように勝しまへ行って、向こうの料理長と望田の社員とメニューの打ち合わせをしている。大路の足の調子もいいようだ。最近は忙しい女の子たちの代わりに、大路が古い黒電話を使って、年季の入った手帳に書き込まれた客の番号を回している。ああ大路さん、なんやグランドシャトーの大路さんやないか、どないしたんや、まだ店におるんか、ほないかなあかんな——思った以上に多くの客が大路からの電話を喜び、顔を見に行くと約束してくれた。アイロンを片手に黒電話を肩と首に挟んで話す大路の姿を見ると、キャッシャーの囲いが額縁のように見えてそれはそれは絵になるのだった。

ルーの復帰を発端として、グランドシャトーの再出発はうまくいっているかのように思えた。けれど、何もかもがいいというわけではない。

日々が過ぎれば、ひとの生活も人生も変わる。大阪に戻ってきて丸三年、変わらないのは大川の流れだけで、その水も昔と比べればずいぶんとましな色と臭いになった。かつての雨のあとのなんともいえないドブの臭い立ちこめる京橋は、市が水道管を徐々に取りかえているからか、昔ほど酷くはないと感じる。

けれど、ひとが歳をとるということはいつからか老い、死に近づくということなのだ。ルーがそれを強く意識したのは、ある日地蔵長屋に帰ったら真珠が一階に座布団を三つ並べて横たわっていたときだった。

ルーが店に復帰して一年がすぎるころ、急に真珠が痩せたと感じたことがあった。出勤するのも週に三度が二度になり、二度が一度になり、最近はずっと休みが続いている。店には真珠の客から、大丈夫なのかとひっきりなしに電話がかかってくるし、見舞いもずいぶん届いた。

「真珠ちゃん、最近顎の下に汗をかいてることが多くなって、そういうとき手も震えてるんだよね」

もう何十年も毎週、決まった日に真珠の顔を見にやってくる客たちの間からは、約束を反故《ほご》にされたことより、彼女のことを心配する声ばかりが聞こえてくる。

「家族がいないから心配や。あれだけの功労者、ちゃんと店が最後までみてやらんといかんで」

最後、という言葉からもわかるように、客は真珠がいまどういう状態なのかおおよそ把握していた。おそらくルーがいなかったころ、乳がんを患ったことを知っているからなのだろう。

もちろん誰だってうたた寝したいときはある。そんなとき座布団を並べて寝っ転がった経験は誰しもあるだろう。けれど、真珠が大事な客筋を半月も放っておくはずがない。

(ねえさん、もう二階にあがる元気もないんや)

ルーはこのときがとうとう来てしまったと悟った。

(ねえさんは絶対言わん。けどわかる。がんが再発したんや)

真珠はそれを知っていて、ルーにも誰にも明かさず知らんふりをしている。みんなに黙っているのは余計な心配をかけたくないからなのだ。一度でもルーに話せば、あれやこれやと質問攻めにあって、あっという間に大路ややぐらに伝わってしまうことがわかっている。

（みんなに心配されて、どうなんやと問い詰められて、答えたくないような結果なんやとしたら、きっともう——）

ルーにはわかる。東京でも大勢の友人をがんで見送った。昨日まで元気にスタジオで働いていたスタッフやキャストが、体を壊してあっという間に亡くなる。とくに四十代の男性の急死は多かった。

ルーは真珠の望まないことは何ひとつしたくなかった。だから、具合が悪そうにうつむいてじっとしていても、家の中で帽子をかぶったままでいても、料理をするとき椅子に座るようになっても、すべて見て見ぬふりをした。だから、ブラシについたままの髪の毛が、時々ぎょっとするくらい束でからんでいても、気づいていないそぶりを続けた。

（髪が抜けてるってことは、この前入院したときに抗がん剤の治療を受けたんや。入院してた病棟は婦人科で、子宮の検査やって言い張ってたけど、あんなん医者を丸め込めば周囲にはどうとでも取り繕える）

けれど問い詰めて病状を白状させて、ルーがいくら心配しても真珠にはひとつもうれしいことがない。

反対に、古びて表面が傷だらけのちゃぶ台に向き合って、ボタンを押すのに苦労するほど年代物の象印のポットでお湯を沸かして、銀杏色にうすく色づいたほうじ茶を入れて、昨日は店でこんなことがあった、こんな売り上げやったと他愛もないことを話すと き、真珠は一番うれしそうな顔をする。いままでなかなかお客さんがつかなかった子に初めて指名が入った、ダメ元で電話をかけたらすぐに来てくれた、元タカラジェンヌが営業に来てくれた、などなど。ほうなの、よかったねえ。ありがたいねえと繰り返す。そのことに気づいてからは、ルーはいつもと変わりない態度を心がけるようにしていた。

「もうすっかり夏やねえ、ねえさん。今年の七夕は浴衣にしたからか、お客さんがごっつう来てくれてん」

「そうなん」

店がうまくいっているのを聞くたび、なぜ真珠はあんなにもうれしそうなのか。板のように薄くなった体をほんの少し影のほうへ傾けてお地蔵さんのお世話に行くとき、その顔のない石の像を手ぬぐいで拭ってやりながら、なぜ目を細めて笑うのか。ルーと並んで狭い台所で昼ご飯を作っているとき、いつも通りの白味噌の匂いにどうしてあんなに笑顔を見せるのか。訊いてみたいと思わない日はない。けれど、決して悲しい顔は見たくなかった。

それに、きっとその謎は、藤田に頼んだ報告書が届けばすべて解ける気がしている。もうすぐ調べが付くと先週電話があったから急ぐことはない。それよりいまは真珠との一分一秒が惜しい。別れの気配が近づいている気がするからだ。

「今年の天神さんも暑そうや。かき氷は食べたいけど、もうあの人混みのなか出かける気力もないわ、なあねえさん」

言うと、黙ってふふと笑う。最近は、ただ笑って返事がないことも多くなった。

梅雨が明けて、ぐんと日差しが強くなった七月。まだ残っている野のあじさいが色づく道ばたで、猫が時々横切ってはひとの気配と影を短い足でまぜてゆく。

「ほな、行ってくるね」

「行ってらっしゃい」

「帰りに、お野菜買ってくるねえ」

真珠が出かけていく。着古したリネンのワンピースにカーディガン、日傘の代わりにほっかむりをして、いつも通りの声がけをして。ルーは行ってらっしゃいと見送る。

ねえさんが、今日はなになにを買ってくるねと言うときそれは口実だと、ルーは知っている。長屋の小道を出たあと、真珠がすぐにタクシーを拾って北野病院へ向かうことを。それでも知らんふりをしている。いつも通り、いつも通りの顔をしてルーは夕方店に出る。

ねえさん、ねえさん。なんでかしらんけど、ねえさんはあの店が大事なんやろ。あの店潰したないから、女の子が働けるように桜ノ宮の寮を買い上げたり、そんな体になってまで店に出ようとするんやろ。

だからうちもあの店大事にしてる。なけなしのコネでもなんでもつこうてなんとか立て直した。店が好きなんやない、ぜぇんぶねえさんが喜ぶ顔が見たかったからや……。

(そういえば、ねえさん、最近お地蔵さんの前掛けを作るのが遅うなったな)

ふいに、出しっぱなしのゴーフルの缶を見て気づいた。昔はお風呂屋さんへ行く前のちょっとした時間にさっと縫い上げていた。イチゴ柄や水玉柄のハギレを使って、まるでお地蔵さんには似つかわしくない柄の前掛けを作っては、うれしそうに見せてくれた。お地蔵さんだっていろんな服が着たいとおもてはると思うんよ。昔はここいらで遊んでいた子供やったんやから——。

ふと思い立って、ルーはバケツに水を汲み、たわしと掃除用の手ぬぐいを持って真珠が通っているお地蔵さんのところへ向かった。

思った通り、今日は掃除がされていない。毎日水をお供えするのだが、夏になると一日で水が半分に減る。今朝掃除したのならこんな空になっていることはないし、動物が飲んだのならコップが倒れているはずである。

「ありえへん……ねえさんが、掃除を忘れるやなんて」

三枚首に結んである前掛けのうちの一枚が少し汚れていた。もしかしたら昨日もここへ来ていないのかもしれない。物忘れが頻繁になったとは思っていたけれど、それは歳のせいだと思い込んでいた。病気のせいだとしたら……。

それでもルーは何食わぬ顔をして、昼過ぎに戻ってきた真珠を出迎えた。

「暑かったやろ。はいお茶。お昼、なんにしよかねえさん」

「ああ……、そうやねえ。先に食べといてええよ……」

言って、ちゃぶ台に手提げをのせ、重そうにふうふうと息をした。

「なんや、急に暑うなって。夏バテやねえ」

「……そうめんやったら食べられそう？」

「ううん。ええのん。ちょっとしたら食べるから。さきに横にならせてね」

「ほなら、冷蔵庫にラップしておいとくから」

「ありがと」

たかがコップ一杯のお茶を、十分以上かけて飲んで、床の間の柱に身をもたれさせて目をつぶった。

「今日も……、できるだけはよう帰ってくるから、うち……」

「うちのことは気にせんでええのんよ」

「じゃあ……おふとん、下にひいとくねえ」

ちゃぶ台を部屋の端に畳んで、二階から真珠が使っている敷き布団を持って降りた。

彼女が外から戻ってきて手も洗わずに横になったとき、つきつけられた現実に胸がつぶれそうになった。

（ねえさんは、二階のほうが風が通るから好きやって言ってたのに……）

たぶん、もうねえさんが二階の部屋で寝ることはないだろうと思った。

枕とタオルケットと、それから麦茶をお盆に載せて、ほなら行ってくるわと声をかけて、眠っているのか疲れてまぶたも開かないのかわからない、白い蠟《ろう》のような真珠の顔を見て、心臓がどきんとした。

このまま、いなくなってしまうんと違うか、ねえさん。

家を出ても、やっぱり戻ろうかと何度も考えた。あんなに急に動くのも億劫《おっくう》になるなんて。そんなに辛いんか。そんなにひどいんか。

もう、どうやってもあかんのんか。

ルーが夕方、店に出るころには、長屋の間の道にも夕べの風が吹いて、どこかの軒先の風鈴がちりんちりんと鳴っていた。子供たちが次々に学校から帰ってきて、また忙しなげに出て行く。遊ぶ音に台所の水音が重なって昼とは違うほうから風が吹いて、通路に炊飯の匂いがたちこめ始める。ひとの生きる匂いだ。やがてひとのいない方角から、夜の色にゆんわりと混じって線香のけむりが建物の影に消える。

「どうしよ……。どうしたらええんやろ……、もうなんもわからんわ……」

なあん、と猫が鳴いて、通路の先を音もなく横切っていく。あの猫はいつからここにいたのだろう。そういえば、前にこの辺りに住んでいた猫とは背中の模様が違う。では新しい猫なのか。だとしたら前にいた猫はいったいどこへ行ったのか……。

気がつくと消えていなくなってしまう命なんて、珍しくもなんともない。そんなに大事で、命が誰かにとって唯一無二であることのほうがずっと多いのだ。けれどその失うのが耐えられないものが簡単になくなってしまうことがルーには恐ろしかった。

（考えたくない。ねえさんのいないあの家なんて）

夜が追いかけてくる。ルーはその闇に明かりを灯しにいく。今日も、明日も。真珠がいままでずっとしてきたように。大川のたもと、大阪城の川向かい、かつて都へ向かう街道があったという京橋の、ありとあらゆる古いものが流行とともに死んで、夢の泡がはじけ価値のなくなった紙くずで埋まった跡地に。そこが城であるかぎり、街であるかぎり。だけど、あの城は真珠を失ったあとも光り輝くのだろうか。なんのために？　ルーには彼女のいない城をまだきらきら、ぴかぴか光るものにする義理などない。

せめて教えてほしい。いったい、猫はどこへいったのか。時がそこに真珠を連れて行くというのなら、ルーだってもう明かりを消して、線香のけぶりとともに夜に紛れて消えてしまったっていいのだ。

次の日、銀行に行くと言い置いて、ルーは朝早く北野病院へ向かった。真珠の主治医の名は薬袋から割り出すことができた。午前の診察が終わるのをじっと待合所で待ち、その間に何度も藤田から送られてきた報告書を読んだ。

医者が困ったような顔でルーを診察室に呼んだときも、質問攻めにするつもりは毛頭なかった。ただ一言、こう言った。

「見送るほうも準備をせなあきませんから。時間を教えてくださ い」

矢継ぎ早に責め立てられると思っていたのか、医者はどこかほっとしたような顔で短く答えた。

「もう脳に転移しているんで。あとひと月持てばいいほうです」

暑い盛りを少し過ぎて、お盆の休みが明け、グランドシャトーにもひとが戻ってきた。昔からサラリーマンの客で賑わう京橋も、この盆の時季ばかりは人影がまばらになるので、ルーはかねてから計画していた通り、店に週末のスペース賃貸しを実行させた。

東京のキャバレーのほとんどがキャパ三百弱の劇場に姿を変えたのは、そのほうが経営しやすいからだ。ならばこれからは一般客を入れやすい週末などは、試験的に歌手のディナーショーや芝居をやりたい劇団に貸してもいいのではないかと、前々から上と話し合ってきた。

いくらキャバレーが必要だとはいえ、時代に合わせて変わらなければならないものもある。とはいえ劇場として貸すならばリハーサルが必要で、けれど金曜はかき入れ時なので舞台の上でセットは組めない。もういっそ、予約が入っている週の金曜日は舞台上を閉めてしまおうかという案も出たが、それではキャバレーとして通ってくれるお客をないがしろにしていることになる。

そういう声があがると、すぐに望田サイドは「もういっそ完全に閉めて、グランドシャトー劇場としてやっていったほうがいいのではないか」と言い出すので、今日もルーは四階のサウナの支配人と、お互いの店を両方行き来するだけで割引きになるオトクなチケットの作製について打ち合わせを重ねていた。

けれど、一生懸命動き回るルーを、大路や隅田は痛々しく見ていたようだ。とうとう隅田が言った。

「ルーさん、一週間くらいお休み取りはったらどうですか」

「いやあ、でもなあ」

家に帰っても、ルーにできることはなにもない。余計な気を遣わせるだけだ。それより、店に出て、帰ってきて店の話をしたほうが真珠は喜ぶ。

それに、知らない間に真珠が動かなくなっていたらと思うと、あれやこれや店の仕事をしていたほうがずっと気が楽だった。

だが隅田も退かなかった。

「店のほうはナギサさんが回してくれはるゆうてますんで」

そうまで言われると、ルーはうん、と頷くしかできない。

「じゃあ、地蔵盆明けに戻るから」

いつもは頼もしく感じていた隅田が、そのときばかりは憎らしく思えた。

八月の終わりになると、中崎町周辺では地蔵盆の飾りつけを町のそこかしこで見かけることができる。

その年の地蔵盆の日も、辻ごとに大人が集まって豊崎神社からやって来る拝み屋さんたちを迎える準備に追われていた。たくさんの提灯がぶら下がったお堂の前に準備された袋の山は、子供たちに配られるお菓子だ。

昼過ぎ、チンチンチンといういつもは聞かない鉦《かね》の音でルーは目を覚ました。まだ昨日、台所でちょっと飲んだ大関ワンカップが残っている体を引きずって、ゆっくりと階段を降りる。

「ねえさん？」

一階はしんとして、ぴちょんぴちょんと盥に蛇口の水がしたたる音が時折響くだけ。床の間の前に敷いた布団はもぬけの殻だった。

（うそやろ。まさか、おらへん⁉）

そのまま突っかけで飛び出そうとして、自分がパジャマ姿だったことを思い出した。慌てて二階へ駆け戻り、引き出しの一番手前にあったワンピースを頭からかぶって家から飛び出した。

「真珠ねえさん⁉」

振り返ると、辻の向こうで浴衣姿の女性が、長屋の子供たちにお菓子の入った袋を渡しているのが見えた。思わず真珠かと駆け寄ろうとして、足が止まった。違う。真珠があんなに若いはずはない。いまはもう、枯れ木のようになっていることをルーは知っている。

（あんなからだで、どこへ行ったんや！）

昨日、珍しく遅い時間まで起きて菓子袋を作っているのを見た。中にはぽんせんや飴や駄菓子がぎゅうぎゅうに入っている。毎年、ふたりで商店街に買いに行き、地蔵盆の日には配って歩いた。きっと今日もあれを配ろうと出て行ったに違いないのだ。大人たちが御神酒《おみき》をいただきながらわいのわいのと雑談に花を咲かせている。ルーは走った。まだ日は高く、ほかの辻からも拝み屋の読経が聞こえてくる。

「うちのねえさん見ぃひんかった⁉」

彼らは驚いたようにルーを見た。「ああ、ルーちゃん」ルーのことを二十歳のときから知っている、高架下の工場の奥さんが言った。

「珠子さんなら、お菓子配ってたよ」

「いつ⁉」

「ああ、えっと、ここに来たのは昼前やから……」

いま何時ですか、と訊けば靴下縫製工場のオーナーが二時過ぎだよ、と教えてくれた。

「うちのねえさんを見かけたら、捕まえといて！」

ほとんど半泣きでルーは頼み込んだ。

「もう、ねえさん。最近は足もようないんや、あんまり歩けへん。なのにどこへ行ったんや！」

――北野病院で医者に説明された通り、あれからたった一ヶ月で真珠は咲き終わった花のようにどんどんとしぼんでいった。食欲がなくなり、痛み止めを飲むための水さえうまく飲めずに何度もこぼしてしまう。そんなところをルーに見られたくないのは百も承知していたが、ここまでくるともう手を出さずにはいられなかった。

何度も肩を貸してお地蔵さんへ通った。ねえさんが眠ってしまったあと、ルーが見よう見真似でお地蔵さんの前掛けを仕上げた。新しい前掛けがないとかわいそうだと、まるで自分の子供に着せる服がないかのように真珠が嘆くので、そうせざるを得なかったのだ。どうやっても紐の付け方がわからなくて、近所の奥さんのところに教えてもらいに行った。ぶきっちょなルーが顔をしかめながら針を使うのを見守りながら、奥さんは声を潜めてつぶやいた。

「珠子ちゃん、だいぶ悪いみたいやね……」

八月に入ってからルーが店を休むことが重なり、近所で噂になっているのは知っていた。みんなあれこれ気を遣って、ルーの分の食事やら、旬のくだものやらを持ってきてくれた。望田の会社からも見舞いが届いた。社長自身が挨拶に来たいとまで言ってくれたが、それは真珠が望まないのでと遠慮してもらった。

この地蔵盆の準備だって、いつもならルーの部屋の分の割り当てやら、集金やらがあったはずなのだ。けれど何も声をかけられず当日を迎えたということは、この辺りの人間はすべて知っていて、意図的にルーたちを当番から外してくれたのだろう。

(ねえさん、どこ行ったんや!)

どの辻でも角でも、地蔵盆の提灯に昼間から明かりが点っている。チリーンチリーンと鉦が鳴り、子供たちが列をなしてお菓子を分けてもらいにお堂を渡り歩く。老人の昔語りの声が去年とまた同じ物語を紡いでいる。

「このあたりは空襲でも焼けへんかったんやけど、それはお地蔵さんが守ってくれはったんやで……」

ハーイという お行儀のいい声。

「これはただのお菓子やないで。神さんの食べ物を分けてもらうんは、ちゃんと元気にやっていけるようにや。この子らはおなかがすいてるから、死なへんように、元気でやってけますように分けてくださいってお願いしてるんや。わかるか。ほんまにわかったんか？」

ハーイハーイという子供らの無邪気な声に、大人たちの苦笑交じりのため息。お菓子をもらってはしゃぐ子らの笑い声と、拝み屋の長い読経が町のところどころにこだまして、地蔵盆の日がゆっくりと暮れていく。

（ねえさん、ねえさん、ねえさん、まだいかんといて。もうちょっとだけでええから、うちのそばにおって！）

生きるために前に進む子供らの行進に逆らうように、ルーは真珠を探す。ついさっきそこの筋で見かけたよ。子供らにお菓子配っとった……。不思議とみんなそう言うのに肝心の真珠の姿が見当たらない。こんなに人出の多い日に、真珠の姿はまるで線香の煙にまかれてしまったかのように、誰の目にも長く留まっていないのだった。

まるで猫のようだ。祠の陰にするりと吸い込まれていって、また別のところからひょっこり路を横切る彼らなら、真珠がいまどこにいるか知っているかもしれない。

「もう、誰でもええ。猫でも誰でもええから、ねえさんの居場所を教えてぇや！」

ぐるぐると長屋の間を走り疲れて、ルーは建物の陰で足を止めた。この辺りはもう全部声かけをした。なのに見当たらないということは、真珠はすでに中崎界隈にはいないのだ。

すぐに駅のほうへ向かった。商店街をできる限り早足で見て回り、いつも立ち寄る八百屋や玉子屋に、ねえさんを見ませんでしたかと問うてまわる。

「珠子ちゃん？　いいや、見いひんかったねえ」

「ここいらには来てないと思うけんど」

店から漏れ出た冷房の風がルーの頬を撫でては、ここにはいない、ここにはいないという答えを運んでくるのが疎《うと》ましい。ルーは足をもつれさせながら天満のほうへ向かい、扇町のほうへも向かい、ふらふらと関西テレビの前を通り過ぎた。しばらくしてビルの街が川の向こうに見えてきた。ガラスとコンクリートをこれでもかと天に向かって積み上げた、平成になったころ現れた新しい街だ。

京橋には昔、アジア一の軍需工場があって、それでB29にやられてあのへん一帯全部焼けてもうたんや――、死んだ父親が昔そんなことを言っていたのを思い出した。その陸軍の軍人とお役人と関連会社の社員たちで賑わった京橋駅に、終戦前日一トン爆弾が落ちて跡形もなくなったのはもう大昔のこと。そこに川があったのも、石と漆喰を積み上げた別の城があったこともずっとむかしむかしのこと——。

なのになぜいまになってそんなことを思い出すのか。

「ねえさん！」

ルーは川沿いを見た。まだ薄闇なのに、いつだって気の早い大阪人が、そこここでネオンを点し始めている。目に入ったのは〝サウナ〟という文字だった。このすぼけたドヤ街にピンク色の壁に西洋のお城を模した大きな船のような建物。このすぼけたドヤ街に似つかわしくない遊園地のようなファンシーな外観「キャバレー・グランドシャトー」。

「ねえさん、待って！」

大川の橋の上で白い影を見つけた。いつだったか彼女がここ京橋で押しも押されもせぬナンバーワンだったころ、まだ小娘だったルーの目に鮮やかだったあじさい色のワンピース。洗濯する度にだんだんと色が抜けて、地蔵長屋の二階のベランダで風に揺れていた——。ああ、だけどもう色が違う。いまは何もかもが洗い流され、薄れて、かつて光だったものの屍のように真っ白だ。

走って、走って走って、あの白い姿が宵闇《よいやみ》に紛れてしまわないように、目をこらして人混みをかき分けた。帰ろう帰ろうというひとの波。いつの世もこれが普通だと思い込んでいる大勢に逆らうことはなんて力のいることなのだろう。

「ねえさん、よかった……」

駆け寄ろうとしたルーの目の前にヌッと金色のせんべいの詰まった袋が現れた。

「食べる？」

「ねえさん……」

「食べる？」

真珠はいつも持ち歩いている手提げ袋のなかから、次々にぽんせんを取り出した。


――かつて、この京橋は日本一豊かな町だったらしい。

アメリカとの戦争が激しくなったあとも、当時の日本は軍隊を優先させる方針をとっていたから、アジア一の軍需工場があった大阪城周辺には西日本中の物資が集まっていた。工場を動かすのもひとの手がいる。だからこういう場所で働く人々は、終戦ギリギリまで兵隊に取られることはなかったという。

真珠の家族は、そんな下請け工場のひとつを親族だけで切り盛りしていたようだ。何もかも灰になったはずの京橋で、真珠の当時の動向がかろうじて推測できたのは、真珠の家族らしき人物が京橋空襲の日に出征する予定だったからである、そう藤田からの報告書にあった。

『――おそらく、（あくまでこれは調査人の推測に過ぎないが、当時の京橋の状況を知る人間をいま見つけ出すのは困難だろうと思われる）調査対象人の家族は、寝屋川沿いにあった当該弁当箱生産工場で働いていた。とはいえ工場を所有していたわけではなく、当時多くあった雇われ工場長と家族工人であったようである。

真珠こと、福池《ふくち》珠子が働いていた工場を切り盛りしていたのは今井《いまい》という家である。記録によると、当時工場長を務めていた今井一郎《いちろう》は召集を受け昭和二十年八月十四日、城東線のホームより出征の見送りを受けている、はずである。というのも、これは前日に家族で撮影した写真が写真館より戦中の文化を残す貴重な資料として大阪市に寄贈されていたことよりわかる。

この写真のコピーを同封する。調査対象人である福池珠子に一女がいたことが確認できる』

藤田の雇った調査員は優秀で、短い期間で真珠の素性を調べ上げてくれたが、それでもわかったことは多くなかった。戸籍も何もかもが焼失していたため、彼女がいつ結婚してどこから嫁いできたのかは判然としない。

『ここまで今井家の存在が闇に葬られていたのも、特殊な事情があったからではないだろうか。出征の日なら一族郎党で京橋の駅に見送りに行ったであろうし、その際空爆に遭い、全員が一度に死亡するということも考えられないことではない。調査対象人はそのときに運が良いのか悪いのか、たったひとり生き残ってしまったのではないかと推測できる』

ただし、という添え書きが特に意味深であった。

——写真に写っている調査対象人の位置が、今井一郎の左隣ではなく、右隣に乳児を抱いて立っていること。また対象人が当時まだ十六歳と若かったこと。どれだけ調査しても実家が不明であったことから、おそらく当初はこの工場の女工として働きに来ていたのではないか。（内縁ではあるが）夫や婚家が焼失したあと実家に戻っていないことなどから、なんらかの事情で戻る場所がなかったのではないかと推測される。当時の時代性を鑑みるに、地方から女工として売られ、なし崩し的に主人に手を付けられて婚外子を出産したばかりであったと考えることができる。

今井一郎は死亡当時四十二歳であったようだが、昭和六年に鶴見の春日容子《かすがようこ》なる女性と結婚している。この女性は昭和十八年に死亡届が出されている。

なお、昭和二十二年にJR京橋駅南口に爆撃犠牲者のための慰霊碑が建立されたが、現在身元が判明している死者二百十名の中に今井家の人間の名前はひとつもない。

京橋は何ひとつ残らず灰になった。なあんにも残らなかったので、京阪の駅まで移転した。駅の跡地には市が立ち、やがてその周りに雨後の筍《たけのこ》のようにビルが建った。

たったひとり、身よりもないまま焼け野原に放り出された十六歳の真珠が、家にも戻れずどうやって暮らしてきたのか。ルーにもわからない。抱いていたという赤子の行方も、どこの生まれで、どんなふうにして暮らして、どんな理由で戦後女ばかりで住んだという中崎町の地蔵長屋までやって来たのかも。

けれど、真珠はルーにどうして街に出て来たのか一度も訊かなかった。生まれも育ちも家族のことも、ただの一度も。いつも訊いてくるのは、おなかがすいていないか、それだけだった。


真珠が次に手提げ袋から差し出した赤い袋の中身がポン菓子であることはルーも知っていた。このにんじんという名の駄菓子がまだこの世に生き残っていたことがじんわりとうれしい。

久しぶりに食べる駄菓子特有の甘さが口の中に広がって、思いのほかおいしく感じられた。

「食べる……？　これも食べる？　おなかすいてるなら食べんさい」

「ねえさんも、食べる？」

ルーは差し出されたポン菓子の半分をざらっと口に流し込み、真珠に言った。少し驚いたような顔をして、頷いた。

「うん」

「ほな、半分こしよか」

うん、と真珠が子供のように頷く。

大川の橋の上、いい歳した女ふたりが駄菓子を子供のようにむさぼり食べている間にも、環状線はすし詰めにサラリーマンたちをのせて寝屋川を渡っていった。あのひとたちは家がある。

ルーたちにもある。

出されたものを食べ尽くしたあと、真珠がほうっと頬を緩めてルーに言った。

「どうもおおきに、おおきにな。おねえさん」

一瞬、ルーははっとしたが、すぐにいつもの顔に戻った。真珠がいつだったかルーに言ってくれたように返す。

「……ええのよ」

「おねえさん、このへんのひと？」

「そう。このへんのひと。ずっとこのへんにいるねん」

このへんのひと、という言葉が自分でもびっくりするほどしっくりときた。

ひとはどこにいたっていいし、どこから来てどこへ行ったっていいはずだ。いまだくだらない問いかけが世の中にあふれているのは嘆かわしいことだ、と思う。どこの誰で、どうして、誰と、何を、なんのために、なんて何ひとつ重要ではない。

なあねえさん、真珠ねえさん、ひとが楽に、しんどうないように生きるためには過去なんてどうでもええよなあ。そんなんなくったって、戸籍の名前を知らんかったたって、うちは、ずっとそんなことなんでもない、それよりもっと大事なモンを手に入れたって思っとった。ねえさんとおれて、うちは楽ちんやった。酔っ払って帰っても、ねえさんに顔拭いてもらえる。ねえさんに抱っこされて、おふとんがいい匂いで、目が覚めたらねえさんの昨日着てた服が物干しで揺れてるねん……。

あれはなんてええ日やったんやろう。

あんな日が、うちらのほかにも、もっとしんどい人らにもようさん訪れたらええ。うちはいっつも、お地蔵さんにそうお願いしてる。こんなに幸せやのは、うちだけじゃもったいないから、みんながお地蔵さんに守ってもらえるように。みんなタオルで顔を拭いて綺麗にしてもろて、新しい服を着て抱っこしてもらえたら、人間もうそれだけでええよなあ。そうしたらほんのちょっとだけ元気が出て、顔をあげたら光が見えて、そっちに自力で歩いていけるやろ――。

ぽつん、ぽつんとネオンが点り、グランドシャトーの外観もやがては電気の明かりに縁取られていく。ピンク色の壁はあれから三十年も経ってずいぶんと古ぼけている。上から上から塗装を重ねたせいで、皺を消そうとしてファンデーションを厚塗りしすぎたようになってはいるが、このすすぼけたドヤ街に似つかわしくない遊園地のようなファンシーさは変わらない。ルーにはまだ、あれが外国の豪華客船に見える。まだ。

「もうすぐ夜やで、ねえさん……」

指を指した先にひとのいる街。ひとの集う流れがあった。ルーは顔を上げて促す。

「ほらみて、光っとう」

＊＊＊

平成五年八月二十五日のことだった。産経新聞の朝刊に、真珠の訃報が載った。

京橋キャバレー　グランドシャトー　ナンバーワン　真珠　儀

平成五年八月二十三日午後九時五十五分に乳がんのため永眠いたしました

ここに生前のご厚誼を深謝し謹んでご通知申し上げます

お別れの会を左記のとおり執り行います

記

一、日時　八月二十六日（木）

開会　午後二時〜午後六時三十分

一、場所　京橋　キャバレー　グランドシャトー

なお誠に勝手ながらご香典ご供花ご供物の儀は固くご辞退申し上げます

平成五年八月二十五日

大阪府大阪市都島区片町九丁目2－48
望田興産株式会社
葬儀委員長・取締役社長　望田幾郎
喪主　大路昭彦

まだ暑い夏のさかりであったので、新聞の死亡告知から間を空けずにお別れの会を執り行うことになった。

その日、店は一日休業。香典供物は遠慮と念押ししたにもかかわらず、記事が朝読まれるやいなや、店には大阪中の花屋がスタンドやカゴのアレンジ花を抱えて押しかけた。

神妙な顔をして分厚い香典袋を握りしめてやってきた老体もいれば、弔電一本よこさなかった元常連もいた。普段はパチンコ客と地元の買い物客だけという昼間の京橋商店街が真っ黒な喪服で埋まり、ビジネスパークを利用するサラリーマンたちはみな一様にぎょっとした顔でそれらを遠巻きに見ていた。

お別れの会ということで、ホステスたちは喪服を着用せず、みないつものドレス姿で弔問客を迎えた。百合と白い薔薇で埋まった真っ白な会場では、もうもうとドライアイスがたかれ、シックなジャズの生演奏、真珠が好きだったニーナ・シモンがゆったり流れる。いつも通り席にはビールが用意され、そこで一杯やった客たちが入り口で手渡された白い薔薇を真珠のお棺のまわりに置いて帰っていく。死に顔は見られたくないだろうと思ったので、お棺の蓋をしたまま、周りはあっという間にむせかえるような花の香りで埋まった。

ルーはそのひとの列を、じっと二階から見下ろしていた。いちおう社葬であるから仕切りは望田がやればいい。ここで身内のような顔をして来る客に頭を下げるようなマネはしたくなかったし、何よりルー自身が自分自身のポジションから真珠を見送りたかった。

驚くべきことに、弔問客は女のほうが多かった。子連れも多い。いったいどういうことかと眉をひそめていたルーだったが、朝からひっきりなしに届く現金書留や速達の中身を開けて見ているうちに腑《ふ》に落ちた。

——二十年前に、真珠ねえさんにお金を借りました。五十万借りて、そのお金で膨らんでいた借金の利子を返済し、家を追い出されずに済みました。お訪ねしようしようと思いつつ、婚家にキャバレーで働いていたことを知られたくないばかりに、長らくご無沙汰してしまいました。

——もうずいぶん前ですが、真珠さんにお金を借りた者です。子供の養育費や家賃や、何に使ったのやら細かいことは覚えていませんが、おかげで子供たちも社会人になり、いまは孫もいます。新聞で真珠さんの訃報を知り、子供たちと話し合ってお金を作りました。総額には遠く及びませんが、お花代にでもなりましたら……。

——真珠さんの訃報を知り、まだお店にいらっしゃったのかと驚きました。もう何十年も前に、親のつくった借金のために借金取りがやってきて恐くて家に帰れずにいたとき、ぽんと百万貸してくださったこと、いまでもとても感謝しています。一部お返しに行ったとき、おなかに子供がいると知って、そのまま取っておきなさいと言われ、そのときの子供がもう二十二歳です……。

一筆したためた丁寧な手紙が添えられているものもあれば、無遠慮に封筒に現金が突っ込まれているだけのものもあった。

女たちは、扇町から、天王寺から、河内から、西淀から、あらゆる大阪、関西圏から、そしてもしかしたらもっと遠くから京橋を目指してやってきた。二階から見ていると、どれも見覚えのあるようでないような顔ばかりである。それもそのはずで、店を離れると彼女たちは着る服も髪型も化粧も変わり、別の、というよりは本名の自分になる。店にいる間は源氏名で通すのだから、別人のように感じるのは当然なのだ。

名前などどうでもいい。いま、どこで何をしていようとかまわない。何より、こうして子供を連れて葬儀に参列し、あるいは現金書留で金を送ってくる女が十人二十人ではないことがルーには壮観だった。

(ねえさんは、店の女の子らに言われるままに金を貸してたんやな)

金を借りているホステスがいることは知っていたが、まさか京橋を真っ黒に埋め尽くすほど大勢に、念書も取らずに貸しているとは思わなかった。

(当然それを取り立てもせんかった。本人は返してもらわんでもべつによかったんやろう。返せる子は返してくれ、返せへんかったらそれはそれでええ。そんな感じで、店で金貸しをやってたんや。ホステスに金を貸すような金貸しは、ヤクザとつながっとうようなえげつない高利貸ししかおらん。やから、ねえさんが貸すしかなかったんや)

夜の世界に長くいると、この世にはその日暮らしの人間がどれだけ多いか目に見えてわかる。生活保護などの福祉制度があるとはいえ、役所は飛び込みで行ってすぐに三万貸してはくれない。電車賃を払って役所まで出かけて手ぶらで戻ってくることを考えるだけで足が竦《すく》み、あるいは、その電車賃すら惜しまざるを得ない人間がどれだけいるか、役所で働いている人間にはきっと想像もつかないだろう。

お天道様の下で働き、日が暮れれば家でビールを飲めるひとの波の中にいる人間にはわからない。悪意があってのことではない。純粋に想像できない。まだ明るい中に借金を申し込みに行って、断られ、己の生き方から行状まですべて言わされる、そのうえ間違いを指摘される。光り輝く正しい人々に非難され軽蔑されることがどんなに苦痛で耐えがたいものか。

真珠はそんな弱った女たちの生き方をそばで見て知っていたから、金を貸したのだ。何も訊かず、何も言わず、ぽんと与えた。真珠ほど長くキャバレーにいれば、相手がウソをついているかどうかなど隠してもすぐにわかっただろう。遊興費に使うのか、子供のために使うのか男に使うのか親に使うのか。もしかしたらそれがパチンコ代だったとしても、あの真珠なら何も言わずに渡したかもしれなかった。それで少しでも楽になるのなら、もうちょっとだけ楽に生きられたらそれでいいと、見て見ぬふりをするようなひとであった。

ひとの流れは一日中途絶えなかった。真珠に金を借りた女たちの群れは黒いアリの行列のように京橋駅の改札口から続き、突然のひとの波に何事かと警察までやってきて、駅員が臨時の対応をしたという。

(何百人来たんやろ。現金書留だけで八十通。手紙や弔電入れたら数百。下手したら千いっとるかもしれん)

それだけの女たちにまとまった金額を貸していたのなら、真珠がたいして贅沢をしていなかったのにも納得がいった。

客といえば、やぐらソージは一番に来て、すいっと会場を横切っただけですぐ帰っていった。あの食えないおっさんでも悲しい顔をすることがあるんだと、サングラスの内側に隠し切れなかったへったくそな無表情を見てルーは思った。あとから人づてで、その日はラジオオーサカがキャバレー特集をやっていたと聞いた。やぐらが一日全部の番組を買ったらしい。一日中、ここと同じような古い歌謡曲が流れ、繰り返しアニマルズの『朝日のあたる家』がかかっていた。

二番テーブルで、手酌でビールを注ぎながらぼうっと舞台の上を見ていると、いまはホステスを引退して桜ノ宮の寮を切り盛りしているまりんがおにぎりを持ってやってきた。今日は入り口で花を渡す係をやっていたはずだが、千本頼んでいた花が早々になくなったので、いまから昼休憩を取ることにしたのだという。

「まりん、アンタもねえさんに金借りてたん？」

「ほうよ。なんだかんだで五百くらい借りたわ」

「へえ」

「ルーちゃん知らんやろ、オイルショックんときなんかすごかったんよ。このへんの西淀とかオーサカのな、実家が倒産して借金と子供残して消えた男の尻拭い、ねえさんがずいぶんやったんやで」

まりんが言うには、真珠にお金が借りられることは、借りたほうの人間は絶対に誰にも言わなかったという。大勢の人間が真珠に金を借りれば、自分が借りられるチャンスが減るからだ。

「アタシはさあ、けっこう図々しいし、ねえさんがうちの子供らかわいがってくれてたのもあって、なんかあったら借りてたんよね。いま考えたらよう貸してくれはったなって思うくらい、ぽんとね、出してくれて。念書も取らんと。返さんでええとは言いはらんかった。でも返せとも言わへんかった。初めてお金を借りたときのことよう覚えてるよ。前のクズ夫に殴られて右目網膜剝離《もうまくはくり》起こしてて、でも病院行くお金もないし騒いだら子供殺されるかもしれへんし。役所のひとは怖いし、ケーサツにもクズはおるし。いま両目がまともで、娘のウエディングドレス姿見れたんは、店のトイレで痣《あざ》の上からファンデ塗るたび痛すぎて泣いてたら、ねえさんが病院にいますぐ行きって六十万渡してくれたおかげや。初めてやったわ、タクシーで病院乗りつけたんなんて。アタシら健康保険とか全然払ってないから病院も怖くて行かへんからなあ」

まりんが言って、勝手にルーのビールを取り上げ、バッグの中から取り出した象印の水筒の蓋に注いだ。

「ルーちゃんくらいやで、ねえさんに金借りてなかったん」

「ほんまか」

「せやで」

そう言ってビールを飲み干し、ルーと同じようにしみじみと一階を見下ろした。

「こんだけの数の人間が詫びに来てるいうても、一割も来てないやろ。ねえさんがみんなに貸し付けてたカネ、数億じゃ足りんのやろうな」

「もっとやろうね。クズみたいな男もいればクズみたいな女もおる。恩知らずなホステスなんか、アタシら山ほど見てきたやん」

全部もらうね、と言ってまりんはとうとうビール瓶一本ひとりで空けてしまった。手持ち無沙汰になったので、ルーは仕方なくまりんの持ってきたおにぎりに口をつける。

「昔さあ、ルーちゃんが来るちょっと前、いやだいぶ前かなあ、アタシ、店に面接に来たんよね。下の子抱えて。ずっとやっかいになってた十三のスナックのママがコロッと逝っちゃって、そこの二階に住まわせてもらってたんだけど、ヤー公が乗り込んできて追い出されたんよ」

まりんの昔話を聞く気などなかったが、彼女のほうには珍しくルーに話したいことがあるようだった。なにせ知り合ってかれこれ三十年になるのに、こうして長々と話すのは初めてだったから、意図的だとしか思えない。

「へえ、ほんで？」

「ほんでさあ、子供連れてとにかく寮のあるキャバレー探して飛び込もおもてさ。朝早くに出て来て、店が開くまで待っとったんよ。店の前で」

「ふうん」

「したら、女のひとが店の前に立っててさ。それが変なんよ。ずーっと立ってるだけやねん。何も言わんし、店の前で。はじめは幽霊か何かやと思って」

「幽霊？」

「ほうやねん。でもどうやらそうやないみたいやし、立ちんぼかなとも思ってんけど、こんな朝早い立ちんぼとかフツーおれへんやろ？　変やなあって、でもアタシらも行くとこないから店の前におるしかない。そしたら通りかかったそこの椿のおばちゃんが――ほら、もうだいぶ前に死んだ喫茶店のおばちゃんおったやん。あのおばちゃんが、こっちおいでってって。そうっとしとけばあのひと、昼前には帰るからって」

丈の長いワンピース姿の、花柄のほっかむりの女性は、喫茶店のおばちゃんの言う通りいつのまにかいなくなっていた、そうまりんは言った。

「毎日、ふいっと現れてぼうっと立ってるねんて。しばらくして店で働くようになって、それでも朝におるときがあってさ。あれなんなんやろって椿のおばちゃんに話してたら、お客の誰かが――、あそこは昔京阪の駅があったんやでって」

あのひと、昔は毎日ああしてあそこに立ってたんやけど、あそこのキャバレーで働くようになって、この辺のひとらで大丈夫かなあって心配してたんよ。まあ京橋の客はまだ行儀がええほうやし、海のほうやったらあんなひとあぶなっかしくて見てられんけど、まだ大路さんに拾ってもらってよかったんちゃうかって。

ある日を境にぱたっとのうなったから、ああもう大丈夫なんやな、よかったな、ってみんなで話したことあったんよね――。

「そういうひと、ようさんおったらしいわ」

酒を飲みながらのまりんの話は、とぎれとぎれで脱線もしたが、まとめるとそういうことだった。

「そういや、まりん。あんたんとこの下の娘って、ここにバイトに来てんの?」

「来てるでえ。いまも下で受付やっとる。結婚してはよ家が欲しいんやって。まあスーパーのレジ打つよりキャバレーのほうが時給高いし。うちの子やからキャバクラでやれるような顔でないし」

昔、おかあはんの指輪がなくなったとき、ナギサと大げんかして壁に穴をあけたことがある。あの穴から部屋をのぞき込んでいた子供のうちの小さいほうがもう、結婚して家が欲しいと言っているというのだ。

時は老いと足並みをそろえて早くに過ぎる。あの子が幸せになったのならよかった、と思う。まりんの性格からして、あのとき指輪を盗んだのが自分の娘だと知っていたのなら、のうのうとルーがいる店で働かせはしないはずだ。

(まりんの娘が犯人かもしれんし、そうやないかもしれん。まあいまとなってはどうでもええことや。指輪のひとつやふたつ、この世とあの世のすきまに落っこちることもあるやろう)

猫ですら消える隙間がこの世にはあるのである。

「ここで送ってもらえるのは、ほんまによかったんちゃうかな、真珠ねえさん」

そう言って、ビールの回った顔でまりんは受付に戻っていった。

しばらくして『ナイト・アンド・デイ』がかかり始めた。

お別れの会が済んだあとも、知らない女の名前で、あるいは偽名で、現金書留の封筒はどんどんと店に届いた。

「なあ、これどうしょう、大路さん」

集めるとけっこうな金額にはなったが、これを真珠がしていたように困窮家庭に配ってもその場しのぎではある。もっとも明日をも知れぬ懐事情の人間にとって、その場しのぎでも、施しでも金持ちの気まぐれでもなんでもカネはカネ、十分ではあるのだが。

大路は難しげな顔をして老眼鏡の鼻あてを拭いていたが、あまりにもルーが同じことしか言わないので、とうとう音を上げた。

「そんなの、これからも現役でやってく若者が考えておくれ。もうすぐ死ぬ老人はややこしいこと考えたくないんだよね」

「この世に義理ものうなったジジイやから訊いとるんやんか。いまさら望田の会社のために働くほどの給料もろてへんやろ。企業年金が出るような会社でもあらへんし」

そうぼやいたのは、真珠の死をいい区切りと考えたのか、とうとうグランドシャトーのオーナーである望田興産が、店の譲渡を決めたからである。譲渡先は一応は親族が経営する系列会社で、社長の次女の夫が新しいオーナーになると聞いている。

「あーー、もうこうなるんやないかと思てたけど、ほんまにこうなるとは、はやすぎやん！」

「買えばいいでしょきみが。買えるでしょ。元芸能人」

「うちもはじめはいっそのことそのほうが早いおもとったけど、ちゃうねん。そしたらうちはホステスやのうなってしまうさかい」

ルーが買える程度の店ならば、とっくの昔に真珠が買っている。でもねえさんはそうせえへんかった。

「オーナーになってもうたら、ホステスの首切らなあかんからや。ただの金貸しにはなれん」

いくら弱くてしんどい人間のために存続するべきだとはいえ、キャバレーは慈善事業ではない。れっきとした商売だ。暮らし向きが苦しい従業員にいちいち返ってくるかもわからない金を貸すなんて甘っちょろい経営をしていればすぐに潰れる。それでは元も子もない。

「うちは高校も出とらん、経営なんてわかるはずないねん。ホステスの側でああだこうだ好き勝手言うほうがにおうとる」

「まあそうは言ってもねえ、僕もいつまでもいるわけじゃないし」

「そこは隅田を仕込んでから辞めてくれたらええがな」

大路の推薦もあって、元流しのシンガーソングライターの隅田は無事、望田興産の社員になった。いまはフロアマネージャーとして、大路のサポートをしながら店全般の運営を見ている。大路の代わりにトイレ掃除をして、小便小僧の像の隙間にねじ込まれた小銭を回収し、こつこつ貯めては店の修繕費にあてているようだ。

この前は隅田のアイデアで、大阪のシェーバーをつくっている会社が実演販売にやってきた。最近は芸人や歌手にステージ代を払う余裕もなくなってきたので、ルーが東京でやっていたような営業をいれてはどうかという話になったのだ。

「いっそのこと、酒や健康食品の試供品を大量にもらって、ホステスに客のアンケート取らせればええ時間稼ぎになるんとちゃいますかね。なに話したらええのかわからんいうホステスも多いわりに、客はなにか話しとうてやって来ますから」

ただし、紐付き健康食品には注意するべきだし、店が宗教の勧誘の場になるのは困る。公平性を保つには一定の線引きが肝心だ。

いつまでも、メシと味噌汁だけで客は居着いてはくれない。次々に手を打たなくてはあっという間にしぼむのは花も客足も同じである。それでも、バイトの面接に来た子におにぎりと味噌汁を勧めてから話をすると、ほとんどの大学生や若者が店で働くことを決めてくれるのだという。

真珠の四十九日の法要には、狭い狭い地蔵長屋に生前親しかったひとが押しかけて、その日ばかりは一日中、六畳の一階がひとでいっぱいだった。いままで聞いたこともなかった彼女の過去をぽつりぽつりと話すひとが来て、そうすると記憶が連鎖的に呼び起こされるのか、ほかにも、ああそれ知ってる、それ聞いたことあるというひとが出てくる。

黒崎のほうで大きな板金倉庫をやっている九十過ぎのお婆さんが真珠のことをよく覚えていた。

「このへんは、お地蔵さんが守ってくれはったから不思議なくらい空襲で焼けへんで、電車の高架でぴたっと炎も止まった。それでも扇町のほうはみぃんな焼けてしもうたから、終戦してしばらくは、焼け残った家にみんなすし詰めみたいになって住んでた。このあたりはもう男なんかほとんどおらんかったから、子供と女と老人だけ。それでも悪さするじいさんがおって、それで隣組でよう話しおうて、若い女だけ住む長屋はここにしよ、て決めたんや」

その話は何かの折に真珠にも聞いたことがあった。女ばかりで住んでいたが、そのうちみんな親戚を頼って箕面や伊丹《いたみ》のほうに行ってしまい、町には誰もいなくなったと。

「このうちは珠子ちゃんだけになってしもうて、それでも家賃払うしかないさかい働きに出て、しばらくは東梅田の進駐軍御用達のダンスホールで働いてたんかなあ。そのうちアメリカさんも朝鮮に行ってしもて、なんやそのとき一緒に行くだの行かないだのここに来てわめいてた背の高いアメリカさんがようさんおったの覚えてるわ。あのころかなあ、うちにB票の束持ってきて、おばちゃん着物ってどこで手に入る？　て訊いてきたんよ。ダンスホールのアメリカさんに頼まれたんやろうなって思って、ここいらで見繕ったン覚えてる」

「B票て?」

「ああ、軍票や。アメリカさんの使うお金」

朝鮮戦争が起こるまでは、この辺りはそのB票というGHQが発行したカネがふつうに流通していたのだとか。

「でも、珠子ちゃんはガンとしてここを動かんかったんよ」

「へえ、なんで」

「そりゃ、お守り地蔵さんのせいやろ」

婆さんたちは顔を見合わせて言う。お守り地蔵というのは、真珠が毎日世話をしていたあの顔のない石の塊のようなお地蔵さんのことである。

「あれはなあ、珠子ちゃんが拾ってきはったんや、確か」

昔黒崎でパン工場をやっていたというひとがぼそ、ぼそと話し出した。

昭和二十年代はまだ大阪の中心地は爆撃のあとがそこかしこに残っていて、京橋のあたりはとくに顕著だった。真珠はもとから京橋に住んでいたから、親族が誰ひとりいなくなったあとも、工場跡にものを拾いに行っていたらしい。

「いつごろやったかなあ、風呂敷に大事そうに抱えて持って帰ってきたんよ。赤ん坊くらいの石の塊で、一回抱いたら下ろせんようになってしもたって。それでもう死んだそこのたばこ屋のおっちゃんが、じゃあ拝み屋さんに来てもらおうか言うて。なんやかんやで昔からあった祠でお祀りすることになったんちゃうかったかなあ」

「ふうん、ほうなん」

知らない家の味付けのそうめんを、真珠と過ごした部屋で食べている。そうめんの具はいつも玉子とキュウリとソーセージだったが、誰が持ってきたのかちくわが入っている。なるほどちくわはお手軽でいいと思った。あとはこれで酒粕の入った白味噌の味噌汁さえあればいい。

この中では一番歳のいった黒崎のご隠居さんがなんでもないことのように言う。

「まあ、ひとも神さんも好きなように流れてきはるさかい。おりたいところにおったらええんよ。そういうもんや」

結局、年末もずっと店に出ていた。客商売なんぞ寂しい人間のためにやるものやからと、クリスマスはド派手にパーティを打ち出し、舞台上の仮設スクリーンにドーンと紅白を映して、家に帰っても居場所のないもん、そもそも家族のいないもんが集まり、ゆく年くる年を見ながらシャンパンを開け年越しをした。数年たって、あのときグランドシャトーが開いてなかったらきっと、妻子がいなくなり、会社の倒産整理だけが残った家で首をくくっていた、という経営者がひとりやふたりではなかったことを知った。

年が明け、何かにつけて派手に騒ぎあった。バレンタインにお花見に。なんでもええんや。ひとが集うのに本来ならば理由はいらないはず。なのに、理由がないとなかなか体が動かないのが悲しいかな、老いというものだ。お水嬢の空騒ぎと言いたいのなら言えば良い、ただルーは真珠のいないせいで店が潰れたと言われるのが癪であったから、自然とそうしたまでである。

新年度が始まり、常連客がネクタイの形もまちまちな新卒の新入りを連れて大名行列を繰り出す五月。ビールの注文が急に増え始めると、大阪にもあっという間に梅雨のシーズンがやってくる。

「あー、暑い暑い。この湿気なんとかならんかいな」

ルーはいつものようにバケツに水を入れ、たわしと手ぬぐいも放り込んで家を出た。地蔵長屋の前の小道は相変わらず何十年たっても土埃のたちやすい未舗装のままで、時折そばの幹線を通る大型トラックの振動が家を揺らす。

小さなアザミがぽつんぽつんと家の隙間から伸びている。カタバミの群生している間からひょっこり立派なシャクヤクが花をつけ、白あじさいのこんもりとしたかたまりのそばを通り過ぎると、お守り地蔵の祠が見えた。まだ青あじさいは葉しかないが、雨を吸ってやがてこのあたりもトタンの色と同じ青に染まるだろう。

「ねえさん、あかんわ。ついに大路さんが辞めるねん」

ルーはバケツを置いて座り込んだ。

「したらいまの社長がもう余計なことせんとコストカットしろ言い出してな。アホが。あのジジイ、企業経営セミナーかなんか知らんけど、そういうとこ行くたびに言うことコロッコロ変わるねん。望田の会長の時代はそりゃあよかったで」

ブツブツ言いながら周りを掃き清め、土埃で汚れた前掛けを取ってからきれいに手ぬぐいでお地蔵さんを洗う。何遍見ても顔はないが、不思議と最近は真珠に似ているのではないか、と思うようになってきた。ああ、アカン。うちもいよいよ白内障かもしれん。

「あ、そうや。ナギサておるやん。あの、うちと歳あんま変わらんばあさんよ。あいつな、また戻ってきおったで。そんで、最近南港の釣り場で知りおうたじいさんと所帯持つとかなんとか。アホは死なんと治らんな。まあアホでも相手がボケでもそのほうが楽ならそれでええ思うけど。あーあ、あいつのせいで平均年齢あがるわ。また社長にばあさんの巣窟言われるわぁ。あいつがコストカット言うたびタイガースがぼろ負けすりゃええねん」

きれいにタオルで拭いたあと、前掛けをバッグから取り出した。なるべく真珠が世話をしていたころと同じようにしたいと思っていたルーだったが、どうやっても前掛けだけは縫えん。やれんもんはやれん、ならばカネで買うのみやと阪急百貨店へ行って地蔵の前掛けが欲しいと言ったら、ベビー用品売り場へ案内された。

ファミリアのクマが刺繍《ししゅう》されたかわいい青いチェックの前掛けをかけてやる。ほうら、お地蔵さんだってブランド品がお似合いや。

平成の時代には平成風のお世話の仕方があってもいいはずだった。ルーは参道に水を撒《ま》いて元来た路を戻った。また知らないうちに別の猫が小路に住み着いたらしい、いつものと模様が違っている。エアコンの室外機が動きだすと、暑くてその場にいられないのかバッと動いて居場所を替えるのだ。猫の暮らしもゆっくり変わっていっている。

家の前にバケツを置いてそのまま出かけた。今日は店に出る日だ。

「今日も暑かったわあ。そろそろエアコンないと寝れんで。なあねえさん。日が沈んだら、ちったあ涼しくなればええねんけど」

昨日、店に置いたままだった真珠の荷物を引き上げてきた。真珠のドレスとアクセサリーは長いことそのままで、ロッカーに置きっぱなしだった。ルーとしてもなるべく知らんふりをしていたかったのだが、クリーニング屋にドレスをいいかげんに取りに来てくれと言われて、持ち物をみんな片付けざるを得なくなってしまったのである。

ロッカーを開けると、中から大量の真珠の粒が飛び出してきた。置いたままだったロングネックレスの糸が古くなって切れていたのだ。あわてて隅田と一緒にかき集めたが、どうしても最後の一粒が出てこない。フェイクパールを百八粒使っていることは、以前店に出入りしていたデザイナーに聞いていた。もういまの時代、店のためにいちいちドレスをオーダーするホステスなどいなくなったし、たくさん出入りしていたデザイナーもいつのまにか来なくなって、その後どうしているのやら、絶えて聞かない。

どんなに丁寧に探しても、最後の一粒はとうとう出てこなかった。これはどこかに隙間があって吸い込まれたのだろう。そう言うと隅田は訝しげな顔をしたが、彼も夜を長く見ていればそのうちわかることである。まあ今日もがんばって味噌汁出したってや、と肩をポンと叩いて楽屋を出た。

真珠の服は、いま地蔵長屋の二階にかけてある。天気の良い日は時々、虫に喰われないようにベランダに干す。色の抜けたあのリネンのワンピースとともに、ゆらゆら風に揺れている。

一年前の真珠の葬儀のときは、はじめはいつもの姿でお棺に入れてあげなければと思っていたが、黒のドレスに真珠だけなんて悲しい姿のまま旅立たせるのも気が引けた。それでも、あの古い木の持ち手のバッグも、色の抜けたリネンのワンピースもどうしても残しておきたくて、大丸であじさい色の新品のワンピースを買ってきてエルメスのスカーフを巻いて、愛用していたビーズバッグに似たイタリアンアンティークのバッグに愛用品を詰めこんでぴかぴかにして送り出した。

そんなわけで、真珠の身につけていたものはほとんどルーの手元にあるのである。

「ごめんなあ、ねえさん、もうちょっとだけ貸しといてえや」

百七粒になったパールネックレスは、糸を通すのも億劫で、ボタン入れの缶の中にほうりこんである。そのうち誰かが使うだろう。

やぐらの根城である関西テレビのそばを通ってそのまま大川へ。源八橋を歩いて渡る。この先に、まりんが切り盛りするグランドシャトーの寮がある。最近、なんとかいう名のホテルを経営する会社が買い取りたいと言い出した。バブルが崩壊したこのご時世に豪儀なことだと思ったが、確かに不動産を現金で買うなら今だということはルーでもわかる。ちょうど、昔真珠から金を借りた女たちからの返済金がある程度まとまった額になったので、寮を建て直し、敷地を半分貸すことにした。土地の賃料はすべて寮の運営に回すことにしているから、これで無一文の母子がころがりこんできても、毎日温かい部屋で味噌汁が飲めるだろう。

（これでええかな、ねえさん）

今度の寮は鉄筋コンクリート造りで壁も分厚い。少々とっくみあいをしたくらいでは壊れないだろう。

〝何でもないような事が　幸せだったと思う〟

ＴＨＥ虎舞竜の『ロード』がどこの店のスピーカーからだか流れてきて、もう一方では中島みゆきの『空と君のあいだに』が交じっている。両曲とも、テレビをつけていれば一日耳に入らぬ日はない。

平成六年の夏の入り。見ると日は暮れかけて、まるでお好み焼きの上で箸でつついた卵の黄身のようにビルとビルの間に染み出していた。六月だというのにその日は雨雲ひとつなく脇の下が汗ばむほどの陽気で、仕事帰りのサラリーマンたちが首元を大きく開けて脇にジャケットを抱えていた。あと二時間もすれば、この駅は帰宅する男たちで埋まるのだろう。

何も変わらないが、何もかもが変わっている。あの流れに身を投じてしまえばどんなに楽だろうと思いながら、今日もひとの群れに逆らってルーはゆく。

大阪という街は、歩けばすぐ橋があり、またしばらくすると橋にさしかかる。昔はいくつもいくつもあった支流もどんどん埋め立てられて太い道路になり、橋の名ばかりがいまに残るだけだ。水の代わりにひとが流れる路となった上に、忙しげな大勢のひとの足。しかしあのころより、働く女の姿が多いように見える。たいへんけっこうなことだ。

（いつか女が建てた城に、男が住むようになるんやろうか。まあそんな日が来るよりも先にうちはおっ死《ち》んでどこにもおれへんわ）

川向こうにうす闇がかぶさった京橋のビル群が見える。ネオンが点る前の街はこうして見るとお城なんてとんでもない、ただ無骨なコンクリの塊が地面にところ狭しとつきささっているだけ。遠目に見ると、まるで墓場だ。

（ああ、ここは墓やったんやなあ。空襲で死んだ人がまだまだ埋まっとる。ねえさんの子供も）

ねえさんのお別れ会の日にまりんが話した、かつて京阪本線の駅があった場所を見た。そこにキャバレー・グランドシャトーは立っている。

——終戦間際の厳しい時代に、たった十六歳だったねえさんが、四十過ぎの雇い主の子供を好きで産んだとは思えへん。せやけど自分の子は子や。ねえさんにはそれがすべてやったんやろう。戦時中のもののない時代にひとりで産んだ私生児でも、きれいな前掛けを作ってやりたかったろう。その腕に抱いていても、背負っていても、ひもじくはないか、辛くはないか気になっただろう。甘いお菓子を食べさせてやりたかっただろう。

名前も残らず、墓もなく、いまは冷たいコンクリに埋まっている、どこにいるかもわからない我が子のために祈るには、おんなひとり、立ち続けるしかなかったのだ。香水の代わりに線香のけぶり、喪服の代わりのベルベット。涙の代わりの百八つの真珠。なにもかも呑み込む夜の色を纏って。この京橋という街に。

かつて、すべての城は男のために建てられた――、そうねえさんは言った。男が作って、男が奪って、また別の男が住む。どんな城だって女はただ住まわされとっただけ。昔から城っていうんはそういうもんなんやと。

せやけどねえさん、真珠ねえさん。女が住んでない城は城やない。そういうもんや。昔っから。不思議なんは、ねえさんにとっては墓やったモンが、うちにとってはそうやないってこと。ここで拾ってもらって、ここで育ててもらったルーという女は、まぎれもなくホンモノなんやってこと。

うちの名前はルー。その名のイメージ通り、キャバレー「グランドシャトー」のメインフロアにある、古めかしいギリシャの神殿を模した柱を両脇に従えて、ステージ正面のソファ席に向かって下着一枚で踊る女だ。まっピンクのディオールのバスローブを身にまとい、アクセサリーのかわりにグッチのサングラスをひっかけ、まさにバブルの化身のごときその姿を、かつて男の城で戦って疲れて夢の名残を味わいにきている客の前に晒す。

もちろん、〝ルー〟は源氏名である。ルーの本当の名は誰も知らない。

（せやけど、さびしゅうないといったらウソになる。だれかがいへんくなることに慣れることなんてないわな）

大きな赤ちゃんやなあ、そう笑いながら、酔い潰れた顔を拭いて、だっこしてくれる腕はもうない。正真正銘、線香の煙になってしまった。

（会いたいなあ）

ふと、ルーは川沿いを見た。ちょうど薄闇が訪れるころ、気の早い大阪人らしく京橋は早々に夜を求めるひとが集い始めている。目に入ったのは橋の欄干に身を乗り出さんばかりにして、汚いどぶ川の流れを見つめているくたびれた女だ。

行き交うひとは多いのに、だれも彼女に目を留めていなかった。ルーだってそのまま通り過ぎて見て見ぬふりをしてもよかった。たとえあそこからたったいま飛び込んだとしても、それもまた彼女の人生である。

そのとき、視界にパッと光が切り込んだ。ひとつ、またひとつ、声を上げるようにほうぼうにネオンが点る。墓場だったコンクリの森が一瞬で闇を跳ね返す、ひとの生きる街になる。

それにつられるように女ははっと顔を上げる。ルーが働くビルの、ピンク色の壁に西洋のお城を模した大きな船のような建物を凝視しているように見える。グランドシャトーの、このすすぼけたドヤ街に似つかわしくない遊園地のようなファンシーな外観。もしかしたら彼女にも三十年前のルーのように、あのにせものの光に照らされた古いビルが、いま横づけされたばかりの外国の豪華客船に見えているのかもしれなかった。

なあ、あんたさん、あれが豪華客船に見えるか？　それとも城に見えるか？　見えるんやったら――

「あんた、おなかすいてんのん？」

ルーの声に女が顔を上げる。化粧っ気のない、汗ばんで額に張り付いた前髪の、若い顔。顎に大きいほくろがあるのが特徴的で、それ以外は特に美人でも何でもない。それを言うならルーはただのルーで、菩薩様でも地蔵さんでもない。

「うち、このへんのもんやけど」

けれど、人も神さんも好きなように流れて集う。ここは街に流れる川の上やから。

誰も彼もが楽なほうに生きたらええ。ずっとしんどいのがいちばんあかん。そうやな、ねえさん。

ねえさん。

「ちょっとそこで、味噌汁、飲んでくか？」


（了）

文春文庫

グランドシャトー

定価はカバーに表示してあります

2023年1月10日　第1刷

著　者　高《たか》殿《どの》　円《まどか》

発行者　大沼貴之

発行所　株式会社　文藝春秋

東京都千代田区紀尾井町 3-23　〒102-8008
TEL 03・3265・1211㈹
文藝春秋ホームページ　http://www.bunshun.co.jp

落丁、乱丁本は、お手数ですが小社製作部宛お送り下さい。送料小社負担でお取替致します。

印刷・萩原印刷　製本・加藤製本

Printed in Japan
ISBN978-4-16-791986-3